이성보 칼럼집

石香에 취한 오후

그림

고향에의 애정어린 고백

傷弓之鳥란 말이 있다.

화살에 맞은 경험이 있어 활을 두려워하는 새라는 뜻으로 어떤 일로 한 번 혼이 난 뒤에 그것을 두려워하는 마음을 가짐을 이르는 말이다. 시위 소리만 들어도 떨어지는 새처럼 빛이란 말만 들어도 질겁을 하는 세월을 살아왔다. 자그마치 20년이다.

귀향인지 낙촌인지 자초한 일이라 신산을 겪으면서도 삶의 끈을 놓지 않으려고 발버둥 쳤다. 그러다 고희를 맞았다. 맺힌 게 많은 삶을 정리 한답시고 그간 써온 글들을 모아 책을 발간키로 했다.

원고를 정리하다 망설였다. 부끄러워서다.

"내 어머니가 비록 문둥이일지라도 크레오파트라와 바꾸지 않겠다."는 작고하신 김소운 선생이 입국이 불허되어 일본에 머물면서 박해한 고국에 대해 쓴 글이다. 『石香에 취한 오후』라 제題한 칼럼집을 상재하면서 이 글이 생각났다.

고향인 거제에서의 21년은 견디기 힘든 질곡의 세월이었다. 귀향을 모르긴 해도 골백번은 후회했다. 골백번은 곱백을 일컬으니 만 번이다. 하지만 어떠하랴 고향인 것을.

　　이 책에 실린 글들은 「거제 중앙신문」 칼럼란에 실린 글이 대부분이다. 어쩌면 고향에 대한 애정어린 고백일지도 모른다.
　　묶음 다섯 번째 〈북만주로 간 청마〉는 청마 출생지 관련과 친일 음해에 대한 글을 한데 묶었다. 한때 동랑·청마기념사업회장을 맡았던 필자가 나름 청마의 출생지와 친일 음해에 대한 소견을 피력한 것이니 독자들의 이해를 구한다.

　　칼럼을 연재한 「거제 중앙신문」에 사의를 표하며, 어려운 가운데 출판에 응해준 '도서출판 고글' 연규석 사장님의 열정에 경의를 표하며 고마움을 전한다.
　　교정을 보아준 아내에게 잔잔한 미소를 띄워 미안함을 달랜다.

2016년 10월
菱谷齋에서
이 성 보

‖ 차례 ‖

묶음 세 번째

책 속에 있는 길

묶음 다섯 번째

북만주로 간 청마

묶음 첫 번째

드러냄의 아름다움

전심(專心)과 순리(順理)

운명運命이라는 게 있다고 한다.

사주팔자四柱八字를 타고 난다고도 하며, 또 각자 복福이라는
게 있다고들 말하고 있다.

어떻게 보면 인간에게는 운명적인 요소가 상당한 부분을 차지
하고 있는지도 모른다. 또 어떻게 보면 온통 운명이라는 것이
인간 자체를 덮고 있는지도 모를 일이다.

우리나라에서도 정확한 숫자는 모르나 연간 수십만 명의 새
생명이 태어나고 있다. 지구촌으로 보면, 연간 수억의 인구가 늘
어나고 있다. 이 좁은 땅에 그래도 뭔가 희망과 기대 속에 고고지
성孤孤之聲을 울려보는 것이리라.

그러나 태어나는 그 찰나에 이미 운명이 정해진다고 생각하니
소름이 끼친다.

사람의 분복分福이란 따로 있는 것인가.

사람마다 글씨를 쓴다든지, 그림을 그린다든지, 악기를 다룬

다든지 하는 재질에 있어서도 천차千差가 난다. 또 사물을 생각하고 판단하는 그릇의 크기도 만별萬別이다.

얼굴도 훤하게 잘나고, 몸도 튼튼하고 거기다가 재질을 겸비하고, 이해있고 부의 뒷받침까지 있는 좋은 부모를 만났다면 얼마나 유복할까. 그렇지 않다면 한 가지 재주라도 뛰어나게 왜 분복 받지 못했는가. 이렇게 자문할 때도 있으리라.

사람의 분복은 따로 있는 것 같은데 예외도 있는 모양이다.

불구이기 때문에 성공한 사람이 있는가 하면, 가난 때문에 더욱 분발하여 대성한 사람들도 있다. 순경에게 뺨을 맞고, 발길로 채인 것이 계기가 되어 법관으로 출세한 사람도 있다고 들었다.

뿐만 아니라, 고아로 태어났기 때문에 외국에 입양되어 좋은 환경에 사는 사람도 하나 둘이 아니란다. 사람의 운명이란 설명으로 되는 일이 아닌 것 같다.

'진인사대천명盡人事待天命'이라 했으니 할 일을 다 하고 운을 기다림이 순서이겠으나, 운이 있으면 기회가 닥쳐온다는 말도 일리가 없는 것도 아닌 듯하다.

기회란 필요할 때에 와주어야 하련만 인생사는 그렇지 못한 경우가 더 많다. 물을 얻지 못한 고기가 부지기수요, 기회가 오더라도 놓치는 경우도 비일비재하다.

매사는 억지로 안 된다고 한다. 될래야 된다는 것이니 기회라는 게, 시운時運이라는 게 정녕 그렇게 있어야 되는 것인지 알다가도 모를 일이다.

장자莊子가 어디를 가노라니까 조그만 꼽추 하나가 선조蟬蜩,

즉 매미를 잡고 있는데 백발백중으로 영락없이 잡더라는 것이다. 하도 신기해서 그 꼽추 옆으로 가서,

"승조유술호承蜩有術乎아."(매미를 잡는데 무슨 특별한 기술이 있느냐?) 하고 물으니,

"승조무술承蜩無術이라 유유전심唯有專心이니다."(매미를 잡는데 무슨 특별한 기술이 있겠습니까? 오직 전심으로 잡으면 꼭꼭 잡힙니다.) 하는 대답이었다.

장자는 이 꼽추의 말에 매사는 전심專心으로 하면 된다는 진리를 다시 깨닫게 되었다 한다.

장자는 또 한참 길을 가노라니까 어느 바닷가에 이르게 되었다. 때마침 다른 꼽추 하나가 해수욕을 하는 것이던지 옷을 훌훌 벗어버리고는 무시무시하게 물이 굽이치고 빙빙 도는 바닷물로 첨벙덩 뛰어 들어갔다.

장자는 깜짝 놀랐다. 저 꼽추가 저렇게 무섭도록 물이 굽이를 치고 빙빙 도는 바다로 뛰어 들어갔으니 '저놈은 이제 꼭 죽었구나' 하는 생각으로 걱정이 되고, 딱한 생각이 나서 우두커니 서서 바다만 바라보고 있노라니 한참 만에 그 꼽추는 저쪽 바닷물에 쑥 솟아 올라와서는 유유히 뭍으로 나와서 옷을 벗어 놓았던 장소로 다시 오는 것이 아닌가.

장자는 이상한 생각도 나고, 하도 신기롭기도 해서 그 꼽추한테,

"유수유술호遊水有術乎아."(물에 들어가는데 무슨 특별한 비법이 있는냐?) 하고 물으니,

"유수무술遊水無術이라, 유유순리唯有順理이니이다"(물에 들어가는데 별 비법이 있는 것은 아닙니다. 다만 순리대로 물굽이를 따라서 순순히 내려가면 될 뿐입니다. 만약에 역순을 하여가지고 억지로 무리한 짓을 하려고 하면 죽는 법입니다.) 하는 대답이었다.

이 말을 들은 장자는 '매사에 순리대로 해야만 한다'는 이치를 깨달았다는 것이다.

장자가 두 꼽추한테 배웠다는 전심專心과 순리順理는 하나의 진리가 아닌가 한다.

운이라는 것, 팔자라는 것, 복이라는 것, 이런 것을 찾는 길은 전심을 다하여 스스로의 운명을 개척하고 가꾸는 길이라 믿는다.

이는 일찍이 독일의 철학자 쇼펜하워가 "가장 위대한 사람이란 지구의 정복자가 아니라 바로 자기 자신의 극복자이다"라고 갈파하였음을 미루어 보아도 알 수 있는 일이다.

계미년을 맞으며 매사를 전심專心으로 행하고 순리順理에 따르리란 새로운 각오를 다진다.

염치와 양심

만물의 영장으로서 인간을 인간이게 하는 것은 이성理性과 양심良心이다.

이성이란 선악을 분별하는 힘이고, 양심은 그 분별의 기준이 되는 것이다.

양심이 인간의 정신적 생명을 책임진다면, 생물학적 생명을 책임지는 가장 소중한 장기는 심장이 될 것이다.

심장은 길이 15cm, 폭 10cm, 무게 340g 정도의 주먹만한 크기에 불과하다. 하지만 그가 수행하는 역할은 실로 놀랍다.

심장은 1분에 5L 가까운 피를 하루 10만 번씩 펌프질해서, 장장 11만 2천km에 이르는 혈관과 51억 개의 모세혈관을 통하여 400조에 이르는 세포 구석구석까지 영양분과 산소를 공급하고 노폐물과 이산화탄소를 수거해간다. 11만 2천km는 지구의 2.5바퀴 길이다. 인간의 일생을 60년으로 가정하면 그 동안 심장이 뿜어내는 혈액의 양은 무려 10t 트럭으로 1,600대 분에 해당하며,

그처럼 많은 양의 피를 순환시키기 위하여 심장은 18억 번이나 계속 뛰지 않으면 안 된다.

사람이 살아남기 위해서는 심장은 쉬지 않고 펌프질을 계속해야 한다. 마찬가지로 인간을 인간답게 지켜주기 위해서 양심은 잠들어서는 안 된다.

만일 양심이 그 기능을 상실한다면, 그의 칼날인 이성은 무디어지고 이성의 속성인 지혜는 간지奸智로, 그 힘은 폭력으로, 그 재주는 악마의 재주로 둔갑하여 인간이 인간을 해치는 존재로 전락하게 된다.

오늘날 우리나라에 만연한 집단 이기주의와 경제혼란과 부정부패 등 이 모두는 염치와 양심의 실종에서 비롯되었다.

이상적인 사회는 법보다는 도덕에 따라 개개인이 스스로를 통제해야 한다. 하지만 도덕에 의한 통제는 법치보다 어렵다. 그래서 미국은 법치를 강조하고 있다. 모든 사람들이 양심에 따른 염치를 아는 것은 아니기 때문에 법치를 사회질서 유지 수단으로 사용했다.

하지만 우리 사회에선 법치도 염치도 찾아보기 어렵다. 부끄러운 짓을 하고서도 전혀 부끄러운 줄을 모른다. 염치없는 사회가 된 것이다.

국민소득 2만 달러를 꿈꾸는 나라이건만, 미군부대에서 나오는 쓰레기로 끓인 부대찌개, 석고를 넣은 두부, 담배꽁초를 넣은 커피, 물들인 고춧가루, 최근엔 폐기 단무지로 속을 채운 일명 '쓰레기 만두'까지 판치고 있다.

기업의 도덕 불감증과 당국의 허술함, 무원칙과 무신경이 보여주는 작태가 점입가경이다. 어찌 부끄럽지 않으리오.

맹자는 사단설四端說에서 "자신의 옳지 못함을 부끄러워하고, 남의 옳지 못함을 미워하는 마음이 없다면, 사람이 아니다"(無羞惡之心 非人間)라 했다.

결국 맹자의 기준대로라면 사람 같은 사람이 별로 없다는 얘기다. 따지고 보면 우리 사회에서 법을 우습게 아는 것도 염치를 아는 마음이 부족하기 때문이다.

이제부터라도 우리들은 양심의 집인 심장으로 하여금 양심이라는 자양분을 혈관을 통해 사회 구석구석까지 순환시켜 사회조직을 활성화하고 무디어진 이성을 되찾아준다면 비록 어지럽혀지긴 했어도 환한 생명력이 넘치는 사회로 탈바꿈하게 될 것이다.

염치 있는 사회, 양심이 살아있는 사회, 도덕률이 존재하는 국가, 그것은 우리가 추구하는 건강한 사회라 믿는다.

자화자찬(自畵自讚)

바야흐로 17대 총선이 달포 남짓 남았다.

말을 타고 나오지도 않는데 선거에 입후보하는 것을 두고 출마出馬라고 하고 있다. 출마는 구름 같은 장수들이 천리마를 빗겨 타고 나오는 모습을 두고 한 말이다.

실업자가 많아서인지 아니면 인원수가 모자라 정치가 이 모양인지 국회의원 정원이 늘어나는 모양이다.

경기가 바닥세를 헤맨 지 오래다보니 하나같이 못해먹겠다 아우성이련만 유독 국회의원만은 해먹을만한 지 출마자가 줄잡아 수천 명인 모양이다. 인물이 이만큼 많으니 이 나라의 장래가 어찌 밝다고 아니하리오.

일단 출마하고 보면, 당선의 고지를 향해 수단과 방법을 가리지 않고 그야말로 사생결단이다.

당선을 위해서는 우선 자기 자랑을 하지 않을 수 없다.

인간의 홀로서기 계훈戒訓으로 알려진 팔불출은 허구헌날 자랑만 일삼고 제 할 일에 등한히 하는 것을 경계하는 일종의 경구이다.

자기 자랑은 결국 자신의 인격을 격하시키는 일이건만 좀처럼 삼가려 하지 않는다. 제 잘난 맛에 산다고 하였으니 어쩌면 자기 자랑은 흠이 될 리 없다. 하물며 선거에 있어서랴.

모수자천毛遂自薦이란 말이 있기는 하나, 출세를 하려는 이가 자기 입으로 나풀나풀 제 자랑을 하고 다녀도 어려운 판인데, 어느 겨를에 누가 자기를 알아주기를 기다리고 있으리오.

주자朱子님은 "제 자랑 말라, 남을 헐뜯지 말라"고 가르쳤건만, 중신아비나 중매 할미모양 자화자찬과 중상모략을 열심히 해야 하는 자기 PR시대에 살고 있는데, 하물며 선거에서야 어디 이를 말인가.

자랑을 많이 하는 사람에게는 거의가 다 고약한 습벽이 있다. 그 습벽이란 대부분 남의 인격과 권위를 격하시키고 모멸해야 자신이 상대적으로 격상된다는 오만한 생각을 두고 말함이다. 그래서 남의 이야기라면 무자비하게 배척하면서 자신을 치켜 올리는데 침을 튀기고 열을 올린다.

자신의 업적이나 잘한 것에 대한 과대포장은 어쩌면 모든 사람들의 공통된 생각일지도 모른다. 자신의 지나친 행동을 제어하지 못하면 자아도취에 빠지게 되고, 나아가면 독단으로 흐르기 십상이다. 굼벵이도 구르는 재주가 있고, 그 아무리 못난 사람이라 업신여김을 받는 사람에게도 남이 지니지 못한 장기가 얼마든지 있을 수 있다.

세상에는 부모를 잘 만나는 등 소위 줄을 잘 서서 능력보다 더 높게 대접을 받고 사는 경우가 있는가 하면, 제값만큼 평가받지 못하는 경우가 오히려 더 많다. 그래서 평가를 제대로 받기 위해서도 자기자랑이 필요한지 모를 일이다.

심리학에서 보면, 인간의 욕망 중에는 생리적인 것과 사회적인 것이 있는데 자기의 능력이나 개성을 타인 앞에 나타내어 자신의 가치를 높이 인정받고자 하는 것은 사회적 욕망으로서 이는 인간의 본능적 욕구라고 했다. 본능적인 것인 이상, 인간에게는 그 누구에게나 자랑하고 싶은 마음은 있는 법이다.

자기의 자랑심을 죽이고 겸손하려면 본능적인 욕구를 제지할 만한 자제력과 인내력이 수반되어야 하는데, 결국 자신의 인격 도야로서만이 이를 극복할 수 있는 것이다.

남을 비하하거나 비방하면서 자기 자신만은 치켜 올리는 사람 치고 대인관계가 원만한 사람을 보지 못했다.

천하를 주름잡을만한 경륜經綸과 포부가 있다면 더욱 냉정을 기하여 객관성 있는 논리로 상대를 납득시키거나 공감을 자아내게 하여야 하리라 본다. 그러면 자신의 위치와 권위는 일언반구의 자랑을 늘어놓지 않더라도 절로 돋보일 것이다.

'진실로 교만한 자는 겸허한 자.'라는 말을 다시 한 번 되새겨 볼 일이다.

선거를 앞둔 시점이기에 더욱 그러하다.

겸양지심(謙讓之心)

폭목暴木이란 나무가 있다. 나무 전문가가 아니면 폭목이 어떤 나무인지 모르기에 대부분의 사람들에겐 생소한 말이다.

'폭목'이라 함은 여러 나무들 사이에서 유별나게 한 나무만 덩 그렇게 자라서는 다른 나무들의 성장을 방해하거나 지장을 주는 나무를 가리키는 말이다.

여러 나무들 중에서 유별나게 잘 자란다면 종자목種子木이 되 련만 그렇지만은 않은 모양이다.

나무가 한꺼번에 너무 자란다거나 반대로 아주 더디게 자라는 것도 문제다. 적당히 자라고 다른 나무와 균형을 맞추면서 자라 는 게 올바른 나무의 성장이라고 임학林學 전문가들은 진단한다. 그래선지 폭목이 발견되면 즉시 베어 버리거나 없애버리고 만다.

나무가 폭목이 되어서는 비극을 맞든지 사람도 자기 혼자만 툭 불거지고 잘났다고 나선다면 미움을 받는다. 운동선수라면 언제나 앞장서고 뛰어나는 것이 자부와 긍지이련만 인간살이에는 그런 것이 아니기에 하는 말이다.

어우러져 사는 삶은 늘 조심스럽기에 자기를 낮추고 남을 높이는 인격이 갖추어졌을 때 오히려 존경을 받는다.

예기禮記의 학기學記편에 이런 말이 있다.

학연후지부족 교연후지곤 지부족연후능자반야 지곤연후능자강야.(學然後知不足 教然後知困 知不足然後能自反也 知困然後能自强也)

나름대로 풀이하면, "배우고 나서야 부족함을 알게 되고, 가르치고 나서야 고달픔을 알게 된다. 부족함을 알고서야 스스로 반성하게 되고, 고달픔을 알고서야 스스로 분발하게 된다"는 뜻이 아닌가 한다.

'예기'가 나온 것은 약 2000년 전이다.

그 아득한 옛날에 선인들이 지녔던 학문하는 태도에 절로 옷깃이 여미어진다.

지식의 부족함을 알게 되면, 스스로 반성하게 된다 하였으니 이러한 겸허한 마음가짐은 곧 자기 발전의 원동력이 되는 것이며, 또 좌절을 모르는 이러한 의욕은 자기 발전의 추진력이 되는 것이다.

사람이 그립던 참에 흰 강아지 한 마리가 제 발로 들어왔다. 자동차에 치인 것인지 오른쪽 뒷다리를 절뚝거리는 작은 개였다.

하는 일마다 꼬이고 재수가 없기로 흰 개가 제 발로 들어오면 길한 징조라기에 정을 주었더니 어디서 심하게 구박을 받았던지 사람을 피하던 놈이 제법 재롱을 부리고 귀여움을 받았다.

이놈이 주인 행세를 한답시고 이웃에서 풀려난 진도견에게 으르렁대다 일격을 당하여 사경을 헤매다 겨우 살아났다. 하룻강아지 범 무서운 줄 모른다는 격으로 까불다 당한 것이다.

내친 김에 '속새' 얘기도 하여 보자.

내가 관리하는 유리온실에 속새라는 풀이 있다. 속새과의 상록성 여러해살이풀로 산야의 음지에 사는데, 40~60cm로 자라며 속이 비어있다. 이 속새의 지상부는 풍열로 인하여 눈이 충혈되거나 눈곱이 끼고 눈동자에 백태가 끼며 시력이 떨어지는 증상에 쓰는 한약재인 목적木賊이다.

속새는 속이 비어있기에 쉽게 꺾인다. 그래서 자생지에선 바람 때문에 많이 자라야 60cm정도인데 외풍이 많이 닿지 않는 유리온실이고 보니 2m가 넘게 자라고 있으며, 어떤 것은 3m가까이 자라는 것도 있다.

진도견에게 일격을 당한 강아지며, 유리온실 속에서 제멋대로 자라는 속새를 보면서 느낀 바가 많다.

특히나 키 큰 속새는 사람들에게 이런 교훈을 주는 것 같다.

"난세亂世에서는 자세를 낮추어라. 자칫 잘못하다간 한 방에 끝장난다"고 말이다.

안양 서울 구치소엔 동교동계의 실세들이 많이 수감되어 있다는 보도가 있었다. 대통령의 두 아들을 비롯하여 현 정권의 제2인자라 일컬어지던 K씨 등 나는 새도 떨어뜨린다던 권력을 쥐었던 사람들이다.

　이들의 말로는 마치 폭목이 제거되듯이 자세를 낮추지 아니한 결과이리라.

　자세를 낮추는 것, 이것이 요즘 같은 난세를 사는 지혜다.

드러냄의 아름다움

　겨우내 죽은 듯이 움츠리고 있던 풍란의 뿌리가 움직이기 시작하는 계절이 되었다.

　풍란은 고전원예식물로서 오랜 세월동안 여러 가지 이름으로 불리어 왔다. 맑고 그윽한 향기가 매혹적이라서 계란桂蘭, 바위 위에서 우로를 벗하기에 선초仙草, 잘 죽지 아니하고 묵은 뿌리가 죽으면 새 뿌리가 나오면서 영고성쇠의 변화를 보여주기에 불사초不死草, 가뭄에 잘 견디고 공중 습도만으로도 살아가기에 건란乾蘭, 처마 끝에 매달아두고 그 운치를 즐겼다고 하여 헌란軒蘭이라 부르기도 했다.

　작설 같은 잎은 건실하고 감향의 꽃도 아름다우나 아무래도 풍란의 진면목은 뿌리가 아닌가 싶다. 그래서 근예根藝란 원예용어가 생겨났다. 난잎의 아름다움은 튼실한 뿌리 덕분이다. 성장기의 난분을 쏟아보면 흰 뿌리가 뻗어있다.

　하지만 근예는 일반 난의 뿌리를 두고 하는 말이 아니고, 풍란

뿌리의 아름다움을 일컫는 말이다.

마알간 풍란의 뿌리를 들여다보노라니 투명성 협약이니, 부패방지위원회, 공직자윤리강령, 공직자부패수사처 등의 용어가 떠올려졌다.

국제투명성기구(TI)은 각종 부패의 극복을 목적으로 지난 1993년에 설립된 국제민간단체로 독일의 베를린에 본부를 두고 활동하고 있다.

이 기구가 행하고 있는 가장 큰 사업은 국가별 부패인식지수(CPI)를 산출하는 일이다. 이는 각 나라의 공무원이나 정치인 등 공공부문의 부패가 어느 정도인지를 나타내는 것으로 부패관련 설문조사 결과를 지수로 산출해 1995년부터 매년 발표하고 있다.

올해 발표된 부패인식지수에 따르면 우리 한국은 10점 만점에 4.5점을 얻어 조사대상인 세계 146개 중 47위를 기록했다. 47위라면 부끄러운 순위다.

지난 석 달 사이에 낙마한 고위 공직자가 4명이나 된다. 이 기준 교육부총리, 이헌재 경제부총리, 최영도 국가인권위원장, 강동석 건설교통부장관 등이 그들이다. 재테크 수단으로 주소를 좀 옮겨 부동산을 사고, 제도의 허점을 이용하여 자식하나 그럴듯한 대학에 입학시킨 것이 무슨 큰 문제냐고 당사자들은 억울해 할런지도 모른다.

하지만 부패한 지도층을 원하지 않는 것이 이 시대의 흐름이다. 권한을 행사하는 그 직위에 걸맞는 강도 높은 책임과 의무, 도덕성과 청렴성을 강력히 요구한다. 적격성 시비로 벌어진 사퇴 도미노 현상은 부패한 우리 사회가 청렴사회로 가기 위한 불가피한 과정이라 보는 시각이 많으리라 본다.

낙마한 공직자 중에는 아까운 인물도 있기에 투명사회도 좋지만 국가와 국민을 위해 봉직할 인물난 우려도 있는 모양이다. 과연 그럴까. 부총리 자리, 장관직이 공석이 될까하는 걱정은 그야말로 기우다.

강동석 장관이 사퇴하자마자 면면이 쟁쟁한 사람들이 자천타천으로 후임자로 거론되어 그 수가 10여 명이 웃도는 모양이다. 그 중에는 장관이 되자말자 여론의 뭇매를 피하기 힘든 인사도 상당수 포함되어 있다고 한다.

옳은 이름을 남기기는 어렵다. 정말 힘든 일이 아닐 수 없다.

도덕성이 고위 공직자 임명의 주요한 기준으로 점차 자리 잡고 보니 정권과 맞는 코드나 화려한 경력은 죄다 쓸쪽 데 없게 되었다. 무서운 세상이 되어간다.

조선시대에 향약鄕約이란 게 있었다. 향약은 지방수령이 정한 것으로 각 고을마다 백성들의 도덕적 해이와 전통문화 훼손을 막는 데 크게 기여했다. 향약에는 규약을 어겼을 때 가하는 벌칙 등급이 정해져 있었고, 형벌을 가하는 방법은 양반과 상민을 달리했다.

예컨대 아버지 앞에서 큰소리로 대들거나 상喪을 당한 사람이 술에 취해 주정을 하면 아주 상벌上罰에 해당됐다.
이때 신분이 상민에 속하면 태笞를 치고, 양반이면 많은 사람 앞에 자기 이름을 써들고 앉아 있게 했다.

이같은 명예형벌을 만좌명책滿座名責이라 하여 향약이 가할 수 있는 최고의 형벌로 삼았다.

이처럼 이름을 공개, 훼손하는 것이 어떤 체벌보다 더 중형이었으니 주제넘고 시대의 요구를 외면하고 한자리 하겠다고 불속으로 뛰어드는 불나비들은 만좌명책을 새겨들어야 망신을 면하리라.

세계에서 가장 물이 깨끗한 나라는 핀란드이다. 깨끗한 물만큼 부패지수에서도 5년 연속 1위로 선정된 핀란드를 들여다보면 배울 점이 많다. 이 나라는 사회 구석구석이 깨끗한 청정국가라 그 공개성과 투명성에는 부패가 끼어들 여지가 없다.

사람들은 겉으로 드러난 치부, 마음 속 이기심 등 감출만한 것은 죄다 감춘다. 감추지 않으면 불안하기 때문이리라.

풍란은 감추지 아니하고 모두 드러낸다. 말갛게 드러낸 뿌리, 감출 게 없는 당당함, 그것은 더 없는 진솔한 아름다움이다. 덧칠하지 아니한 아름다움, 그런 세상이 되었으면 좋겠다.

아무렴 사람이 풍란만큼도 못해서야….

바나나공화국

세계의 선진국들은 경기가 회복세로 돌아서 성장의 기치를 올리고 있으나 우리는 지금 경기는 바닥을 헤매면서 내부의 분열로 홍역을 치르고 있다.

총선 2개월 여 남긴 시점이어서인지 정부 각 부처는 시중의 실업자를 거의 모두 흡수할 정도로 일자리 만들기 대책을 쏟아내고 있다. 하지만 고용 및 복지정책은 지나치게 부풀려 있고, 재원 조달 등 구체적인 실천방안은 빠져있다는 지적도 나오고 있다.

이번 겨울은 유난히 추웠다. 경기침체의 골이 길어지면서 전기료, 수도료, 전화요금, 건강보험료, 지방세 등 생활기초비용조차 감당 못하는 빈곤층이 급증하고 있다는 보도가 있었다. 영세민이나 저소득층이 주로 사는 영구 임대아파트에는 특히 전기나 수도는 물론 심지어 가스까지 끊겨 힘겨운 겨울을 보내는 사람이 부지기수라고 한다.

살기가 어려워서인지 너나없이 못해먹겠다 아우성이다. 대통령도 못해먹겠다, 기업도, 장사도 못해먹겠다고 한결같이 아우성이다. 그러다보니 아무 것도 해먹을 것이 없으니 너도나도 이 나라를 떠나야 한다는 판단인지 기업은 중국으로, 동남아로, 얼마 전에는 이민 상품이 불티가 난다고 야단이었다.

자살자가 속출하고 흉악 범죄가 판을 치는 세태이고 보니, 집에 기르는 강아지란 놈도 짖기를 멈추었다는 풍자가 있다. 도둑을 지키는 것이 일인데, 사람이란 사람은 모조리 도둑으로 보이니 차라리 입을 닫아버렸다는 이야기. 웃어버려도 좋을 이야기련만 뒷맛이 개운치 않다.

외국에선 우리나라를 '바나나공화국(Banana Republic)'으로 보는 모양이다.

'바나나공화국'이란 말은 19세기말경 미국의 유나이티드 프르츠 회사(United Fruit Company)가 중미지역에 바나나를 수출하면서 미국 정보기관(CIA)의 협조 아래 온두라스, 과테말라 등 중미 각국에서 자사의 특권과 이익에 비판적인 정권이 출범하면 어김없이 쿠데타를 일으켜 매판정권을 수립한 일에서 유래했다. 중미 각 국가 정권의 운명을 일개 바나나회사가 결정하였던 것을 비아냥거려 '바나나공화국'이란 말이 탄생한 것이다.

이러한 나라들에서 부패와 부정이 만연했을 것은 불 보듯 자명한 일이다.

최근 한국 상황을 보도하는 외국 언론들은 한결같이 "부패가 정치 경제발전을 막고 있다"며, 대통령의 부패스캔들을 지적하고 있다.

지난 10일부터 불법대선자금청문회가 열리고 있다. 그런가 하면 대통령 측근 비리의혹 특검의 수사가 진행중이다. '측근'의 비리는 대통령과 무관하다고 아무리 외쳐봤자 결국은 대통령 비리요, 부패일 수밖에 없다.

은행나무는 중국 원산으로 불교와 유교를 따라 우리나라에 들어왔다. 열매가 살구와 비슷하게 생겼다 하여 살구 행杏자와 중과피가 희다하여 은빛의 은銀자를 합하여 은행이라는 이름이 생겼다.

은행나무에는 나무를 파먹는 독한 벌레가 있었다. 마치 오늘의 밤나무혹벌과 같은 놈이었다.

벌레들은 막강한 힘으로 은행나무를 하나하나 쓰러뜨렸다. 드디어, 은행나무의 시체는 온 산야에 즐비했다.

오만방자한 벌레들은 생각하였으리라. '징기스칸의 표한慓悍도 우리들의 위력만은 못할 걸…'하고.

그러나 그 뉘라 짐작하였으리오. 그들이 파먹고 있던 은행나무의 전멸의 날이 바로 그들 자신의 멸망의 날이었음을!

이렇게 해서 은행나무와 은행나무 벌레는 때를 같이하여 공도동망共倒同亡했다.

창세기의 대홍수에도 노아의 방주方舟가 있었다. 그것이 간신히 사람의 생명을 이어주었다.

그 무서운 은행나무 독벌레의 창궐猖獗속에서도 멀리 중국의 쓰촨성四川省 어메이산蛾眉山에는 독야청청獨也靑靑한 몇 그루의 은행나무가 남아 있었다. 그것이 번식하여 다시 퍼진 오늘의 은행나무는 싱싱한 건강과 번영을 누리고 있다. 천연기념물로 지정된 노거수 중에 은행나무가 가장 많은 것은 오래 살며 수형이 크고 아름답기 때문이다.

그 옛날 조상들을 멸종의 위기에까지 몰고 간 은행나무 벌레의 횡포와 비참한 종말을 모르는 체 말이다.

부패와 경제파탄은 샴쌍둥이다. 우리가 부패를 몰아내지 않으면 부패가 정치를, 경제를, 민주사회를, 국가를 무너뜨린다. 마치 은행나무 독벌레가 은행나무를 모조리 쓰러뜨리듯이.

오늘의 상황을 두고 조선 말기와 비슷한 증세라고 말하는 이도 있다.

바나나공화국의 오명을 씻는 길은 이번 총선에서 참신한 인물을 뽑는 일이 아닌가 싶다.

춘래불사춘春來不似春이런만 그래도 따뜻한 봄날이 기다려진다.

언이인격(言而人格)

사람의 입, 더구나 여러 사람의 입이 들면 멀쩡한 거짓말이라도 진실인 것처럼 만들어내기 쉽다는 말이 삼인성호三人成虎다.

삼인성시호三人成市虎라고도 하는 이 말은 중국의 전국시대 방총龐蔥이란 사람의 고사에서 비롯된 것으로, 사람 셋이 우기면 안 나타난 호랑이도 나타난 것처럼 되어 버린다는 뜻이다.

'삼인성호'라지만 하필 세 사람의 입까지 빌릴 필요가 없다. 단 한 사람의 입이 호랑이를 만들어내는 경우도 없지 아니하다.

말의 위력은 크다. 그래서 때와 장소를 가려서 꼭 필요한 말만 해야 한다는 것은 만고의 진리다.

말이란 자기의 의사를 분명히 전달하는 최상의 방법이며, 아울러 상대방을 무력하게 하는 최고의 무기이기도 하다.

말이 곧 인격임은 두 말할 나위가 없는 것이다. 사람과 사람의 말, 즉 대화는 정말 어렵다. 동문서답東問西答의 말도 있겠고, 마이동풍馬耳東風식의 답변도 있을 것이다. 또 어떤 경우에는 우문

현답愚問賢答을 하기도 한다.

그것들 모두가 편의에 따라 이루어지기도 하겠지만, 대개는 전달의 과정에서 퇴색되고, 왜곡되기 때문에 그런 현상이 발생한다고 보아도 좋을 것이다.

입이 곧 화의 근원口是禍門이라 했다. 그래서 말조심은 살아가는데 없어서는 안 될 금석金石같은 관습이 되었다.

예로부터 우리 조상들은 말의 중요성을 깨우쳐 줌과 동시에 여러 가지 종류의 말에 대한 표현을 상기시켜 주었다. 이를테면 혼자 마음속에 깊이 간직해야 할 말을 함부로 하게 되면 실언失言이라 하여 비웃음을 받았다. 또 앞 뒤 가리지 않고 아무 말이나 지껄이면 망언妄言이라 하여 손가락질을 받았다.

그런가하면 앞서 한 말이나 약속이 뒤에 하는 것과 다르면 식언食言이라 하여 믿으려 들지 아니하고, 중용中庸의 도를 지키지 못하고 필요 없는 말을 하게 되면 방언放言이라 하여 무시당하게 되고, 진실 되지 아니하고 실없는 말을 모언貌言이라 하여 업신여김을 받고, 남의 환심을 사려고 아첨하며 교묘하게 꾸며대는 말은 교언巧言이라 하여 멸시했다. 이런 말들은 이 세상에서 아무 쓰잘 데 없는 허언虛言인 것이다.

과거사에 대한 실상이 없는 빈말을 일삼은 일본 수상들의 방한 발언들은 허언의 표본이라 해도 결코 지나치지 않으리라 본다.

"말은 번지레하게 늘어놓고 외양을 가꾸는 것은 진실에서 멀다."는 공자님 말씀은 진실을 표현해야 할 말이 도리어 거짓을 얼버무리고 잊기 쉬움을 경고하고 있다.

믿을 신信자는 사람人의 말言로 짜여 있다. 진실되고 믿음이 없는 말은 말이 아니고 소리에 불과하다.

말이란 묘한 것이다. 우리는 어떤 일에 '옥석구분'이라고 하나, 이를 잘못하여 옥석玉石을 구분區分하는 줄로 써 놓은 글을 본 적이 있다. 이는 옥석이 구별없이 몽땅 타버리는 옥석구분玉石俱焚, 즉 안타까움을 일컫는 말로서 정히 반대이다.

언어의 구사란 정말 어려운 작업이다. 그렇기 때문에 말이란 하기 전에 한 번 더 해야 될 말을 정리하고, 한결 세심하게 다듬고, 특히 많은 이야기를 서너 마디로, 가능하면 짧게 줄이는 훈련이 필요한 것이다. 연설과 여자의 치마길이는 짧을수록 좋다고 하지 않던가.

바야흐로 선거철이 되었다. 말을 타고 나오기 때문에 출마出馬라고 한다더라만 입후보자들의 어떤 출마의 변이, 공약이 쏟아져 나올지 지켜볼 일이다. 그 말들이 허언이 아니길 빌면서 말이다.

당랑거철(螳螂拒轍)

'안분신무욕安分身無辱이요, 지기심자한知己心子閑'이라는 옛 성현의 말씀이 있다. 즉 '분수를 알아 살아가면 몸에 욕된 일이 없고, 자기 자신을 알고 처신하면 마음에 근심 걱정이 없다'는 뜻이다.

오늘날과 같이 이기적이고 물질만능의 사회에 살면서 분수지키기를 강조한다는 것은 어쩌면 시대착오적인 사고라고 비웃을지 모를 일이다. 하지만 사회가 복잡해지고 경쟁이 치열할수록 우리는 더불어 사는 지혜를 터득해가지 않으면 안 된다. 그 지혜는 자족할 줄 알고, 양보할 줄 알며, 상대를 인정해 줄 수 있는 수분守分하는 자세에서 나오기 때문이다.

그 동안 우리 사회에서는 개인도, 국가도 과분할 정도로 분수를 헤아리지 못하는 일이 많이 일어나고 있다. 그것은 아마도 짧은 기간 내에 성취할 수 있었던 가능성으로 말미암아 생긴 착각현상일지도 모른다.

근간에 우리 사회에서 일어나고 있는 크고 작은 병리현상과 갈등구조도 대부분의 사람들이 자기의 설 자리를 잃고 방황하는 데 있다고 본다.

자기의 분수를 망각하고 허망한 꿈과 욕망을 추구하여 자기보다 우월한 상대를 인정하지 않으려 하는 과대망상증이 결국은 자신을 욕되게 하고 사회를 불안하게 하는 것이다.

장자莊子의 천지편天地篇에 겁 없는 사마귀 얘기가 나온다. '약부자지언若夫子之言 어제왕지덕於帝王之德 유당랑지노비이당거철猶螳螂之努臂以當拒轍.' 즉 장사의 말과 같은 것은 '제왕의 덕에 비하면, 오히려 사마귀가 화가 나서 팔뚝을 곤두세우고서 수레바퀴에 대드는 것과 같다'는 뜻이다.

세상을 풀벌레쯤으로 우습게 여기던 사마귀는 천하에 겁날 것이 없었다. 만만한 먹이인 여치를 덮치려는 순간 달려오는 마차 소리 때문에 그만 먹잇감인 여치가 날아가 버리고 말았다. 화가 치민 사마귀는 수레를 혼내 주겠노라고 한길로 나와 마차와 대적하려고 우람한 양팔을 쳐들고 버티어 섰다. 수레를 우습게 안 사마귀는 그만 수레바퀴에 짓눌려 박살이 나고 말았다.

장자는 왜 겁 없는 사마귀 얘기를 했을까? 아마도 겁 없이 오만한 무리들을 겨냥해서 이런 얘기를 했으리라 짐작된다.

우리 모두가 냉정히 자기 자리로 돌아가 자족할 줄 알고 양보하며 분수를 지키는 생활태도를 가져야 할 때가 바로 지금이 아닌가 한다.

이제 대선이 달포 남짓 남은 지금, 민의는 아랑곳 않고 부끄러움도 모른 채, 오로지 줄을 잘 서기 위한 선량들의 이합집산은 점입가경이다.

대선주자들의 발 빠른 활동 또한 뉴스의 초점이 되고 있다. 하지만, 준비된 대통령이라던 분의 철저히 망가져가는 말로를 지켜보는 국민들의 심정이 착잡함은 취임 초에 걸었던 기대가 너무 컸기 때문이리라.

이번 대선주자 중 한 사람이 대권을 쥐게 될 것이다. 그 만은 국민을 우습게 알았던 전임자의 전철을 밟지 않기를 바라는 마음 간절하다.

아무렴 사람이 사마귀 같은 우를 범해서야 될 일이 아니기에 하는 말이다.

상석(上席)

　누구나 자기 능력에 알맞은 일을 택하여 열성을 기울여 이를 완수한다면 그 직업에 귀천을 따질 일이 아니다. 특히 남이 할 수 없는, 나만이 할 수 있는 독특한 일을 창조하는 것은 성공의 가장 가까운 길이라 하겠다.

　프랑스 제3공화국 제4대 대통령 가루노의 명성이 한창 높을 때의 일이다. 파리의 어떤 부호가 각계의 명사 수십 명을 초대하여 큰 파티를 열었다. 가루노 대통령도 초대를 받고 참석했다. 자리에 앉으려고 상석을 찾아가 보니 자리가 없었다. 제일 높은 자리는 국영철도회사의 기사장이 앉아 있고, 그 다음이 유명한 문학자, 그리고 화학교수가 세 번째 자리를 차지하고 대통령인 자기 자리는 열여섯째로 되어 있었다.

　이와 같은 좌석 마련에 대해서는 대통령인 가루노는 물론 그곳에 초대된 모든 손님들이 다 같이 의아하게 생각하고 있었다. 좌중의 한 사람이 주인에게 그 사유를 물었다. 그제서야 주인은 다음과 같이 말했다.

"무릇 세상에서 위대한 사람이라고 한다면 그 사람이 아니고
서는 안 되는, 다시 말하면 다른 사람이 대리를 할 수 없는 사람
인 줄로 압니다. 우리가 오늘 저녁에 상좌에 모신 국영철도회사
의 기사장으로 말할 것 같으면, 프랑스는 말할 것도 없고, 온 세
계에서 그 기술이 두 사람이 있을 수 없는 사람입니다. 그러므로
당연히 상석에 모셔야 했고, 그 다음의 문학자와 화학교수도 같
은 이유입니다.

그러나 대통령이신 가루노 씨로 말하면, 이렇게 말하는 것이
대단히 실례가 될 지도 모르겠습니다만, 가루노 씨가 맡고 있는
대통령직은 가루노 씨가 그만 둔다고 해도 또 다른 사람이 그
직무를 대리할 수 있는 자리라고 말할 수 있습니다.

아무도 대리가 될 수 없는 일을 꾸준히 성의 있게 해나가는
사람을 우리는 높이 평가해야 하겠습니다. 이런 연유로 감히 대
통령을 열여섯 번째의 좌석에 모셨습니다."

이렇게 말하는 주인의 말에 그 자리에 모였던 명사들은 모두
감탄해 마지않았다.

이 일은 프랑스에서나 가능한 일일지도 모른다. 우리나라에서
대통령이 납신다 하면, 며칠 전부터 수십 명의 경호원들이 법석
을 떨고 더구나 대통령의 좌석을 열여섯 번째가 아닌 차석에다
두었다 해도 불경죄로 난리가 났을 테니 말이다.

거제면사무소 옆 시장통 입구에서 붕어빵을 먹어보았다.

여태 먹어본 붕어빵 중 가장 맛이 있었기로 붕어빵을 굽는 아

주머니에게,

"아주머닌 거제에서 제일 맛있는 붕어빵을 굽는 사람입니다."

라고 하였더니, 그 기뻐하는 모습이라니.

머잖아 있을 지방선거에 후보로 나설 사람들의 이름들이 지면을 장식하고 있다. 우리 거제를 이끌 인물도 많은 모양이다. 하지만 거제의 주인은 선거에서 이긴 선량들이 아니고 우리 시민들이다.

우리 모두 거제의 상석에 앉도록 맡은 바 직분에 심혈을 기울이고 볼 일이다.

팔불출(八不出)이라는 계훈(戒訓)

'팔불출八不出'의 원래 뜻은 열 달을 다 채우지 못하고 여덟 달 만에 낳은 아이를 일컫는 '팔삭동이八朔童'에서 비롯되었다는 것이 정설이다. 온전하게 다 갖추지 못했다하여 '팔불용八不用'이라고도 한다.

'덜 떨어진', '좀 모자란', '약간 덜 된 것'을 의미한다.

국어학자들은 그런 어의語義를 모아서 팔불출을 여덟 가지 덜 된 사람을 일컫는 보조관념으로 만들었다. 어찌 보면 인간이란 여기 놓이고 거기 놓일 수밖에 없는 유한적 존재자임을 감안하여 만들었을 법한 '팔불출'이라는 어휘는, 인간의 홀로서기 계훈 戒訓으로 알려져 있다.

그 첫 번째가 제 잘났다고 뽐내는 놈, 두 번째가 마누라 자랑이고, 세 번째가 자식자랑이란다. 네 번째는 나는 누구의 아들이고, 그 선조가 어땠고, 그 아비는 대단한 위인이라고 자랑만 일삼는 놈이라고 비꼰다. 다섯 번째는 저보다 잘난 듯싶은 형제 자랑이고, 여섯 번째는 나는 어느 학교 누구의 후배라고 자랑하는 일이다. 일곱 번째는 제가 태어난 고장은 어디어디라고 우쭐해하는 놈이라고 한다.

재미있는 것은 팔불출이라는 원의가 본디 덜 떨어진 것을 비꼬아 만들어서 그런지, 마지막 여덟 가지 하나를 덜 만들어 놓았다는 것이다.

어찌 보면 앞에 예거한 모든 것이 자랑거리가 아닐 수 없다. 제 잘난 맛에 살다보니 자기자랑이 흠이 될 리 없고, 부인이나 자식이, 그리고 선조가 잘 되었다고 자랑을 늘어놓는 일을 죄악시 할 수는 없다. 다만 그것을 빌미삼아 허구한 날 자랑만 일삼고 제 할 일에 등한한 것을 경계하는 일종의 경구라고 보아야 할 것이다. 왜냐하면, 범속한 필부들은 거기에 매달려 있지 않기 때문이다.

자기자랑은 자신의 밑천을 들어내 보이는 것으로 결코 이롭지 않건만 그칠 줄을 모른다. 하기야 오늘날은 자신에 관한 일은 자신이 소개하고 자랑하지 않으면 알아주지 않는 자기 PR세상이니까 그럴 법도 하지만, 자기자랑에도 분수와 한계가 있기 마련이다.

아인슈타인 박사가 하루는 자기 연구실에서 한창 연구에 몰두하고 있었는데, 사환 아이가 맨손으로 들어와서 난로 속에 있는 불을 좀 빌려가겠다고 하는 것이다.

순간 짜증어린 말투로 "어디 불을 가져가 보라"고 호통을 쳤더니, 그 아이는 어쩔 줄 모르고 당황해하다가 엉겁결에 자기

손바닥에 난로 속의 식은 재를 한줌 깐 다음 그 위에 불덩어리를 얹어가지고 황급히 나가더라는 것이다.

박사는 그 아이의 임기응변에 새삼 감탄하면서 평소 자기가 느끼지 못했던 새로운 지식을 이름 없는 한 사환아이로부터 배웠노라고 술회했다.

세상일 혼자 다 알고, 자기이상 아무도 없다는 유아독존식 사람들은 이러한 교훈을 한번쯤 되새겨 볼 일이다. 옛 선비들은 남이 알아주지 않는 일에 근심하기보다는 항상 자기 허물이 있을까 근심하면서 도광양덕韜光養德의 미덕을 기리며 살아갔다고 하지 않던가.

철강왕 카네기 처세술에도 보면, 좌중에서 자기 말을 많이 하는 것보다는 남의 이야기를 신중히 귀 기울여 들을 줄 아는 사람이 되어야한다고 했다.

자신의 능력에 자신감과 자부심을 갖는 것도 좋으나 남을 업신여기거나 지나친 자기도취에 빠지는 것을 경계해야 한다.

바야흐로 선거의 계절이 되어간다. 천하를 주름잡을만한 경륜과 포부가 있다면, 더욱 냉정을 기하여 객관성 있는 논리로 상대를 납득시키고 공감을 자아내어야 하리라.

그러면 자신의 위치와 권위는 일언반구의 자랑을 늘어놓지 않더라도 절로 돋보일 것이 아니겠는가.

부패의 종말과 청렴

우수가 지나는가 했더니 사위가 수런거린다. 겨우내 숨어있던 봄이 훈풍을 데리고 행동을 개시한 것이다.

들녘엔 농사채비를 하는 농군도 보인다.

농인이 나에게 봄이 옴을 고하거늘(農人告余以春及)
장차 서쪽 밭에 일이 있으리로다.(將有事於西疇)

도연명陶淵明의 귀거래사歸去來辭 그대로다. 시간은 언제나 준비한 사람의 몫이라 하지 않던가. 외투를 벗어던지고 대문 밖으로 나가 봄을 맞이할 일이다.

소치 동계올림픽으로 설친 밤잠이었는데, 세 달간 유혈충돌을 거듭해온 우크라이나 사태가 야권으로 정국의 주도권이 넘어가면서 급변하고 있다는 보도와 함께 도망간 야누코비치 대통령의 호화 관저가 컬러로 지면을 장식하여 아연했다.

우크라이나 고위층의 부패 상징인 호화로운 관저 '메지히랴'는 지금까지 철저히 봉쇄돼 외부에 알려지지 않았다.

여의도 면적의 절반에 이르는 관저는 드높은 울타리 안에 잔디가 잘 다듬어져 있고 타조와 공작, 뇌조를 비롯해 사슴과 야생돼지 등 동물원을 방불케 할 정도로 여러 종의 동물들이 사육되고 있었다.

이 모두가 야누코비치의 식탁에 올라갈 요리를 만들기 위한 재료이다.

그런가 하면 18홀짜리 골프장, 헬기 이착륙장은 물론 수십 대의 초고가 클래식 자동차가 주차된 그야말로 초호화 저택이다.

우크라이나 언론은 부정축재로 악명 높았던 야누코비치 대통령이 이 저택을 짓는데, 1억 달러(약 1170억 원)를 들였을 것으로 추정하고 있다. 저택을 찾은 시민들은 미래의 지도자들에게 교훈이 될 수 있도록 '메지히랴'를 '부패박물관'으로 보존해야 한다는 제안도 했다고 한다.

부정과 부패의 종말은 파국이었다. 파국에 이르는 수순은 한 치의 오차도, 예외도 없었다.

한비자韓非子에 은殷왕조 주왕紂王 이야기가 나온다.

'상아 젓가락'으로 인구에 회자되었기에 야누코비치 대통령의 호화 사치 종말과 견주어 봄직도 하여 옮겨보기로 한다.

주왕의 마음을 빼앗은 달기라는 여자가 있었는데, 한번은 달기가 주왕에게 나무젓가락을 쓰기 싫다는 푸념을 했다. 그래서 상아로 만든 젓가락으로 밥을 먹게 되었다. 주왕의 삼촌으로 현명한 신하였던 기자箕子는 이제 나라가 망하게 되었다며 이렇게 탄식했다.

"상아 젓가락으로 밥을 먹게 되면, 국을 흙으로 만든 오지그릇에는 담을 수 없고 반드시 뿔이나 주옥으로 만든 그릇이어야 할 것이고, 주옥 그릇이나 상아 젓가락을 사용하게 되면, 반찬은 콩이나 콩잎으로는 안 되며 반드시 쇠고기나 코끼리고기, 표범고기를 차려놓아야 한다. 그런 고기를 먹게 되면 짧은 털가죽 옷을 입거나 초가집에서는 살 수 없는 노릇으로 반드시 비단옷을 입어야 하고 고대광실에서 살아야 할 것이다. 이와 같이 모든 것을 상아 젓가락의 격에 맞추다 보면 천하의 재물을 총동원해도 모자랄 것이다."

사람들은 기자의 탄식을 기우라며 대수롭지 않게 여겼다. 그러나 주왕은 상아 젓가락을 계기로 식사와 의복이 사치에 흐르고 자극적인 음사로 흐르게 되어 주나라 무왕에게 토벌 당했다.

나라가 망하는 마지막 순간 보석으로 치장된 옷을 입고 달기와 함께 불속에 뛰어들어 자결하고 말았다. 작은 것 하나부터 명품을 찾고, 비싸고 좋은 것만 고르다간 전반적인 눈이 너무 높아져서 마침내 재산을 탕진하고 패가망신하기 십상이다.

기자는 고대 한국사에 나오는 기자조선을 세운 바로 그 사람이다.

자그마한 부정부패가 모여서 세상을 혼탁하게 만든다.

'성품과 행실이 맑고 깨끗하여 재물 따위를 탐하는 마음이 없음'이 청렴의 사전적 의미다. 청렴은 검소함과 나쁜 욕망을 초월

한다는 두 가지 뜻으로 쓰이고 있다.

대체로 사람들은 청렴을 남의 일처럼 생각하고 있다. 우리는 보통 청렴이라고 말하면, 성품이 올곧고 강직하여 부드럽고 진솔하고 순수한 인간미와는 동떨어진 교과서적인 귀감들을 연상하고 경원시하고 있다. 그러나 역사 속에서 전해오는 선조들의 청렴 얘기는 세속적인 욕망을 멀리하고 일반 사람들이 지향하기에 불가능한 삶을 산 것이 아니었다.

청렴은 누구나 쉽게 이룰 수 없는 삶의 목표일 따름이지 그 시대의 삶 속에서 순수하면서도 지극히 인간적인 이야기였음을 간과해서는 안 될 일이다.

"처리된 민원 및 업무의 청렴도 조사를 10분 뒤에 실시할 예정이오니 참여를 부탁드린다."

라는 거제시에서 보낸 문자를 접하고 이 글을 쓴다.

청렴도 조사까지 하는 것을 보니 청렴도에 꽤나 자신이 있는 모양이다.

머잖아 경칩이다. 만물이 소생하는 좋은 계절에 훈풍이 좀 세차게 불어 얼었던 우리들의 가슴을 녹여 주었으면 좋으련만.

발상의 전환

문민정부가 끝나고 국민의 정부라는 DJ정권이 시작되면서 반면교사反面教師라는 말이 회자되었다. YS가 뒤를 잇는 대통령들에게 어떻게 하면 IMF를 미리 피할 것인가를 가르쳐주는 반면교사가 되어 주었다는 것이다.

하지만 국가와 가정이 빚더미에 치여 경제위기를 걱정해야 될 정도로 나라꼴이 말이 아니라서 이대로 가면 5년 전 외환위기와는 다른 경제위기에 빠질 수 있다는 경고는 시쳇말로 장난이 아닌 것 같다.

경제위기에 기상이변까지 겹쳐 금년엔 문자 그대로 설상가상이었다.

그런가 하면 대선이 열흘 남짓 남은 지금 세상천지가 온통 보수와 개혁의 양극으로 치달아 나라꼴이 마치 배반낭자와 같다.

술잔과 그릇이 어지러이 흩어진 모양이 배반낭자杯盤狼藉다. 이 말은 사기史記의 골계열전滑稽列傳 순우곤전에 실려 있다. 술이 지극하면 어지러워지고, 즐거움이 지극하면 슬퍼진다고 했다.

파장 술자리와 같은 현 상황을 그대로 두어서는 될 일이 아니다.

위기가 곧 기회라는 말이 있다.

이곳 자연예술랜드 조경공사 때의 일이다. 작업인부 중 여러 가지 아이디어를 제공하는 사람이 있었다. 조경공사에 처음 참여하는 사람치곤 꽤나 눈썰미가 있기에 착상이 예사롭지 않다고 칭찬하였더니 그가 하는 말, "자주 허리를 굽혀 다리 사이에 머리를 넣고 거꾸로 세상을 본다고 했다. 그러면 세상이 전혀 딴 세상처럼 보이며 거기에서 여러 가지 아이디어를 얻는다"고 했다.

그렇다. 발상의 전환은 아무에게나 오는 것이 아니고, 새로운 것을 찾는 사람에게만 선물로 주어지는 것이다. '높이 나는 새가 멀리 본다'는 말은 결코 빈 말이 아닐지니 머리를 가만히 두는 것은 현명한 사람이 취할 바가 아니다.

고여 있는 물은 썩기 마련이다. 머리도 고정시켜 놓지 말고 자꾸만 회전시켜 새로운 방법을 고안해 내고, 고안한 것을 상품화하여 돈을 만들지 않고는 앞서가는 시대를 따라 잡기 어렵고 성공자의 대열에 끼기 어렵다. 두뇌를 가만히 두면 밥만 축내는 식충으로 전락할 뿐만 아니라, 늙으막엔 치매에 걸리기 십상이라고 한다. 의학적으로 늙는다는 것은 세포의 노화현상이라 말하고 있다. 세포의 신생속도가 파괴속도보다 뒤떨어짐으로 인해 늙게 되는 것으로 두뇌를 유연하게 회전시키는 사람은 늙되 건강하게 늦게 되어 치매와는 담을 쌓게 된다고 하니 유념해야 할 말이 아닌가 싶다.

'궁칙통窮則通'이라 했으니 '궁하면 통하는 법이다.' 왜 미리 대비하지 못했느냐고 후회해도 이미 지난 일이요, 소용없는 일이다.

사람이 물에 빠지면 평소의 힘보다 여섯 배의 힘이 폭발적으로 발생한다고 과학자들은 말하고 있다. 실제로 학교에서 화재가 발생하였을 때, 목조건물의 2층 복도에 놓인 가스통을 혼자서 들쳐 메고는 운동장 한가운데로 옮겼는데, 화재가 진압된 뒤 그 가스통을 들쳐 메려 하였으나 꿈쩍도 하지 않더라는 말은 들은 적이 있다.

'전국책戰國策'에 이런 말이 있다.

"산토끼를 보고 사냥개를 길러야겠다고 생각할 정도만 되도 늦은 게 아니며, 양 잃고 외양간을 고치는 것도 결코 늦은 것이 아니다"라 했다. 늦었다고 생각할 때가 가장 빠른 것이다.

그래서 유태인 속담에는 "바닷가에 나가서 고기 잡는 어부가 부럽거든 곧 되돌아가 집에서 그물을 짜라"고 했다.

조선시대 최고의 문물을 이룩한 때가 영·정조 시대다. 바로 임진왜란과 병자호란을 겪은 후이다. 위기가 곧 기회라는 말을 신앙처럼 믿고 있는 나이기에 여섯 배의 힘을 발휘할 때가 지금이라 여기어 신발 끈을 다시 매고 있다.

사흘 굶고 담 안 뛰어넘는 놈 없고, 몽둥이 석 대 맞고 담 안 뛰어넘는 소가 없다고 하지 않던가.

대권을 잡겠다고 전국을 누비고 있는 위기의 경제를 짊어질 대선 후보들, 어떤 발상의 전환으로 나라를 구할 것인지 두고 볼 일이다.

관광거제의 선구자

금강산 육로 관광길이 열리고 날로 세상이 바뀌고 있다.

고려의 금강산은 중국 송나라 사람들에겐 동경의 대상이었다. "고려에 태어나 금강산을 한 번 보는 것이 원이었다"는 송나라 사람들의 희구는 이것을 말해주고 있다.

또 이 나라 여행가 서긍徐兢의 눈에 비친 고려의 풍물은 그저 재미있고 신비한 것이었다. 그가 사신으로 고려에 와 기록한 고려도경高麗圖經을 보면, 퍽이나 놀란 풍습이 주목을 끈다.

세기적인 문화 역량을 지녔던 송나라 사람의 눈에는 비록 야만적인(?) 것이었으나 고려의 이모저모를 예사로 보지 않았다. 이 당시에도 금강산은 세계적인 명소로 다른 나라에까지 회자됐음을 알 수 있다.

성종 때 유구국琉球國 사람들이 난생 처음 조선을 구경하게 됐다. 유구국은 지금의 오키나와 군도群島로 이 당시에는 이들이 진귀한 방물을 바치는 위치였다.

한양의 이모저모를 관광했던 이들 일행이 통사通事에게 이렇게 말했다는 기록이 있다.

"경회루의 돌기둥이 너무 커서 놀랐고, 또 영의정 정창손鄭昌孫의 수염이 길어 놀랐습니다. 잔치할 때마다 아주 큰 잔에 술을 담아 마음대로 마시면서 조금도 어려워하는 기색이 없는데 놀랐습니다."

우리나라의 고대에도 명산 대첩을 유람하는 관광풍습이 있었다. 나이가 들면 전국의 이름 있는 곳을 유람하는 것이 관습처럼 되어있었다. 조선시대 글 꽤나 하는 선비들은 따지고 보면 시인이며, 여행가였고 풍류객이었다.

관광은 어제 오늘일이 아니고 어쩌면 인간사일지도 모른다.

신비하고 재미있으며, 이색적인 풍물을 찾는 것이 바로 관광의 요체다.

몇 년 전의 일이다.

외도 이창호 선생 내외분이 통영에서 오는 길이라며 예술랜드에 들렸었다. 검찰에서 세금관계로 조사를 받고 오는 길이라며 몹시 상심하고 있었다. 내 자신이 곤경에 처한 터라 남을 위로할 형편이 아니었으나 그날은 예외였다.

나는 기회 있을 때마다 거제대교 입구 한 켠에 이창호 선생 송덕비를 세워야 한다고 말해 왔다.

'환상의 섬 거제'라고 광고 선전하고 있으나 정작 거제를 방문하는 외래 관광객은 십중팔구 외도를 찾고 있다. 따지고 보면, 외도가 없었다면 그만큼 관광객이 오지 않았을 것이란 가정도

성립된다. 이쯤 되면 이창호 선생의 송덕비를 세우고도 남음이 있는 일이 아닌가 싶다.

한 사람의 개인적 삶의 양상은 특정한 환경에 의하여 모양지어진다. 그 모양이란 모든 사람이 공통적으로 가지고 있는 것일 수도 있고, 그 사람만이 지닌 특유의 개성이 도기도 한다.

이창호 선생만큼 특유의 개성을 지닌 사람도 드물 것이다.

외도의 오늘이 있기까지 그가 무엇을 했는지 우리는 너무 잘 안다.

흔히들 스치는 관광은 헛방이고 머무는 관광이라야 한다고 입을 모은다. 하지만 어떻게 해야 관광객이 머물도록 할 것인지에 대하여는 대답을 망설인다.

관광객이 머물기 위해서는 적어도 네 가지는 충족되어야 한다.

첫째는 볼거리다. 둘째는 먹을거리이며, 셋째는 잠자리이고, 넷째는 행行할 거리다.

위의 네 가지 가운데 첫째가는 볼거리를 그가 일구어내었다. 그것도 외도 같은 어디에 자랑해도 손색이 없는 관광명소를 말이다.

쓰레기나 잡초가 널려있으면 보기에 흉하나 이를 치우고 나면 언제 그것이 있었는지 흔적도 없다. 하지만 사람의 빈자리는 그렇지 않다. 그 사람의 그릇에 따라 그 빈자리는 크기를 달리한다.

이창호 선생의 부음을 보도를 통하여 알았다. 그가 큰 그릇임을 부음을 듣고 새삼 느꼈다.

입을 가지고 장가를 가면 자손이 귀하다고 하던가. 관광명소를, 그것도 세계적인 관광명소를 만든다는 것은 입만 가지고 되는 일이 아니다. 그가 남긴 족적은 외도를 찾는 많은 관광객들에 의해서 더욱 알려질 것이다.

두고두고 그의 공적을 칭송해도 결코 지나치지 않으리라.

아깝다. 아직도 외도를 가꿀 일이 많이 남아 있을진대 그가 가다니.

그는 다시 못 올 먼 길을 떠나면서 자신이 심고 가꾸고 다듬은 외도의 풀씨하나 가져가지 아니했다. 고스란히 그 자리에 남겨두고 그는 갔다.

선구자, 이창호 선생은 정녕 관광거제의 선구자다.

그의 명복을 빌어 마지않는다.

무료초대권에 대한 작은 생각

거제에 살다보니 수준 높은 공연물을 관람하는 것은 언감생심
焉敢生心이었는데, 문화예술회관 개관으로 제법 문화시민의 혜택
을 누리는 것 같아 뿌듯함을 느끼곤 한다.

십 수년 전 일이다.

지금은 돌아가신 장모님께 이미자 디너쇼 입장권을 드렸더니
여간 좋아하시는 게 아니었다. 입장권을 들여다보시더니,

"이 사람아, 이거 오늘 날짜 아닌가."

하신다.

"예, 맞습니다. 왜 못 가실 일이라도 있습니까?"

하고 물었더니,

"할 일 없는 노인네라 며칠 말미라도 있으면 기다리는 즐거움
이 있어서 말이네."

'기다리는 즐거움'이란 말 때문에 아직도 그걸 기억하고 있다.

불교의 '백유경'은 사람이란 이름의 축생으로 살아가는 어리

석은 중생들에게 큰 깨우침과 교훈을 주는 경전이다. 이 백유경에 이런 얘기가 나온다.

비파를 잘 다루는 악사가 있었다. 그의 연주 솜씨는 듣는 사람의 가슴을 저리게 했다. 이 소문을 들은 왕이 그의 연주를 한번 듣고자 했다.

"나를 위해 비파를 연주해 다오. 그러면 천 냥을 상금으로 내리리라."

악사는 왕을 위해 뛰어난 솜씨로 연주를 했다. 왕은 매우 흡족해했다. 악사가 연주를 끝내고 왕에게 약속한 돈 천 냥을 달라고 했지만, 왕이 돈을 주지 않자, 악사가 왕에게 물었다.

"대왕이시여, 혹시 연주가 마음에 들지 않으셨는지요?"

"아니다. 아주 즐거웠다."

"그러면 왜 약속한 천 냥을 주지 않는 것입니까?"

왕은 빙글빙글 웃으며 대답했다.

"네가 연주한 음악은 단지 내 귀를 즐겁게 했을 뿐이다. 내가 너에게 돈을 주겠다고 한 것도 네 귀를 즐겁게 하기 위해서였을 뿐이다."

공짜를 좋아하지 않는 사람이 어디 있을까만 공짜라고 해서 전부 좋아하거나 상찬賞讚할 일만은 아닌 것 같다.

입장료를 받고 남에게 선보인다는 것은 어찌 보면 무서운 일이다. 시설이나 공연 내용이 입장료에 상응하지 못할 때는 욕을 먹기 십상이기 때문에 하는 말이다. 명성에 걸맞는 공연을 하기 위하여 각고의 노력을 기울인다는 것은 설명이 불요하다.

그런데 세상에는 제 값보다 드높게 대접받는 경우가 있는가 하면, 제 값만큼 평가받지 못하는 경우가 오히려 더 많다.

연주회나 공연무대는 으레 무료초대권이 관례화되어 있다. 이런 곳에 돈 내고 들어가면 왠지 어깨가 움츠러드는 것이 공연장 주변의 풍속도다.

연주회에 많은 사람을 초대하는 것은 당연하다. 오랜 세월 동안 갈고 닦은 솜씨를 될 수 있는 한 많은 사람 앞에 선보이고 평가를 받는 것이 얼마나 자랑스런 일인가. 또 초대받은 사람도 여간 영광스러운 일이 아니다. 자기를 기억해주고 초대해 준 것만도 고마운데 좋은 음악까지 감상할 수 있으니 말이다. 그런데 안타까운 것은 많은 사람들을 초청하는 초대권이 대체로 '무료'라는 점이다. 이 무료초대권을 받는 사람은 대부분 사회적 지위가 높고 돈 많은 사람들이다.

그들을 초대하는 것이 나쁘다는 뜻이 아니다. 문제는 그들이 충분히 입장권을 살 수 있는 위치에 있음에도 무료초대권만을 바란다는 데 있다. 그들은 초대권을 받고 공연장을 찾아가 당당하게 공짜로 입장하는 것을 큰 자랑으로 여긴다.

한편 생각해보면 이 얼마나 염치없고 무례한 일인가. 한 사람의 예술가가 피와 땀으로 마련한 공연장에서 공짜로 공연을 관람하는 것은 도무지 납득이 안가는 일이다.

만일 초대받은 사람이 공연장 입구에서 입장권을 사야 한다면, 몇 명이나 공연장을 찾을지 궁금하다.

입장권을 사서 공연장에 들어가는 사람이 예술을 사랑하는 몇 몇 애호가만으로 국한되어서는 될 일이 아니다.

예술가들의 자존심을 지켜주기 위해서라도 공짜관람은 사라져야 할 악습이다. 공연장에 들어가는 사람이라면 대통령에서 젊은 학생에 이르기까지 모두가 입장권을 사서 들어가는 풍토가 마련되어야 한다. 그것이 세계적인 예술가를 길러내는 첩경이다.

아울러 남의 공연에 대가를 지불하고 관람하는 사람만이 좋은 예술작품을 감상할 자격이 있다 할 것이다.

문화시민의 길

－문예진흥기금 설치 및 운영조례에 부쳐

문화란 인간의 이상을 추구하기 위한 정신활동 내지 그 생활 환경을 말한다. 따라서 인간의 정신영역이 미친 곳이라면 모두가 문화의 범주에 속한다. 이제는 문화가 다용도로 쓰이고 보편화되었다. 우리의 삶이 어디서나 문화와 무관한 곳이 없고, 여기에 예술이 접목되어 '문화 예술'의 개념도 우리의 언어생활에 꽤나 익숙한 말이 되었다.

문화와 예술은 한 시대를 이끄는 정신적 지주다. 역사적인 예를 보아도 문화 예술이 제대로 빛을 발휘했던 시대는 융성하고 강건했다. 물론 국가의 운명을 좌우했던 것은 군사력이었지만 막강한 군사력을 지녔던 나라들은 한결 같이 독자적인 우수한 민족문화를 가지고 있었다. 로마제국이 그랬고, 한나라가 그랬고, 삼국을 통일한 신라가 그러했다. 그 시대의 국민들 또한 삶의 질에 만족감을 느끼고 문화예술의 향유권을 누렸음은 짐작하고도 남음이 있다.

군사력과 이데올로기의 세계적 양극화로 지칭되었던 동서냉전체제가 붕괴된 오늘날 우리는 다시 한 번 문화의 중요성을 절감하고 있다. 군사력의 의미가 후퇴한 21세기가 국가경쟁력은 경제력에 의해서 좌우될 것이고, 그 경제력은 곧 한 나라의 총체적 지력, 즉 문화의 힘에 의해 결정될 것이기 때문이다.

문화의 힘은 한 나라의 동질성을 회복하고 주체적인 메시지를 국제화시킬 수 있는 귀중한 가치이다. 결코 경쟁력과 문화의 힘이 별개의 것이 아님을 알게 되었다.

최근 아시아 제국을 흠뻑 적시고 있는 한류韓流의 물결은 문화의 힘을 실감하게 한다.

"나는 우리나라가 세계에 가장 아름다운 나라가 되기를 원한다. 가장 부강한 나라가 되기를 원하는 것은 아니다. 내가 남의 침략에 가슴 아팠으니 내 나라가 남을 침략하는 것을 원하지 아니한다. 우리의 부력富力은 우리의 생활을 풍족히 할 만하고 우리의 강력強力은 남의 침략을 막을 만하면 만족하다. 오직 한없이 가지고 싶은 것은 높은 문화의 힘이다. 문화의 힘은 우리 자신을 행복하게 하고 나아가서 남에게 행복을 주겠기 때문이다."

김구 선생의 '나의 소원'이라는 글이다. 문화의 힘이 그 나라의 국력을 측정하는 요소로 인식되고 문화가 국부國富인 시대에 살고 보니 선생의 혜안에 다시 한 번 탄앙歎仰하게 된다.

사람은 빵만으로는 살 수 없다. 너나없이 문화를 누리려는 강한 욕구를 갖고 있다. 배만 부르다고 살 수 없기에 정신적 만족감을 누리려 한다. 지난날엔 먹고 살기 바빠 여기에 온통 정신을 빼앗겼다. 성장 제일주의에서 문화예술은 뒷전이었다. 심지어 문화예술에 대한 갈망은 배부른 자들의 사치라고까지 치부했다.

우리들은 예전에 비해 훨씬 편리해진 환경 속에서 살고 있지만, 여전히 문화적 빈곤을 느낀다. 요사이 일고 있는 웰빙의 열풍도 결국 경제적 풍요만으로는 채울 수 없는 현대인의 문화적 갈증의 다름 아닐 것이다.

삶의 질을 높이려면 좋은 것을 먹고 마시는 것보다 좋은 문화를 향유하는 것이 더 바른 길임은 부연할 필요가 없는 일이다.

문화와 예술은 개인의 정신적 갈망과 체험을 바탕으로 창조된다. 그러나 이 문화의 생산과 향유의 단위가 사회인 점을 고려하면 지자체가 지방문화예술 활동을 촉진하고 후원하는 문화발전 정책이 필요함은 자명하다.

지방문화를 계승 발전시키는 작업은 단순히 복고의 차원을 넘어 문화의 뿌리를 찾는 작업이며, 지역민들의 향토애를 불러 일으켜 긍지와 자부심을 되찾을 수 있는 계기를 마련하는 일이다.

우리 지역의 문화는 주민들의 적극적인 관심과 참여를 통해 이루어지는 것이므로 다양한 문화 활동을 통하여 자생적인 문화 발전의 기반이 조성될 수 있도록 노력해야 한다.

우리가 뿌리내리고 있는 이 땅의 문화를 우리 스스로 비옥하게 가꾸지 않고서 삶의 질을 논하는 것은 공염불에 지나지 않을 것이다. 이제 문화예술인들은 가일층 열정을 기울여야 할 일이다.

지난 8일 공포된 거제시 문화예술 진흥기금 설치 및 운용조례에 거는 기대가 큰 것은 이 조례가 문화수도를 꿈꾸는 거제의 초석이 될 것이기 때문이다.

한 나라의 국민소득이 만 불을 넘어섰다 할지라도 국민 모두가 하루에 명시든, 타인의 시든, 자작시든 간에 한 편의 시를 읽는 습관을 갖지 못하는 국가의 국민은 문화국민으로 존대 받지 못한다는 선진국 석학들의 말이 오늘따라 새삼 귓가에 맴돈다.

소년등과와 겸손

모자와 감투

　모자는 얼굴의 크기와 색깔과 조화를 이루어야 멋있어 보인다. 두상, 인상과 나이를 고려하지 않고 무조건 쓰기만 한다고 될 일은 아니다. 눈매가 불량스러우면서 기운이 넘치어 건달끼가 보이는 젊은이가 쓴다면 누가 보아도 폭력조직의 똘마니로 보일 것이고 표정이 비굴하고 의복이 남루한 사람이 푹 내려쓴다면 영락없는 각설이다. 같은 모자라도 쓰는 사람에 따라 모양새가 다르다.

　모자가 어울리는 남성으로는 고르바쵸프 전 소련대통령과 영화 '닥터 지바고'의 남자 주인공 오마 샤리프를 꼽는다. 우리나라에서는 코트를 걸치고 까만 중절모를 쓰는 정주영 현대그룹 명예회장을 들 수 있겠다.

　그러고 보니 모자는 연륜에다 그들이 지닌 권력, 재력, 힘, 명예를 돋보이게 해주기에 쓰는 사람의 됨됨이 그릇과 맞지 않으면 멋은커녕 더욱 추하게 느껴져 차라리 안 쓰니만 못한 꼴이 되고 만다.

자신에게 어울리는 모자를 골라 쓰기는 생각보다 어려운 일이다. 얼굴형과 의상과의 조화를 이루어내기가 힘들기 때문이다.

그러나 웬만한 눈썰미만 있어도 약간의 취약점을 보완하면 꼴불견만은 면하지 않나 싶다. 그러나 아무리 색상이나 모양새가 좋아도 크기가 머리에 맞지 않는다면 벗어던지는 것 외에는 아무런 방법이 없다.

동서양을 막론하고 모자는 권력, 계급의 징표로 애용되어 왔다. 완장, 배지, 견장들도 모자와 비슷한 구실을 하지만, 그것들을 광을 내어 부착하고 다녀도 모자가 최종 마무리를 해주지 않으면 그 효과는 보잘 것 없는 것이 되고 만다. 우리 사회에서도 모자는 관, 갓, 탕건 등 다양한 형태로 생활 깊숙이 뿌리내렸으며 풍부한 상징성을 지니고 있다.

대표적인 상징이 벼슬을 의미하는 감투다. 본래 감투는 말총이나 가죽, 헝겊 등을 가지고 챙 없이 만든 관모로 벼슬과는 관계가 없는 것이다. 세월이 지나면서 감투와 벼슬아치들이 쓰는 탕건의 용어가 혼용되다가 탕건의 당초 의미는 퇴색되고 엉뚱하게 감투가 벼슬을 뜻하는 것으로 바뀌었다.

감투, 즉 모자는 그래서 커야 한다. 이것이 세태다. 실세, 실력자들 주위에는 그 때문에 모자를 씌워줄 생각은 하지 않는데 그것도 큰 것을 골라 쓰겠다고 덤벼드는 사람들이 부지기수다. 머리통 크기는 아랑곳하지 않으면서 말이다.

얼마 전 권모씨라는 이 정권 실세의 아들 결혼식에 3,000명이 넘는 하객이 몰려 식장인 호텔 주변의 교통이 마비되었다고 하지 않던가.

1960년대만 해도 중학교에 입학하면 형들이 입던 큰 모자나 교복을 물려받거나 성장속도를 예측하여 3년 뒤에나 맞을 모자와 교복을 사 입혀 마치 사람이 아닌 모자나 옷이 걸어 다닌 듯했지만, 아무도 그걸 나무라는 사람이 없었다. 그 성장을 믿어 의심치 않았기 때문이다.

하지만 육체적으로나 정신적으로 성장의 한계가 거의 보이는 사람들이 무조건 큰 모자를 쓰려는 것은 문제가 아닐 수 없다.

모자가 맞지 않으면 벗어던지면 그만이련만 그게 쉬운 일이 아니다. 오뉴월 화롯불도 남이 내놓으라면 싫어한다고 했다. 오뉴월 화롯불도 그럴진대 하물며 큰 감투라면야 이를 말인가.

우리의 주변에는 '새로운 세기는 새로운 인물에게 맡겨야 한다'며, 20세기 마지막 날 전격 사임한 보리스 옐친 러시아대통령의 당당한 퇴장 같은 감동을 보여주는 정치가가 없기에 더욱 그러함을 느낀다.

정권이 바뀌고 세력이 달라지면 여기에 공헌한 사람들에 대한 보상은 당연하다. 그 당연함은 인재를 적재적소에 배치했을 때의 일이다.

머리보다 모자가 크면 낭패다. 권력을 행사하고 조직을 이끌어가는 자리에 있게 되면 불행은 비단 그 조직에만 그치지 않는 점에 문제가 있다. 그럼에도 머리는 생각하지 않고 지연, 학연, 혈연 등 온갖 줄을 동원해 모자를 구하려는 사람들이 너무 많아

개탄하는 소리가 높다.

오는 4월 총선을 앞두고 모자를 쓰겠다는 예상 주자들의 발
빠른 움직임이 지면을 장식하고 있다. 총선에서 모자를 씌워줄
사람은 바로 우리들 자신일지니 내 손으로 내 눈을 찌르는 우를
범하지 말아야 할 것이다. 속은 게 어디 한 두 번이던가.

'사주에 없는 관을 쓰면 이마가 벗겨진다'는 속담은 턱없는 모
자를 쓰겠다는 사람들에 대한 경고다. 분에 넘치는 벼슬은 힘에
겨워 자신이 괴롭고 나아가 남을 해친다고 사전은 풀이하고 있
다.

메뚜기들이 경청해야 할 말인 것 같다.

축록(逐鹿)

예술랜드 입구 한 켠에 암각벽화岩刻壁畵라 이름하는 정원석이 있다. 임진강 돌인데 음양각이 조화롭게 새겨져 있어 어디에 내 어놓아도 손색이 없는 명석이련만 열에 아홉 사람은 눈길 한 번 주지 않는 돌이다.

어쩌다 무심한 사람을 붙들고 명석임을 설명할라치면 금방 눈 길이 달라지고 그제서야 감탄을 금치 못한다.

묘한 일이다. 별 볼일 없어 보이는 것에도 어떤 의미를 부여하 면 금방 '정지가시나 기생되듯' 상황이나 팔자가 달라지는 경우 가 많다.

만약 이 돌이 호암미술관 경내에 있었다면 보는 이들은 돈병 철이라 불리우던 이병철 선생이 살아생전 수억을 들여 수입했으 리라 지레 짐작하지 않나 싶다.

줄을 잘 서야 하는 것이 비단 사람에게만 해당되는 것이 아닌 모양이다. 이를테면 서화나 골동품이 어디에 놓여 있느냐, 누가

소장하는가에 따라 평가가 달라지기도 한다. 돈이 없는 사람이
진짜 보석반지를 끼고 있어도 가짜로 여기고 재벌부인이 가짜를
끼고 있어도 남들은 진짜라 우기니 말이다.

　이번 대선에서도 줄을 잘못서서 스타일 구긴 사람들이 한둘이
아닌 줄로 알고 있다.

　지난 1998년도의 일이다. 예총 관계 사람들과 시장 당선자를
모시고 장승포에 있는 횟집에서 저녁을 함께 하였다.

　당선 축하 겸 상견례인 셈이었다. 그 자리에서 나는 조심스레
'축록逐鹿' 얘기를 끄집어내었었다.

　사슴을 쫓는다는 '축록'은 다음과 같다.

　유방劉邦을 도와 한漢을 창업하는데 지대한 공을 세운 한신韓信
은 초왕楚王으로 봉封해졌으나 개국 초기, 항우項羽의 부장 종리
매鐘離昧를 숨겨주었다는 이유로 붙잡혀 '교토사 양구팽狡兎死 良
拘烹(교활한 토끼가 잡히면 사냥개는 삶아 먹힌다.)이라는 유명한 성어
를 남기고 회음후淮陰侯로 강등 당한다.

　5년 후 조趙나라 승상이었던 진희陳豨의 난을 고조高祖가 친히
토벌간 틈을 타서 미리 진희와 내통하고 있던 한신을 끝내 모반
하였다가 소하蕭何의 꾀에 넘어가 장락궁長樂宮에서 비명횡사하
고 만다.

　진희의 난을 평정하고 돌아온 유방은 한신의 죽음을 듣고 감
개가 무량하였다. 한실漢室의 화근이 사라진 것을 다행으로 여기
는 반면 지난 날 한신의 위대한 공적이 새삼 머리에 떠올랐기
때문이다. 고조가 갑작스레 황후인 여후呂后에게 물었다.

"한신이 최후에 무어라 말하던가?"

"예, 괴통의 계략을 듣지 않는 것이 분하다고 사뭇 후회하고 있었습니다."

괴통은 제齊나라의 언변가로 고조가 아직 항우와 천하를 다투고 있을 때 한신에게 독립을 권한 사람이다.

유방은 괴통을 잡아다 한신에게 모반을 권유했다는 사실을 확인하고 팽형烹刑을 명했다. 그러자 괴통은 죄가 없다고 항변했다.

"진秦이 그 사슴鹿을 잃었으므로 천하가 온통 일어나 그것을 쫓逐고 있었습니다.(秦失其鹿 天下共逐之)

그 중에서 폐하는 가장 위대하셨으므로 훌륭히 그 사슴을 잡으셨던 것입니다.

그 당시 저는 오직 한신만을 알고 있었고 폐하를 모르고 있었던 것입니다.

천하가 어지러워지면 제위에 오르려고 생각하는 열걸이 많습니다만 힘이 부족하여 실현을 못할 뿐입니다.

천하가 평정된 오늘날 한신 편을 들었다는 죄목으로 삶아 죽이시렵니까? 어림도 없는 일입니다. 그러기에 저에게도 죄가 없는 것입니다."

괴통은 제위帝位를 사슴에 비유한 것이다. 이 말을 듣고 역시 비범한 인물인 유방은 괴통을 용서하였다는 이 이야기는 사기史記의 회음후열전淮陰侯列傳에 있다.

역사상 이름을 남긴 인물들은 이처럼 멋있는 데가 많았다. 큰 목적을 달성했으면 그 과정에서 생겼던 소소한 원한 관계는 잊어버리는 금도襟度를 보일 줄 알았다. 특히 개인적인 원혐은 잊는 것이 이를 기억하고 있는 것보다 정신건강에도 이롭다고 의사들은 충고한다.

오늘날에 와서 '사슴'은 국가 그 자체나 정권일 수 있고 작게는 지자체의 장일 수도 있다. 사슴 쫓기에 승리한 사람은 이 사슴을 쫓기 위해 애쓴 인물들, 또는 조직체에 관대한 자세를 가질 필요가 있다. 권불십년權不十年이라 했으니 칼자루를 쥐고 있다가도 일정한 시간이 지나면 칼날을 쥐게 된다.

거제시장이라는 사슴을 놓고 각축을 벌릴 주자들의 이름들이 세인의 입에 오르내리고 있다.

양 시장의 사퇴를 안쓰러운 눈으로 지켜보면서 사슴을 쫓는 사람들은 축록의 가르침을 더욱 더 깊이 새겨야 하리라 믿는다. 그래야 낭패가 없을 것이니 하는 말이다.

아전(衙前)

참여정부라는 '노 정권'이 들어서면서 인구에 가장 많이 회자
되는 말이 '코드'가 아닌가 한다.

'코드'는 죽이 맞는 사람끼리의 투합을 일컫는 것 같다.

그런데 그 코드가 맞는 사람끼리만 어울리다보니 불거지는 문
제가 한두 가지가 아닌 모양이다.

'인사가 만사'라 했는데, 그 코드가 아마추어 일색으로 맞춰지
고 보니 벌써 레임덕을 우려하고 있다.

논어에서 공자는 군자불기君子不器라고 설파하였다.

군자는 무소불위無所不爲, 무소불능無所不能, 무소불달無所不達,
무소불통無所不通의 존재로 그야말로 척척박사다.

엄청난 인생성취의 괴력과 능력을 가지고 있어서 한 곳이나
한 장소에만 필요로 하는 기구나 그릇이 아니라 했다.

세상이 다변화된 오늘날에 군자불기君子不器가 맞는 말인지는
모르겠으나, 일국의 지도자라면 군자불기는 어렵다하더라도 적

재적소에 인재를 배치하여 관리하는 능력은 필수라 하겠다.

지난날 사또가 선정을 베풀려면 먼저 아전부터 잘 다스려야 한다고 했다.

조선시대에 아전을 잘못 다스려 낭패한 한 청백리 얘기를 예로 들어본다.

청백리는 아무나 지칭할 수 있는 것이 아니었다.

타천으로 뽑힌 것인데 그 심사위원들의 면면을 보아 그 자리에 추대되기가 얼마나 어려웠던가를 짐작할 수 있다.

영상과 좌·우상으로 짜여지는 의정부, 그 아래의 육조판서들, 중앙정부의 2품 이상의 당상직, 백성과 관료의 기강을 관장하는 사헌부와 임금의 부정을 규탄하는 시간부의 수직들이 입을 모아 추천해야만 청백리의 칭호를 들을 수 있었다.

한 청백리가 임금의 특명으로 의주부사에 임명된 것은 중국과의 무역 역조를 시정케하기 위함이었다.

청렴결백하기가 까치 뱃바닥같은 이 청백리가 부임하자마자 파헤친 부정은 중국에서 우리나라로 수입되는 물화를 계량하는 저울대의 추였다.

순금 백 근인 그 저울추는 역대 의주부사들이 야금야금 깎아 먹어버린 탓에 명색이 백 근이지 실제 중량은 50근도 채 못 되는 것이었다.

무역 역조는 뻔한 일이다.

저울추가 그 모양이라 50근도 못되는 중국 물화가 백 근으로 계량되었으니 말이다.

이 사실을 발견한 청백리의 첫 사업은 평안도 일대의 금광에 명하여 순금을 긁어서 모아 정백 근짜리 저울추를 주조케하는 것이었다.

새로 만들어 놓은 후에 이 저울추를 깎아 먹는 놈이 생기지 않도록 무슨 비상수단을 써야겠다는 생각까지는 들었지만, 그 묘책이 떠오르지 않아 고심하고 있는데, 하루는 아전 한 놈이 나서서 헌책을 했다.

후손만대 아무도 깎아먹지 못하도록 그 순금 추에다 정백 근 이라는 것을 새겨두자는 안이었다.

그러고는 '신해년 11월 1일 의주부사 청백리 아무개 새김'이라 고 적어두면 앞으로 누가 의주부사에 부임하더라도 언감생심 그 저울추를 벗겨먹을 생각을 하지는 못할 것이라는 것이었다.

딴은 그렇겠다 싶었다.

모든 물욕을 초극해서 청백리의 칭호까지 받은 의주부사였지 만, 그 이름을 후세에 남기고 싶은 공명심은 미처 청산하지 못하 고 있었던지, 그 아전 놈의 제의를 받아들이고 말았다.

그 저울추의 명각이 닳아 없어지지 않고 자손만대에 전해지기 위해서는 글자를 되도록 크고 짙게 새겨야한다는 아전 놈의 건 의 역시 받아들여진 것은 말할 나위도 없다.

그래서 정 백 근의 저울추에 깎아낸 순금이 30근. 20근을 아전 놈이 챙기고, 나머지 10근을 그 청백리가 내직으로 승차할 때 금반상으로 만들어 증정했는데 그 청백리는 아전 놈의 성의를 물리칠 수 없어 받아가더라는 얘기다.

국민의 정부시절 '대통령代通領'이라 칭해지던 박 모씨의 구속
을 지켜보면서 예나 지금이나 청백리를 타락시키는 것은 그 아
전 놈들이란 생각에 쓴 입맛을 다신다.

　자신과 가치관이나 정책적인 노선이 같다고 하여 그 사람이
감당할 수 있는 능력 밖의 중책을 맡기다 보면 그 결과가 어떻게
나타날 것인지는 불을 보듯 뻔한 일이다.

　자신의 능력에 걸맞지 않는 감투라면 언감생심焉敢生心으로 여
길 일이다.

　취임 두 달을 넘긴 초보 거제시장의 참모진 인사가 있었다.
코드가 맞았는 지 두고 볼 일이다.

도미설화와 둔덕 고려촌

도미의 이야기는 삼국사기三國史記와 동사열전東史列傳, 삼강행
실도三綱行實圖에 실려 있다.

이것을 월탄 박종화 선생이 '아랑의 정조'라는 소설로 발표해
도미에 대한 이야기가 세간에 알려져 있다. 그러나 위의 삼국사
기 등에는 단지 '도미는 백제 사람이다'라고 기록되어 있고, 마지
막에 고구려로 가서 걸식생활을 하였다고 기록되어 있을 뿐 구
체적인 장소 즉 도미가 살던 곳이 기록되어 있지 않다.

삼국사기에 실려 있는 도미설화를 간추리면 다음과 같다.

"도미는 백제 사람으로 비록 평민이나 자못 의리를 알고, 아내
는 절세미인으로 절행이 있어 사람들의 칭찬을 받았다. 개루왕蓋
婁王이 이 말을 듣고 도미를 불러 '부인의 덕은 정절과 결백을
우선으로 치지만, 호젓한 곳에서 유혹하면 마음이 움직일 것이
다.' 하니 도미는 '신의 아내 같은 사람은 죽어도 두 마음을 갖지
않을 것입니다' 하였다.

왕은 이를 시험하고자 하여 도미에게 일을 주어 머물게 하고 신하를 왕으로 가장시켜 도미의 집에 보냈다.

그는 도미의 아내에게 '남편과 내기를 해서 이겼으므로 궁인으로 삼아 나의 소유가 되리라'하고는 수청을 들라 했다.

그 아내는 왕을 먼저 방에 들라 하고 계집종을 단장시켜 들여보냈다. 왕이 그 뒤 속은 줄을 알고 대노하여 도미의 두 눈을 빼어 배에 태워 강에 띄웠다.

그리고 그 아내를 붙들고 놀려할 때, '내 이제 남편을 잃고 누구를 의지하리까 마침 몸이 더러우니 다음에 목욕을 하고 오리이다.'

왕이 이를 믿었다.

그 아내는 밤에 도망하여 강에 이르러 통곡하니 별안간 배 하나가 이르렀는데, 이를 타고 천성도라는 섬에 가서 아직 죽지 않은 도미를 만나 풀뿌리로 연명하다가 고구려에 가서 걸식을 하다 일생을 마치었다."

십 수 년 전 지금은 고인이 된 경기대 전형대 교수는 충남 보령으로 답사를 갔다가 보령군 오천면 일대가 도미가 살던 곳이며, 도미 부인의 고향이라는 얘기를 들었다.

이러한 사실을 뒷받침해 주는 것이 오천 일대에 흩어져있는 '도미항'·'전마들'·'상사봉'·'미인도(빙도)'라는 것이었다.

전 교수는 오천 사람들의 도미 얘기를 전해 듣고 이를 정리했다.

다음은 그가 정리한 도미 얘기다.

"백제 개로왕이 말 목축장인 전마들戰馬坪에 왔다가 도미의 아름다운 부인을 뺏고자 한다. 그러기 위해서는 먼저 목수인 도미를 없애야겠기에 도미에게 짧은 기일을 주면서 마굿간을 짓게 하고 기일 내에 짓지 못하면 중한 벌을 주겠다고 엄명을 내린다. 결국 도미는 두 눈알을 뽑히고 조그마한 배에 실려 추방을 당한다. 개로왕은 도미 부인을 수청들라하나 부인은 몸이 불편하다는 구실을 대어 위기를 모면하고 집으로 돌아와 뒷산에 올라 물길을 자세히 살피며 통곡을 한 후, 한 밤중에 배를 타고 탈출을 한다."

도미가 살던 포구가 도미항都彌港이고, 도미항 앞에 있는 미인도美人島가 부인이 태어난 곳이며, 도미의 부인이 올라갔던 뒷산이 상사봉想思峰이라고 한다.

전 교수가 정리한 도미설화를 바탕으로 보령시에서는 오천면 소성리의 '도미항'이 내려다보이는 상사봉에 도미부인의 사당인 '정절사'를 세웠다.

정절사는 진해의 '도미묘비'와 함께 도미를 조상으로 여기는 성주星州 도씨 문중의 참배지로 인기를 끌고 있다.

지난 6월 지자체 간의 도미부인 모시기 경쟁이 일고 있다는 보도가 있었다. 도미부인에 가장 애착을 보이는 지자체는 '온조대왕 문화체육관'을 건립중인 서울 강동구로 천호동과 광나루터가 도미부인이 탈출한 나루터라 주장하며 도미부인 동상 건립에 1억 원을 들이기로 하고 공모까지 끝냈다고 한다.

이에 질세라 경기도 하남시도 하남시 검단산 아래 창우동 도미나루를 도미부인 설화의 고장으로 내세운다.

하남시는 최근 이 일대에서 도미부인 관련 고고학적 유적을 찾아내기 위한 발굴조사까지 벌여 다른 지자체들을 놀라게 하고 있다. 이밖에 서울 송파구와 경기도 구리시 등도 연고권을 주장하며, 도미부인 모시기에 가세할 움직임을 보이고 있다고 한다.

우리 거제 둔덕엔 폐왕성을 비롯, 고려의 유적이 산재하고 있다. 고려촌 건설문제는 김혁규 도지사의 거제 방문 시에 언급이 있었으나, 현재까지 이렇다 할 진전은 없는 모양이다.

다른 지자체에서 설화와 전설만으로도 관광명소를 만들어가고 있음을 눈여겨볼 때가 지금이 아닌가 한다. 더구나 거제시는 포로수용소 유적관 건립으로 톡톡히 재미를 보고 있기에 더욱 그러하다.

정작 급한 일

　동양에서 신문의 원시적 형태를 찾는다면 당唐대의 저보邸報를 꼽을 수 있다. 저보는 당시 수도 장안의 정부 발표문 보도기관이었다 한다.

　또 청淸대에는 조보朝報 또는 기별奇別이라고 불리는 관보성격의 매체가 있었다.

　이 '기별'은 승정원에서 발표하는 자료들을 각 관청의 기별 서리들이 손으로 베껴 지방의 관청과 양반들에게 보낸 것이었다.

　이 기별의 내용에는 국왕의 동정과 관리의 임명을 비롯, 일반 사회기사 성격을 띤 것을 함께 실었다고 한다. 집을 나간 가족들의 소식을 물을 때 '기별이 없느냐?'고 하는 것은 바로 이 말에서 유래한 것이다. 이 같은 것을 감안하면 동양의 신문 역사 역시 짧지 않음을 알 수 있다.

　"신문 없는 정부보다는 정부 없는 신문을 선택하겠다"는 제퍼슨의 유명한 예찬도 있으나 신문이 백 사람의 구미를 다 즐겁게 하는 것은 아니었다. 성인의 경지에까지 오른 인물들의 언론기피 사례가 의외로 많았다.

문호 괴테는 어떻게나 신문을 싫어했던지 "신문을 안 읽고부터 마음이 편해지고 또 기분이 좋았다"고 술회했다 한다.

철학자 키에르 케고르의 신문관도 호평은 아니었다. 그는 "모든 포악한 것 중에서 한심하고 비열한 것은 신문이나 잡지의 포악"이라고 혹평했다.

그리고는 "거리의 이곳저곳을 샅샅이 뒤져서 무엇인가 뺏어버리는 걸식乞食과 같은 것"이라고 입을 삐죽거렸다.

미국 대통령 잭슨이 대통령에 출마했을 때다. 정적들이 그의 부인을 "39년 전에 간통한 일이 있는 여자"라고 유인물을 돌렸다.

신문들은 이 같은 사실을 대서특필했다. 잭슨 부인은 큰 충격을 받고 투표일 심장마비로 세상을 떠났다고 한다.

신문보도가 사람을 죽인 결과가 됐다. 그래서인지 어느 혹평파 정치가는 신문을 '필요악'이라고까지 정의했다.

여러 가지 비판의 목소리가 많지만, 신문이 세계의 민주주의를 지킨 거울로 존재해 왔음은 주지의 사실이다.

진실한 보도를 수호하기 위해 많은 신문기자가 피를 흘리고 생명처럼 소중한 소식을 전했다.

리프먼의 말대로 보도의 자유는 사회정의를 지킨 원동력으로써 민주주의 사회의 위대한 기본요소가 되었다. 정순균 국정홍

보처 차장의 한국 언론과 기자를 비하하는 내용의 글을 아시안 월스트리트저널에 기고한데 대한 비판의 목소리가 쏟아지고 있다.

전국시대 어떤 객客이 趙조 왕에게 물었다.

"제가 듣기로 대왕께서 사람을 시켜 말을 사려 보내시려한다는데 사실입니까?"

"정말이오."

"왜 그럼 아직까지 사람을 보내지 않고 있습니까?"

"아직 전문가를 찾지 못했소."

"그럼 건신군(建信君: 조왕의 총신)을 보내시지요?"

"그는 국사國事나 알지 말에 대해 뭘 알겠소."

"기희(紀姫: 조왕의 애첩)는 어떻소?"

"그녀는 아녀자요. 어찌 말을 알겠소."

"그럼 묻습니다. 말을 사는데 잘 사면 국가에 어떤 보탬이 됩니까?"

"보탬이란 없지요."

"잘못 사면 어떤 위험이 있소?"

"그것도 없소."

"그렇다면 말을 잘 사건 못 사건 국가에 아무런 위험이나 이익이 없으시다면 그런 하찮은 말 한 필 사는데는 그렇게 전문가를 기다리면서, 지금 천하를 다스리면서 인재를 한 번 등용이나 면직을 잘못하면 국가는 곧 나약해지고, 사직은 끊어지고 말 지경인데, 왕은 국가를 잘 다스릴 사람을 기다리지 아니하고 모든 정권을 장차 건신군에게 넘겨주려 하십니까?"

여기에 이르자 왕은 대답을 못하고 있었다.

객은 말을 이었다.

"연곽燕郭의 점법占法 중에 상용桑雍이라는 게 있는데, 그걸 아십니까?"

"들어본 적 없소."

"무릇 상용이란 뽕나무속의 해충으로 그 뽕나무를 죽게 만듭니다. 바로 왕의 측근인 신하와 부인, 나이 어린 미녀들이 상용입니다. 이들은 왕이 혼취昏醉해 있을 때, 왕에게서 자기가 필요한 욕구를 다 채우고 있습니다. 이들이 궁중 안에서 이런 짓을 할 때, 그 밑의 대신들은 그들대로 밖에서 법을 속여 제 욕망을 채우고 있습니다.

그래서 일월日月도 다만 그들의 겉만 비치고 있을 뿐 숨어있는 화해禍害는 감춰져 보이지 않는 것입니다. 그러니 겉으로 드러난 증오를 비방하고 있을 때, 화는 사람 속에 숨어있다는 것을 조심하십시오."

대통령이 조선일보 등 4개 언론사를 상대로 한 민사소송 제기와 관련해, 대통령 자신이나, 국익을 위해서나 모두 바람직하지 않다라고 국내외 언론이 비판을 제기했다.

참여정부가 출범한 지 6개월이 지났지만, 경제는 여전히 중병에 걸려 있고, 다수 국민들은 IMF 때보다 오히려 생활고가 더 심해졌다고 그 고통을 호소한다.

언론과의 소송보다는 경제 살리기에 대통령의 자리를 걸어야 한다고 주문하는 목소리가 높다.

행여 참여정부 역시 말을 사려고 아까운 세월을 허송한 조왕의 전철을 밟는 것은 아닌지, 염려가 태산 같다.

복어 이야기

복어가 낚시에 걸려 올라오면 배가 금방 부풀어 오른다. 위기를 만나거나 기분이 상할 때 배를 불리는 것은 적이 나타나면 자신을 크게 보이기 위한 '보호본능'이라고 한다.

배를 불릴 때, '-E, -E' 소리를 지르는 것이 흡사 돼지울음 같다. 그래서 하돈河豚, 돈어豚魚라고 불리운다.

복어의 배 껍질에는 작은 가시가 밀생하여 위험을 느낄 때, 이를 세우기도 하는데 만져보면 까칠까칠한 느낌이 든다.

복어는 물밑에서도 배에 물을 가득 채워 먹이를 찾을 때 분수력을 이용, 모래펄을 불어 헤집는다.

이가 날카로워 바늘을 잘 끊어 먹기에 걸려 올라오기가 무섭게 냅다 패대기를 치기에 '복 치듯 한다'는 말도 생겨났을 정도로 천대를 받는다.

'복'은 독성이 강한 봄·여름을 보내고 11월부터 제철이 시작돼 봄 산란기 이전인 내년 2월까지 한창 즐길 수 있다.

이른 아침 복 해장국집에는 으레 '어, 시원하다'하는 감탄사가 합창으로 이루어진다.

이처럼 상큼하고 담백한 맛의 복어이련만, 이 놈 한 마리에 수십 명의 사람을 죽일 수 있는 강한 독성을 지니고 있다는 것은 주지의 사실이다.

현재까지 알려진 복어독의 특효약은 없다. 중독현상이 일어나면 의사의 빠른 조치로 구토를 시키고 소금물이나 소다수를 많이 먹여 위를 씻어내는 한편, 설사약이나 이뇨제를 투여하여 독소를 배출시키고 인공호흡을 시키는 등의 방법 밖에 없다.

강심제, 아드레날린 등의 흥분제를 주어 중독 작용의 대항책을 쓰기도 하는 모양이다. 중국에서는 느티나무의 마른 가지를 달여 먹인다고 한다.

복어중독하면 떠오르는 어릴 때의 기억이 있다.

초등학교 동창 중에 별명이 '노랑복쟁이'라는 마을 친구가 있었다. 복어독에 중독되어 얼굴은 물론 온몸이 노랗게 되어 얻은 별명이었다.

졸복은 지금은 졸복국으로 귀하신 몸(?)이 되었지만, 몇 십 년 전만해도 거름 신세 밖에 안 되었다. 먹을 것이 귀할 때라 그 친구 아버지가 어장에서 버린 졸복 더미에서 졸복을 몇 마리 가져다 국을 끓여 먹은 것이 화근이었다.

복을 먹고 졸기 시작하면 이미 중독된 상태라 할 수 있다. 그대로 잠이 들면 전신에 마비가 오면서 결국 심장이 멈추거나 호흡곤란으로 죽게 된다.

병원에 가는 것은 엄두도 못 내었고, 다른 치료방법이 없었기에 마을에 복어독에 중독된 사람이 생기면, 가까운 보리논을 골라 잠을 재우지 않고 걸리었다.

온 동네 사람들이 모여 불을 피우고 양옆에서 팔짱을 낀 채 쉬지 않고 반쯤 뛰다시피 걸어야만 했다. 잠이 들면 그대로 죽음을 맞기에 동네사람들이 교대로 팔을 끼고 걸렸으니 문자 그대로 사투였다.

가족이 함께 중독이 되면 걸리는 도중 마주칠 때마다 '옴마', '우야', '심내소!', '은냐'하던 말들이 아직도 귀에 쟁쟁 맴을 돈다.

우리가 쉽게 접할 수 있는 복어는 자주복, 검복, 까치복, 졸복 등인데 그 중에서 으뜸으로 치는 것은 참복으로써 까만 등과 흰 배가 분명하고 군데군데 흰점, 회색점이 배색돼 있다.

이 참복은 너무 귀해 복어요리 전문점에서나 구경할 수 있다.

복어는 다른 생선과 달리 비린내가 전혀 없고, 지방이 아주 적으며, 허리와 다리를 튼튼하게 해주는 스테미너 요리이다.

근육 속에는 이노신산과 글리신, 알라닌, 아미노산 등의 성분이 주축을 이루어 단맛과 감칠맛이 뛰어나다.

우리가 자주 접하는 복국은 질그릇 냄비를 이용해야 제 맛이 나는데 파, 송이버섯, 두부, 콩나물, 미나리를 배합하여 소금과 간장으로만 간을 맞혀야 더욱 시원하다.

복요리 중에서 제일로 치는 것은 역시 복어회다. 아주 얇게 포를 떠서 쟁반에 바르듯 가지런히 차려놓은 반투명체의 복어회를 한 점씩 음미해 보면 그 맛에 도취되지 않는 사람은 없을 정도다. 입안에 오래두고 가만히 씹어보면 쫄깃쫄깃하면서도 그윽함을 느낄 수 있다.

이 횟감은 아주 싱싱한 참복이어야 하는데 생명과 직결되는 위험한 생선이기 때문에 전문요리사의 손에 의해 만들어진 것만 먹어야 한다.

복어의 살코기에는 독성이 거의 없고 알과 내장에 독이 배어 있어 대부분 복어알과 내장을 전부 버려왔다.

그런데 치명적인 복어독을 약으로 사용하는 경우도 있다.

신경계통의 마비작용이 있기 때문에 진통제, 신경제, 진정제 등으로 신경통, 관절염, 류마티스, 파상풍 등에 사용하여 효과를 보기도 하는 모양이다.

이 복어독은 술독에도 강한 위력을 발휘하는 것 같다. 술도가의 대형나무 술통에 술 찌꺼기 버금이 두껍게 깔리면 이를 벗겨내는 데는 복껍질과 창자로 훑어버리면 그만이라고 한다.

그래서 술꾼들이 복을 즐기는지도 모를 일이다.

몇 년 전에 서울에서 온 손님에게 장승포 P식당의 졸복국을 자랑삼아 대접하였더니 여태까지 먹어본 복어국과는 비교가 되지 않는다고 졸복국을 극찬했다. 졸복은 크기가 두어 치 남짓하고 어획량이 많지 않아 외지에서는 구경하기조차 힘든 모양이다.

태풍 매미 후로 우리 거제를 찾는 관광객이 급감한 차제에 졸복국과 매기탕이 겨울철 거제음식으로 널리 알려져 관광객의 발길이 줄을 이었으면 하는 바람이 간절하다.

도롱뇽 소송과 견타식 구타

경부고속철도의 천성산과 금정산 관통을 반대하며 환경단체 등이 한국고속철도를 상대로 제기한 경부고속철도 공사착공금지 가처분신청(일명 도롱뇽 소송) 2차 재판이 지난달 28일 오전 11시 울산지법 민사합의부 심리로 열렸다.

이날 재판에서 한국고속철도 공단측 변호인이 "도롱뇽이 원고 자격이 있느냐?"며, 적격여부를 제기하자 원인태 부장판사는 "도롱뇽은 소송의 주체가 될 수 없으나, 함께한 단체가 있으니 재판을 진행하겠다"고 선언했다.

이 자리에는 일본 환경법률가연맹 후지와라 다케지 대표이사가 응원 방청했다는 보도가 있었다.

그는 지난 1995년 일본 최초로 가고시마鹿兒島현 아마미오시마의 삼림 채벌과 골프장 개발을 막기 위해 아마미흑토끼와 개똥지바귀, 도요새 등 4종의 동물을 원고로 한 행정소송을 제기하는 등 '자연의 권리' 소송을 제기하고 있는 인물이다.

동물재판에 관한 기록은 꽤 오랜 역사를 지니고 있다. 중세 프랑스에서는 돼지를 놓아기르던 중 사람이나 기물을 다치게 한 돼지를 도시 한복판에서 재판을 하고 그 자리에서 태형을 집행하였다고 한다.

우리나라에서도 조선조 태종 때 사람을 짓밟아 죽인 코끼리 재판이 있었다. 일본에서 선물한 이 코끼리가 사람을 죽였으니 병조판서는 살인죄로 다스려야 한다고 했으나, 재판장인 태종은 보현보살이 타고 다니던 영물이요, 절도 잘하는 예의를 아는 짐승이라 하여 감일등하여 외딴섬에 유배시켰다고 조선왕조실록에 전한다.

우리 거제에서도 동물 재판이 있었을 뻔한 사건이 있었다.

30여 년 전 신규 채용된 순경 한 사람이 성포지서에 초임발령을 받았다. 편의상 그를 김 순경이라고 칭하기로 한다.

김 순경은 근무 중 가축 피해신고를 받았다. 그런데 사고내용을 살펴보니 개가 염소를 물어 죽인 사건이었다. 김 순경은 부산의 모 법대 출신으로서 처음 작성하는 신문 조서를 멋들어지게 하여 실력을 과시하고 싶었으나, 피의자가 사람이 아닌 개인지라 난감했다. 생각 끝에 개가 비록 짐승이나 주인과는 어느 정도 의사가 통하리라 생각하고 개 주인이 개를 대신하여 진술케 하였으니, 다음은 신문내용이다.

문: 모씨의 염소를 물어 죽인 사실이 있습니까?

답: 예, 있습니다.

문: 왜 물어 죽였습니까?

답: 죽은 염소가 주인집 시금치를 뜯어 먹어서 그랬습니다.

문: 염소가 시금치를 먹었다고 물어 죽이나요?

답: 애초엔 물어 죽일 생각이 없었습니다.

문: 그럼 왜 죽였나요?

답: 처음 염소가 주인님이 애써 기른 시금치를 뜯어먹기에 그러면 안 된다고 '멍멍'하고 경고를 했습니다.

문: 경고를 받은 염소는 어떻게 하였나요?

답: 멍멍 하는 경고를 받고도 무시하고 시금치를 계속 먹기에 좀 더 큰소리로 멍멍멍 하고 짖었으나, 계속 시금치를 먹기에 화가 나서 한 번 물었는데, 그만 죽고 말았습니다.

문: 한 번밖에 안 물었나요?

답: 예, 한 번 물었는데 그만 죽고 말았습니다.

이로서 개에 대한 신문이 끝나고 개 주인에 대한 신문이 계속되었는데, 다음은 개 주인에 대한 신문조서다.

문: 당신집 개가 남의 염소를 물어 죽인 개에 대하여 어떤 조치를 했습니까?

답: 아주 잘못되었다고 생각합니다.

문: 남의 염소를 물어 죽인 개에 대하여 어떤 조치를 취했습니까?

답: 크게 잘못했기에 몽둥이로 개 패듯 했습니다.

김 순경은 득의양양하게 조설 작성했다.

견타식구타犬打式毆打.

이 사건을 보고받은 거제경찰서 수사과에서는 미친놈의 짓이라며 희대의 신문조서를 즉석에서 파기해 버렸다고 한다.

지금은 야인이 된 모 시장에게서 이 이야기를 듣고 요절복통에 박장대소를 했다. 아깝다. 국가문서보존소에 길이 보전할 신문조서일진데. 이로써 생겨난 말이 '견타식구타'이다.

동물재판의 기록에서는 동물이 피고로서 일관돼 있는데, 환경파괴를 고발하는 수단으로 하는 소송에서는 동물이 원고가 되고 있다.

자연을 대규모로 파괴하는 공사는 대부분 국가가 개입된 것이다.

자연보호임무를 방기하는 국가에 대하여 그 시정을 요구하는 도롱뇽 재판의 결과가 주목되는 가운데, 혼자 묻어두기엔 아까운 생각이 들어 '견타식구타' 얘기를 하여 보았다.

사람 찾기

계미년도 거의 저물었다. 참여정부 출범이후 사회 각 분야의
정책이 하나같이 약속이나 한 듯 혼선을 빚었기에 대학교수들이
선정한 올 한 해를 대표하는 사자성어로 '우왕좌왕右往左往'을 뽑
았다.

대구 지하철 참사가 발생하는 등 각 분야가 제자리를 찾지 못
하고 갈 곳을 잃은 모습을 보였기 때문이라고 교수들은 설명했
다.

이 밖에 대선 자금 문제, 경기침체 문제를 빗대 점입가경, 이전
투구, 지리멸렬 등이 뒤를 이어 올 한 해를 부정적으로 평가했다.

금년 들어 신문 지면을 온통 장식했던 각종 부정 비리들은 모
두 체면의 붕괴, 자존심의 실종, 그리고 염치의 파탄이 만들어낸
어처구니없는 사건들이었다.

오늘날을 일컬어 패덕敗德의 시대라고 하고 있다. 패덕은 도덕
과 의리의 그르침을 말한다.

사람의 양심은 길들이기에 따라서 달라지는 것으로, 잘못된 일이 반복되면 습관이 돼 버린다.

그리하여 감각이 둔해지고 자기의 잘못을 깨닫지 못하게 되며, 오랜 세월 이 상태가 지속되면 자족감에 취하게 된다.

이 자족감은 잘못에 대한 회개나 양심의 가책보다는 오히려 잘못을 당연시하는 도덕 불감증으로 진전된다.

우리의 선인들은 체면을 매우 소중하게 생각했다.

자고로 선비는 자기 갖춤이 확고하여 남에게 지탄받을 일을 결코 하지 않으며, 말과 행동이 일치하여야 하고 고상한 품성을 중히 여겼다.

그러므로 어떠한 경우라도 경거망동을 삼가고, 아무리 곤궁해도 체통을 손상하는 일을 해서는 안 되었다.

체면은 인격을 고귀하게 도야시키고 올바른 자존심을 지켜주는 긍정적 측면을 가진 반면, 명분에 얽매이거나 온당한 지름길을 두고 터무니없이 먼 길을 돌아가는 불합리와 비현실적 사유, 정신적·물질적 허비도 마다 않게 되는 부정적 속성도 내포하고 있다.

오늘날 우리 사회엔 명예와 자존심을 지키는 좋은 측면은 보이지 않고, 왜곡되고 더러운 속성들만 구석구석에서 자주 노출되고 있다.

이는 우리 사회를 지탱해 주던 도덕적인 지주인 체면의 기력이 쇠잔해진 결과라 여겨진다.

체면과 자존심의 붕괴, 그리고 염치의 파탄이 가져오는 결과는 정신과 육체의 치명적 손상뿐이다.

　추하고 잡스러운 삶의 태도는 그 삶이 집요하게 추구해 온 돈, 권세, 명예 중 어느 하나도 지켜주지 못한다는 교훈을 최근의 사건들이 우리에게 뼈아프게 가르쳐 주고 있다.

　≪고려 충선왕이 원나라에 일곱 해 머물다 귀국할 때, 눈물로 배웅하는 여인에게 연꽃 한 송이를 꺾어주고 떨어지지 않는 발길을 돌렸다.

　그러나 별리의 슬픔은 젊은 왕의 가슴에 사무쳐 압록강을 건너기 전 신하인 이제현을 시켜 여인의 소식을 알아오게 하였다.

　왕을 사모하여 식음을 전폐하고 눈물로 지새우던 여인은 겨우 일어나 울면서 시 한 수를 써서 왕에게 전해달라고 부탁하였다.

　　　증송연화편(贈送蓮花片)
　　　초래적적홍(初來的的紅)
　　　사지금기일(辭枝今機日)
　　　초췌여인동(憔悴與人同)
　　　(가실 때 주신 연꽃 한 송이, 처음엔 너무도 붉었는데 줄기 떠난 지
　　　며칠, 초췌함이 제 모습과 같사옵니다.)

　익제는 돌아와서 "찾기는 했으나 젊은 사내들과 주석에 어울려 신이 곁으로 가도 알아보지 못했습니다."
　하고 거짓복명을 했다.

몇 번인가 귀를 의심하던 왕은 '괘씸한 것!' 하고 침을 뱉으며 압록강을 건넜다.

이듬해 경수절慶壽節에 이제현은 왕에게 술잔을 올리고 갑자기 뜰에 엎드려 이실직고했다. 그리고는 여인이 읊은 연화시를 바쳤다.

비로소 사실을 안 충선왕은 눈시울을 적시며, "경이야말로 진정 충忠을 아는 신하로다. 만약에 그대가 거짓을 고하지 않았던들 과인은 오늘까지 돌아오지 못했으리라…."

왕 앞에 엎드린 익제의 두 뺨에는 눈물이 줄기를 지었다.

《용재총화慵齋叢話에 전하는 이야기다.》

예부터 나라가 어지러울 때면 어진 재상이 아쉽고, 집안이 어지러울수록 양처良妻가 생각난다고 했다.

대통령 측근비리 특검이 내년 1월 6일 경부터 수사에 들어가는 모양이다.

평생을 통속에서 살았다는 그리스의 거지 철인哲人 디오게네스는 대낮인데도 등불을 밝혀들고 아테네 거리를 헤맸다고 한다. 사람다운 사람을 찾기 위해서였다는 것이다.

'현명한 대통령'의 길을 충언하며 국민의 신뢰를 이끌어낼 만한 자질과 경륜을 갖춘 인재가 있으련만.

난세를 사는 지혜

민족의 명절인 설이 다가왔다. 예전에 비하면 물량은 넘쳐날 정도로 풍요로워졌으나 세상인심은 정반대다.

세상은 갈수록 각박해지고 어지럽다. 걸핏하면 화를 내고, 남과 다투고, 남을 미워하고 갈등 속에서 근심과 걱정으로 생을 누리는 것이 항다반이다.

이런 세태에 세상만사에 대해 주관을 버리고 객관에서 관조觀照하며, 살아갈 수 있는 마음의 여유를 지닌다는 것은 쉬운 일이 아니다.

마음의 여유를 가지지 못하는 까닭은 과욕과 집착과 성급함 때문이다.

불가에서는 지나친 욕심을 품고, 쓸데없이 화를 내고 냉정한 판단이 결여될 때를 탐貪, 진嗔, 치痴라 하여 이를 삼독三毒이라 이르고 있다.

과욕寡慾과 인내와 현명한 판단은 삶의 더 없는 양약이 아닐 수 없다.

진秦의 목공穆公을 도와 중국 통일의 기초를 닦은 정치가 건숙蹇淑은 통치의 요결을 '물급勿急, 물분勿忿, 물탐勿貪'의 삼물이라고 했다. 하나같이 말은 쉬우나 행하기 쉽지 않은 것이 삼물이다.

마음의 여유란 타고나기도 하겠지만, 오랜 기간 수양을 통하여 고목이나 바위에 피는 이끼처럼 몸에 배이는 것이 아닌가 싶다.

50세가 지나면 누구나 노인 될 준비를 해야 한다고 했다. 말도 신중히 하고 자식, 며느리, 사위들에 대해서도 따듯하게 대해 주게 되고, 그전에 성미 급하던 사람도 남과 큰소리로 다투기를 삼가고 남에게 듣기 싫은 소리나 필요 없는 간섭을 안 하려고 노력한다.

말하자면 노인이 될 준비 작업이 시작되고 있는 것이다

일찍이 우리 선조들은 여유 있는 인간이 되기를 무척 강조하면서 서둘고 조급함을 경계하여 '급할수록 돌아가라'하고, '돌다리도 두드리고 건너라'고 일렀다.

목수의 솜씨가 어떠한가는 그가 지닌 연장, 특히 숫돌을 보면 짐작된다고 한다. 숫돌 면이 언제나 평면 되게 쓰고 있는 목수는 그 솜씨가 능숙하다. 그렇기 때문에 목수 수련의 제 1장 제 1과는 숫돌에 대팻날 갈기라고 한다.

대팻날만 빨리 세우려고 하는 목수의 숫돌은 평면이 못되고, 움푹 가운데 허리가 들어가기 마련이다. 이렇게 되면 그 숫돌은 못쓰게 되는 것이 보통이다.

그러나 솜씨 있는 목수는 대패를 갈 때, 대팻날 서기를 생각하기 전에 숫돌면이 바르게 되기를 원하고 있다고 한다. 그러다 보면 자기도 모르는 사이에 대팻날은 파랗게 서고, 숫돌도 마지막 닳을 때까지 좋은 연장으로 쓸 수 있다는 것이다.

꿩을 잡는 포수는 산탄을 쓴다. 탄알 한 개면 족하다는 걸 모르는 포수가 있을까만, 많은 탄알 쏘아 뿌려야 비로소 그 중 한 개가 그 구실을 할 수 있다.

콩나물시루에 물을 줄 땐 흠뻑 주어야 한다. 흠뻑 준 물이 다 새어 내려가는 듯 하지만, 콩나물은 필요한 물만 섭취하여 자란다. 많은 물을 먹여 빨리 자라게 하려고 시루바닥의 구멍을 없애면 콩나물은 모두 썩어버리고 만다.

필요한 만큼만 주겠다고 물을 아끼면 말라죽는다. 다 새는 줄 알면서 주는 물, 이것이 여유다.

마음의 여유가 없는 곳에 삼독三毒이 나오고 삼물三物이 지켜지지 않는다.

마음의 여유는 난세를 사는 지혜이다.

사쿠라

환상의 섬이라 일컫는 거제에 절경이 어디 한 두 군데일까만 봄의 절경으로는 산벚이 피는 탑포 뒷산을 빼놓을 수가 없다.

더러는 연초록, 더러는 진초록의 나뭇잎이 산벚과 어우러진 산경山景은 보는 이를 황홀하게 한다.

거제의 산벚은 나무가 커가는 탓인지 그 화려함이 해가 갈수록 더해 감을 실감한다.

봄을 따라 북상한 벚꽃은 지금은 서울이 한창인 모양이다.

벚꽃축제로는 진해 군항제가 첫 손에 꼽히지만, 나는 어릴 때 고향마을 동사洞舍에 피던 벚꽃을 잊지 못한다. 그 벚꽃과 함께 했던 나의 유년의 추억은 잿빛으로 남아 있지만, 벚꽃은 화려했었다.

벚나무는 꽃이 화사하나 개화기간이 짧은 것이 흠이다. 꽃이 피어있는 기간이 고작 4~5일에 지나지 않으니 말이다. 전국에 많이 심겨져 있는 왕벚나무는 이보다 더 짧아서 3~4일이면 지고 만다.

일본 사람들이 벚꽃에 열광하는 것은 활짝 피었다가 이내 지고 마는 속성 때문이라고 하는 것은 잘 알려진 일이다.

그래서 벚꽃을 국화로 하고 있는 일본에서는 '꽃은 사쿠라'요, '사람은 사무라이'라는 말까지 나왔다.

대의명분을 위해 목숨을 내놓아야 할 순간, 주저 없이 죽음을 택하는 사무라이 정신이 화려함을 뽐내다 속절없이 지고 마는 사쿠라와 닮았다는 것이다.

태평양 전쟁 때 자신이 모는 애기愛機와 함께 미군 함정을 향해 돌진하는 자살특공대를 조국을 위해 장렬하게 산화散花한 영웅으로 칭송했다.

낙화의 아름다움을 즐기기 위해 정원에 심은 배, 살구, 복사 등 여럿이 있다.

그 중에서도 매화의 낙화야말로 시의 중요한 소재가 되었다. 예로부터 선비들은 낙화의 미학을 매화로부터 찾아 매화 꽃잎이 떨어지는 것을 화우花雨라 하여 인생의 무상함에 비유하고 있다.

무엇이나 흉내 내기를 좋아하는 일본인들이 화우를 그냥 두지 아니하고 매화와 배꽃이 떨어지는 것을 벚꽃의 낙화로 살짝 바꾸었다. 그래서 하얀 벚꽃이 떨어지는 것을 일본의 멋인 것처럼 말하고 있다.

한일합방 이후 일제는 조선의 민족정기를 말살하기 위해 전국 각지에서 자라는 무궁화를 베어내고, 그 자리에 일본에서 들여온 왕벚나무를 심었다.

학교 교정에도 벗나무를 심고, 관청은 말할 것도 없고 도로변에도 벗나무로 가로수를 조성하여 이 땅을 왜색으로 물들이기 시작했다. 심지어 임금의 거처였던 창경궁마저 놀이터로 만들면서 토종 꽃나무를 베어내고 그 자리에 왕벗나무를 심은 것이다.

태평양으로 진출하려는 일본 군국주의 야망은 진해 군항을 온통 왕벗나무 숲으로 바꾸어 놓았다.

아직도 벗나무의 왜색 시비는 끊이질 않고 있다. 왕벗나무가 제주도 원산이라느니, 아니라느니 말들이 많고 분류학자들조차 명쾌한 해석을 내리지 못하고 있다.

이러한 때 충남 금산군 군북면 신안리에 자생하는 100만 그루의 벗나무는 그 의미가 크다고 하겠다. 그 중에서 우수한 종을 선별하여 대량 증식한다면 왕벗나무에 못지않은 관상수가 나올 것으로 기대된다.

또한 제주도 서귀포시 남부육종장의 김찬수 박사는 조직배양을 통해 왕벗나무 묘목을 생산하는데 성공했다고 한다.

이제부터는 무턱대고 왕벗나무만 심을 것이 아니라, 출처가 어디냐는 것을 따져 묘목을 생산하는 것이 바람직하다.

광복 후 우리의 정치 무대에도 벗꽃이 피어났다. 군사독재정권 시절에 피어난 '사쿠라'가 바로 그것이다.

'낮에는 골수야당'으로 또 '밤에는 여당'으로 변신하는 정치인을 꼬집어 '사쿠라'라 칭했다. 이때의 사쿠라는 꽃을 말하는 것이 아니라, '바람잡이', '야바위꾼'을 뜻하는 일본어에서 나온 말이다.

민주화와 더불어 정치판에서의 사쿠라라는 용어는 사라졌지만, 권력과 시류에 따라 이 정당 저 정당을 옮겨 다니는 철새 정치인은 '사쿠라' 못지않게 아직도 많다.

　한창인 벚꽃이 지고나면 곧이어 총선이 있게 된다. 이번에 당선되는 국회의원 중엔 '신판 사쿠라'가 없었으면 하는 마음 간절하다.

상생(相生)과 상극(相剋)

재정경제부에 따르면 2003년 말 현재 국가 채무가 165조 원을 돌파했다고 한다.

특히 지난 해의 채무 증가액은 사상 최대 규모였다고 한다. 이로써 인구 4,792만 명을 기준으로 할 때 국민 일인당 나라 빚은 3457천 원에 이르렀다.

그런가 하면 외환위기 5년이 지난 2003년부터 내채 위기가 시작되어 신용불량자가 360만 명에 이르고, 카드 돌려막기로 근근이 위기를 유예하고 있는 인구가 1백만 명이라 하니 경제활동인구 7명당 1명이 신용위기를 겪고 있으며, 그 수는 시간이 갈수록 늘어갈 것이다.

그 결과 빈부격차는 선진국의 20대 80 사회를 훨씬 넘어 10대 90 사회의 양상을 보이고 있다. 가계가 무너지고 부의 편중이 심해지다 보니 자살과 범죄율이 급격히 증가하고 가정파탄과 사회 불안이 가중되고 있다.

유감스럽게도 이혼율 47.4%로 세계 2위라는 불명예를 안게 되었고, 주변에서 느껴지는 체감 이혼 지수는 훨씬 심각하여 우리 사회의 건강을 우려하게 되는 것이다.

하지만 이렇게 심각한 사회·경제적 문제를 해결하려는 방책이나 의지를 가진 정치지도자는 보이지 않았다.

참여정부는 발목 잡는 야당 때문에 할 수 있는 일이 아무 것도 없다고 늘 푸념을 해왔다.

야당이 사활을 걸고 전면전을 벌인 결과 17대 총선에서는 절반이 조금 넘는 의석을 차지했다.

합법적이고 정당한 방법으로 '여대야소'를 이루었다는 것만으로도 17대 총선이 한국 정치발전에 적잖게 기여했다는 평을 받는 모양이다.

문제는 지금부터다.

국민소득 2만 불 시대의 장빛빛 청사진도 좋다. 그러나 35만명을 웃도는 청년실업, 중소기업의 해외탈출로 이어지는 중·장년층의 실업자 증가 등 '장미빛 미래'를 꿈꾸기엔 현 상황은 너무나 심각하다.

내채 위기를 극복하는 방책은 오로지 일자리 창출 밖에 없다.

일자리 창출을 통해 청년실업을 극복하고 가계소득을 높여 개인 채무 등 가계 신용불량자를 줄이면 내수도 늘어나게 되는 것이다.

일자리를 창출하려면 두 가지 방법이 있다.

바로 기존 업체의 투자확대와 신규 창업 유도이다.

기존 업체의 고용을 증가시키기 위해서는 반기업 정서를 없애야 한다. 고용과 국내 투자 증대 업체에 대해서는 세금 감면과 대출 이자율을 낮추는 등의 정책적 지원이 뒷받침되어야 할 것이다.

자금난 뿐만 아니라, 구인난과 과도한 규제 등을 견디다 못해 해외로 빠져나가는 기업의 수가 증가하는 현실을 개선해야만 한다.

이러한 때에 여야가 상생相生의 정치를 하겠다고 한다.

탄핵으로 분열된 국론을 추스르는 뜻에서 상생을 화두로 삼았지 않나 싶다.

지금까지 대화나 화합을 수도 없이 외쳐왔는데, 새삼 상생 정치를 들먹이는 것을 보면, 상생이 제대로 안 된 것을 알기는 아는 모양이다.

상생법은 자연의 순환 이치에 순응하는 것이며, 이에 반대되는 것이 상극相剋이다. 상극은 적대적 관계로 해석한다.

상생은 오행, 즉 목木, 화火, 토土, 금金, 수水의 다섯 가지를 말하며, 이것들은 땅을 구성하는 물질 명이다.

목木, 화火, 토土, 금金, 수水 배열의 의미는 자연의 순환 현상을 본 대로, 느낀 대로 옮긴 것으로, 목생화木生火, 화생토火生土, 토생금土生金, 금생수金生水, 수생목水生木의 일주 현상은 자연의 순환 현상을 말한 것이다. 이를 상생관계相生關係라고 한다.

상생이란 아무 마찰이나 자극이 없는 이상적인 꿈을 가리킨다고도 할 수 있겠다.

상생은 서로 보호하고 더불어 살게 한다는 뜻으로 대개는 좋은 의미를 나타낸다. 즉 좋은 것이 좋다는 뜻인데 경우에 따라서는 생이 오히려 병이 될 수도 있으므로 한가지로 집착하는 것은 금물이라 경계하기도 한다.

며칠 전에 화려한 정치적 수사의 어록을 남긴 JP가 정계를 떠났다.

이로써 3김三金 시대가 완전히 막을 내리게 되었다.

총선 결과 그가 이끈 자민련이 참패한 뒤의 냉랭한 분위기 속에서 '자의 반, 타의 반', '춘래불사춘', '유신본당', '몽니' 등 숱한 정치적 어록을 남긴 채 말이다.

세상이 하도 어수선하고 보니 상생의 정치가 국민을 위한 것이 아니고, 여야 국회의원을 위한 것은 아닌지 염려하는 사람이 나 뿐만은 아니지 싶다.

정치판에서 '상생의 정치' 다음엔 무슨 말이 나올지 자못 궁금하다.

혈구지도(絜矩之道)

국무총리직을 끝으로 '행정의 달인'이라는 고건 총리가 45년 간의 공직 생활을 마감했다. 그가 총리로 재임하면서 대통령과는 몽돌과 받침대라며, 코드가 맞는다고 하더니 그 간의 속사정도 있었던 모양이다.

그가 보낸 45년 간의 공직생활. 결코 짧지 않은 세월이다. 인간은 누구나 나이가 들면 한번쯤은 짧은 생애를 되돌아 보고 깊은 생각도 해보는 것 같다.

요즘 웰빙(well-being)이 유행이라 한다.

웰빙은 '잘 먹고 잘 살자'란 말로 설명된다. 잘 먹고 잘 살기를 바라지 않는 사람이 어디 있을까만 그것이 말로만 되는 것이 아님은 삼척동자도 아는 일이다.

흔히들 쓰는 '잘 먹고 잘 살아라'라는 말은 덕담이라기보다는 비아냥에 가까운 것인데, 요즘 사람들은 대놓고 저만은 '잘 먹고 잘 살아야겠다'고 나서고 있는 것이다.

"진지 잡수셨습니까?"

"아침 드셨어요?"

"저녁 먹었니?"

우리나라 인사법에는 밥 먹었냐는 인사치레가 아직도 남아있다. 자고로 가난 속에서 살아온 우리이기에 무엇보다도 먹는데 관심이 많을 수밖에. 이 새 저 새 하지만 먹새가 제일 크다고 하지 않던가.

여차하면, '사람 좀 살자'하는 넋두리가 나올 정도로 먹고사는 것이 무척 힘들어서인지 어떻게 사는 것이 웰빙 하는 것인지 누구에겐가 묻고 싶어진다.

고대광실에서, 얼굴과 몸 가꾸기에 혈안이 된 채, 최고급 승용차에 돈을 물 쓰듯 하는 능력이 있는 것이 잘 사는 것인지도 모를 일이다.

하지만 그렇게 사는 것이 좋은 것만도 아닌 듯도 하다. 누구보다 잘 먹고 잘 살았을 고위 공직자나 재벌 총수가 자살하는 것을 보면 말이다.

잘 살아간다는 것은 남들과 다른 삶의 방식을 찾는다는 것이 아니라, 더불어 살아갈 수 있는 방법을 터득하는 삶의 태도와 자세가 아닌가 싶다.

'사서' 중의 하나인 대학大學에 '제 마음으로 남을 헤아린다'는 뜻의 '혈구지도絜矩之道'라는 성어가 있다.

"윗사람에게 싫어하는 일을 아랫사람에게 하지 말며, 아랫사람에게 미워하는 일을 윗사람에게 하지 말며, 앞사람에게 싫어하는 일을 뒷사람에게 하지 말며, 뒷사람에게 싫어하는 일을 앞 사람에게 하지 말라"고 하였다.

자기가 하고 싶지 않은 것을 남에게 시키고, 반대로 자기가 갖고 싶은 것을 남에게 주지 않고, 자기가 챙겨버리는 이기심을 사람들은 가지고 있다. 그러나 사람의 마음은 하나같아서 내가 싫어하는 것은 남도 싫어하기 마련이다.

아랫사람의 불편과 괴로움을 들어주고 도와주며, 관용하고 포용하며 안겨주는 훈훈한 자세, 이것이 혈구지도의 본뜻이리라.

'논어'에서 공자는 "자기가 하고 싶지 않은 것을 남에게 시키지 않음이 곧 인仁이며, 서恕"라고 하셨다.

상생相生과 중용中庸, 혈구絜矩가 '삶은 조화를 이루면서도 거기에 완전히 빠지지 말라'(和而不同)는 성현의 말씀을 실현하는 길이라 믿는다.

개혁이 화두가 되고 있다. 그러나 집권층부터 남을 인정하지 않는 극단적인 아집과 독선을 버리는 것이 가장 시급한 개혁과제라고 뜻있는 이들은 입을 모은다.

난세라는 지금, 겸양으로 자기를 낮추고 더불어 빛나는 인생의 묘를 찾아야 할 때가 바로 지금이 아닌가 한다.

사이비(似而非)

　예년보다 봄이 빨리 온다고 하지만, 세상은 온통 회색으로 덮여가고 있다. 어떤 이는 오늘날을 원로들은 많으나 어른들은 없는 세상, 선생은 많으나 스승이 없는 세상, 정치가는 많으나 정치가 없는 세상, 예술가는 많으나 예술이 없는 세상이라고 진단하기도 했다.

　굳이 '오른 손이 하는 것을 왼손이 모르게 하라'는 마태복음 6장의 구절이 아니라고 해도 그대로의 가치를 인정하고 존중할 줄 아는 마음의 바탕이 필요하다.

　붉은 물감은 붉게 드러나야 마땅하고, 푸른 물감은 푸르게 나타나야 건강한 바탕이다. 하지만 세상은 그렇지 아니하다.

　충격과 허탈감을 안겨주었던 줄기세포 연구 관련 사건의 수사 결과가 내주쯤 발표될 모양이다. 모두가 속았다. 속은 사람이 어리석다고 말해 버릴 수 있으나, 충분히 속을만한 이유가 있었음도 간과할 수 없다. 경쟁제일주의, 결과제일주의, 1등만 존재하는 상황이 속게 만들었다.

사이비似而非는 겉으로는 흡사한데 실제로는 같지 않은 것을 일컫는 말이다. 하지만 사이비란 말은 중국 전국시대부터 사용되어 왔으니 어제 오늘 생겨난 말은 아니다.

어느 날 만장萬章이 스승 맹자孟子에게 물었다.

"한 마을의 모든 사람이 다 훌륭한 사람이라고 칭찬한다면 그 사람은 어디를 가나 훌륭한 사람일 것인데 어찌하여 공자께서는 그들을 향원鄕原으로 덕을 해치는 도둑이라고 말씀하셨는지요?"

맹자는 진지하게 대답하였다.

"그들은 꼭 집어서 비난할 것이 없고, 공격하려 해도 공격할 빌미를 남기지 않았으니 세속에 아첨하고 비리에 합류하는 자들이니라. 집에서는 충성심과 신의를 내세우나, 나가면 청렴과 결백을 자랑하여 사람들이 다 좋아하도록 하고, 자신들의 삶이 옳다고 믿으니, 그들과는 요순堯舜의 도에 함께 들어갈 수가 없는 경우이니라. 그리하여 공자께서는 '사이비 한 것似而非者을 미워하셨느니라." 즉 "말을 잘하는 것을 미워하는 까닭은 정의를 혼란시킬까 두려워서이며, 정鄭나라 음악을 미워하는 것은 아악雅樂을 혼란시킬까 두려워서이다. 마찬가지로 향원을 미워하는 것은 그들이 덕을 혼란시킬까 두려워서이다."

맹자孟子의 '진심盡心편'에 나오는 이야기다. 이처럼 겉으로는 분간하기 어려운 만큼 비슷하나 실제로는 전혀 다른 경우를 우리는 사이비라고 한다.

어찌 보면 사이비가 더 선량해 보이고 더 진짜 같아 보이기 때문에 여간해서는 분별하기가 어렵다.

우리 속담에 '빈 깡통이 더 시끄럽다'고 했다.

좋은 작품을 못 쓰는 사람일수록 더욱 더 나서기를 좋아하고 그림이 시원찮은 화가일수록 언론플레이를 잘하고, 실력이 없는 선생일수록 입심이 좋고, 부실한 제품일수록 마케팅으로 소비자를 사로잡으니 바야흐로 지금은 사이비들의 천국이나 다를 바가 없다.

사이비가 판치는 사회는 미래가 없다. 어리석은 사람들이야 남을 속이려 해도 한계가 있기 마련이다. 자기의 머리가 모자라기 때문에 설령 속인다 해도 그 피해가 적지만, 재주 있는 사람들이 남을 속이려 들면 너무나 간교하여 많은 사람들을 속일 수 있고, 그 피해는 매우 심각하다.

사이비에 대한 경계와 진짜에 대한 갈망은 우리들이 즐겨 쓰는 언어 속에 이미 깊이 배어 있다. 참꽃, 참나무, 참깨, 참새, 참나리, 참말에다가 요즘은 사랑도 참사랑으로 구분하고 소주마저도 참소주라고 해야 마신다고 한다.

화두가 되고 있는 웰빙을 일러 참살이라고 하지 않던가. '노블레스 오블리제'가 세간에 부쩍 회자되고 있는 오늘날이다.

우리는 우리 사회를 이끌어갈 지도자들이 보통 시민보다 그 자질이나 도덕성에 있어 더 탁월하기를 기대한다. 그래야 보통 시민들은 그를 믿고 따르게 될 것이기 때문이다.

바야흐로 선거철이다. 때가 때인 만큼 사이비가 판을 칠 것이다. '전업유급직'이란 지방의원, 각자 던진 출사표는 그럴듯하나

함량미달 인사도 상당한 모양이다. 어떤 자리고 간에 그 자리를 꿰차는 인물의 용량이 적절해야함은 두말하면 잔소리다. 용량이 넘쳐도 안 좋지만, 모자라면 치명적이다.

지역사회를 망칠 뿐 아니라, 개인적으로도 수명을 단축할 수도 있다. 전업직은 직업공무원과 다를 바 없다. 그 일을 감당할만한 지력, 기력, 체력을 갖추고 있는가를 먼저 생각해야 한다.

용량이 부족하면 일도 안될 뿐만 아니라, 많은 사람을 피곤하게 만든다.

"백만을 상대로 싸움터에서 승리한 사람이 되는 것보다 나 하나를 이긴 자야말로 최상의 승리자이니라."(千千爲敵 / 一夫勝之 / 未若自勝 / 爲戰中上).

법구경法句經의 '술천품述千品'에 나오는 내용이다.

세상을 속여도 자기 자신은 속일 수 없다. 5·31지방선거에 나서는 사람들이 새겨들어야 할 말인 것 같다.

무당칠과 어당팔

　몇 년 전 지세포에 있는 어촌민속전시관 앞뜰에서 열린 공연
행사에 참석했을 때의 일이다.
　공연시간이 남아 있어 전시관 관계자와 환담 중 전시관 뜰에
놓인 정원석에 묻어있는 굴 껍질을 망치로 두드린 후 염산을 바
르길 권했다.
　그랬더니 "무슨 소리냐?"며, "이곳이 어촌민속전시관이니 돌
에 굴 껍질이 붙어 있어야 그 돌이 바다 돌이라는 표시가 된다는
것으로 쓸데없는 소리 말라"는 투의 면박에 할 말을 잃었었다.
　과연 그럴까. 돌에 엉겨 붙은 굴 껍질은 제거하기가 만만치
않다. 접착력이 좋아 수작업으로 이를 말끔히 지우기란 거의 불
가능에 가깝다. 이때 공업용 염산을 사용하면 쉽게 해결된다. 석
회성분인 굴 껍질은 염산에 잘 녹기 때문이다.
　돌에 붙은 굴 껍질은 마치 사람의 몸에 난 부스럼에 비유될
정도로 보기 흉하다. 경우에 따라서는 부스럼도 아름답다고 하

는 이도 있을지 모르지만 이는 비정상적이다.

돌에 붙은 굴 껍질을 그냥 두면 저절로 떨어지는 것도 있기는 하나 제법 크게 단단히 붙은 것은 모르긴 하나 수백 년은 족히 가지 않나 싶다.

굴 껍질이 제거된 정원석은 세월이 흐르는 동안 이끼가 끼고, 생 돌에서 벗어나 노태감과 세월감이 어우러져 정원석으로서 구실을 제대로 하게 된다. 마치 고찰에 있는 오래된 석물처럼 말이다.

감상석은 산지에 따라 크게 산석山石, 강석江石, 해석海石으로 구분한다. 돌에 약간의 상식만 있어도 산 돌과 강 돌, 바다 돌을 쉽게 구분할 수 있다. 굴 껍질이 붙어 있어야만 바다 돌로 보인다는 얘기는 일견 그럴싸하나 무식한 소리다.

이 글을 쓰기 위해 행여나 하고 그곳을 둘러보았더니 굴 껍질은 그대로였다.

2004년 연말에 우리 시 홈페이지 문화관광 분야의 '관광불편신고센터'에 게재된 자연예술품의 몰이해로 인한 자연예술랜드의 폄하 내용에 대한 불편한 심기를 토로하였더니, 옆자리에 있던 전임 부시장님이 "국보인 합천 해인사의 팔만대장경판을 두고도 빨래판만도 못하다고 말하는 사람들도 있다"며, "무식한 도깨비는 부적도 못 읽는다"고 나를 위로했다.

"인간은 아는 만큼 느낄 뿐이고 느낀 만큼 보인다"고 했다. 작고하신 이병주 선생은 "빚은 도깨비보다 무섭다"고 하면서 "세상에서 제일 무서운 것은 부채"라고 했다.

하지만 빚보다 더 무서운 것이 무식이란 말에 많은 사람들이 공감하고 있다.

오늘날 우리 사회에 얼마나 많은 무지와 무식이 판을 치는지 '무당칠과 어당팔'이란 우스개까지 생겨났다.

무당칠은 무식이 당수 칠단이고, 어당팔은 어중잡이가 당수 팔단이란 말이다. 오죽했으면 이런 우스개까지 생겨났는지 입맛이 씁쓸하다.

무당칠이란 말을 듣지 않으려면 책을 읽고 공부하지 않으면 안된다. 하루에 적어도 15분은 독서에 할애하도록 권하는 것은 인생의 승부는 책 읽는 습관에 달려 있기 때문이다.

하루에 15분씩만 책을 읽어도 1년이면 20권이나 읽게 된다. 하루에 15분만 읽어도 적지 않은 독서량이 되지만, 하루에 두 시간씩 규칙적으로 독서를 해서 아주 유식하게 된 사람도 있었다.

중국의 모택동도 때와 장소를 가리지 않을 정도로 유명한 독서가로 지금도 회자되고 있지만, 미국의 한 상원의원은 학교공부는 별로였는데, 모르는 것이 없을 정도로 유식하고 판단이 정확해서 어떤 젊은이가 도대체 그 비결이 무엇이냐고 물었다.

그러자 그 상원의원은 "나는 열 여덟 살 때부터 하루에 두 시간씩 독서를 하기로 결심했지. 차를 탈 때나, 누구를 기다릴 때나 심지어 여행 중에도 닥치는 대로 읽었지. 신문이나 잡지는 말할 것도 없고 명작소설이나 시도 읽었고, 성경도 읽었고 정치 평론도 읽었지. 그렇게 하였더니 자연히 모든 걸 알게 되더군…. 젊은

이 자네도 해보게. 틀림없이 자네도 유식한 인물이 될 테니까."

알맞은 시간을 정하여 하루에 단 얼마라도 읽는 습관을 갖는 것도 좋은 독서방법이 될 것이다. 독서 뿐만 아니라, 어떤 일이든 계속해서 연마하다 보면 남보다 앞선 경지에 도달할 수 있다. 자신의 삶은 자신이 만들어 간다고 한다. 끊임없는 자기계발과 자기관리만이 인생의 주역이 되리라 믿는다.

5.31지방선거 결과를 두고 기대와 함께 우려도 많은 모양이다. 기대는 차치하고라도 우려에 대해서는 아마도 함량미달이라 여겨지는 인사에 대한 노파심 때문이 아닌가 한다.

자신에게 버거운 직책은 피하는 게 상책이다. 유급지방의회 시대인 만큼 어영부영 월급만 챙겼다가는 무슨 변(?)을 당할지 모른다. 주민소환제도까지 도입되었으니 시민들의 감시 또한 강화되리라 예견된다.

망신당하지 않으려면 방법은 하나밖에 없다. 공부하는 것. 그것이 유일한 대안이요 방법이다. '너나 잘 하세요'가 아니고 '다함께 잘 합시다'가 되기 위해서는 너나없이 책을 많이 읽었으면 한다. 책 읽기는 남 주는 일이 아니기에 더욱 그러하다.

소년등과(少年登科)와 겸손

　일 년 중 가장 덥다는 대서절大暑節이다. 시원한 나무 그늘을 찾았는데 아름드리 느릅나무 아래 노오란 낙엽이 도배하듯 널려 있었다. 한여름에 웬 낙엽인가 하여 살펴보았더니 잎의 절반 정도만 노랗게 물들어 있고 나머지는 멀쩡했다.

　조락의 계절이 되려면 석 달은 좋이 남았는데, 성한 잎들이 일시에 물든 것은 모르긴 해도 무슨 사달이 난 것 같았다. 문득 지면을 달구고 있는, 소년등과 하여 세상을 호령하다 추락하고 있는 사람들이 떠올랐다. 북송의 대철학자 정이程頤(1033~1107)는 소학에서 초년 출세와 조상의 음덕, 높은 재주를 인생에 있어 세 가지 불행으로 꼽았다.(人有 三不幸 少年登高科 一不幸 席父兄弟之 勢爲美官 二不幸 有高才能文章 三不幸也)

　그런데 정이 선생이 인생의 가장 큰 불행으로 손꼽은 이 세 가지가 지금의 세태에선 모두가 부러워하는 행운이자 행복의 조건에 속한다.

'20대의 성공'를 꿈으로 삼고, '낙하산'을 쉽고 편리한 성공의 지름길이라고 생각하며 걸출한 문장을 출세의 방편으로 여기는 사람들에겐 세 가지 불행이 케케묵은 고담준론으로 들리지 싶다.

어린 나이에 성공한다는 것은 실패의 경험이 별로 없다는 뜻이니, 자신의 능력이나 행운만 믿고 자만하다가 중장년에 실패할 가능성이 크다 하겠다. 그런가 하면, 집안의 배경과 부모덕으로 좋은 자리를 쉽게 꿰차다 보니, 툭하면 갑질에다 종래는 부실한 실력이 들통 나 망신을 당하고, 또 말 잘하고 글을 잘 쓴다는 것은 그만큼 예리한 말과 글로 남에게 상처를 입히어 도처에 적을 만들 가능성이 커진다.

소년등과한 사람은 정승 자리에 오르지 못한다는 말이 전해온다. 너무 일찍 출세하게 되면 나태해지고 모두가 떠받드니 오만해져 더 이상 성공하기 어렵고, 종국에는 이른 출세가 불행의 근원이 되는 일이 비일비재 하였기에 생겨난 말인 것 같다.

맹사성은 고려 말 공민왕 시대에 충남 아산에서 태어나 최영 장군의 손녀와 결혼했다. 세종 때 이조판서와 우의정을 지낸 맹사성은 음악에도 조예가 깊어 박연과 함께 조선 초기의 음악을 정리하기도 했다. 관직에 있을 때 황희 정승과 함께 청백리의 상징이었던 맹사성은 정사를 위해 궁궐에 드나들 때에도 말 대신 소를 타고 허름한 집에서 살았다.

그런데 과거에 급제한 초년의 행적은 그러지 않았다고 전한다. 열아홉에 장원급제하여 스무 살에 경기도 파주 군수가 되었을 때, 자만심과 교만으로 가득 차 있었다. 파주 군수로 부임하여

어느 날 고을을 순방하던 중 존경받는 선사가 있다는 말을 듣고 찾아가선,

"선사께선 이 고을을 다스리는 사람으로서 내가 최고로 삼아야 할 좌우명이 무엇이라고 생각하십니까?"

라고 물었다. 그러자 선사가 답하기를,

"그건 어렵지 않습니다. 제악막작諸惡莫作 중선봉행衆善奉行 하시지요."

"나쁜 일을 하지 않고 착한 일을 많이 베푼다. 그런 건 삼척동자도 다 아는 이치인데, 먼 길을 온 내게 해줄 말이 고작 그 것뿐입니까?"

맹사성은 거만하게 말하며 자리에서 일어나려 했다. 선사는 빙그레 웃으며,

"삼척동자도 다 아는 사실이지만, 실천에 옮기려면 팔십 노인도 어려운 법입니다."

하며 녹차나 한잔 하고 가라며 붙잡았다.

그는 못이기는 척 자리에 앉았다. 그런데 스님은 찻물이 넘치도록 그의 찻잔에 자꾸만 차를 따르는 것이 아닌가.

"스님, 찻물이 넘쳐 방바닥을 망칩니다."

맹사성이 소리쳤지만 스님은 태연하게 계속 차를 따르고 있었다. 그리고는 잔뜩 화가 나 있는 맹사성을 물끄러미 쳐다보며 말했다.

"찻물이 넘쳐 방바닥을 적시는 것은 알고, 지식이 넘쳐 인품을 망치는 것은 어찌 모르십니까?"

스님의 이 한마디에 자신의 모습을 알아차린 맹사성은 부끄러움으로 얼굴이 붉어졌고, 황급히 일어나 방문을 열고 나가려고 했다. 그러다가 낮은 문틀에 머리를 세게 부딪치고 말았다. 그러자 선사가 맹사성의 뒷꼭지에 대고 일갈했다.

"고개를 숙이면 부딪치는 일이 없습니다."

도망치듯 뛰쳐나온 맹사성의 심경을 과히 짐작할 수 있을 것 같다. 맹사성은 늘 겸손한 자세로 불의와 타협하지 않고 검소하게 살며 주어진 본분에 충실하였다. 이는 모르긴 하나 젊은 시절 무명선사와의 조우에서 비롯된 것이라 짐작된다.

조선조에서 정승으로 불리는 사람은 황희 정승을 포함하여 너 댓 명 되는데 그 중 맹사성도 포함되어 지금까지 칭송을 받고 있다.

정약용 선생의 목민심서 제 1편에서 제 4편까지는 부임에서 애민까지 목민관의 자세를 다루고 있다. 언제나 청렴·절검을 생활신조로 명예와 재리財利를 탐내지 말고, 뇌물을 절대 받지 말며, 국민에 대한 봉사 정신을 기본으로 삼아야 한다고 했다.

소년등과한 사람들이 어찌 목민심서를 모르겠는가만, 단지 눈으로 읽고 가슴에 새기지 않았을 뿐이리라.

정치인과 고위 공직자들의 잇따른 막말, 재벌가 자손들의 갑질, 주식 대박의 진경준 사태를 지켜보면서 정이가 말한 인생의 세 가지 불행을 떠올리는 사람이 한 둘이 아니지 싶다. 많이 배울수록 누운 풀처럼 자기를 낮추는 겸손의 지혜를 우선 배워야 하고, 남을 배려하고 베푸는 것이 기쁨 중에 기쁨임을 가르쳐야

하는데, 우리의 교육은 소홀히 했다. 남을 앞지르는 석차 위주의 교육만 이루어져 극단적 우월·이기심만 키워놓은 결과가 속속 나타나고 있는 것이다. 빨리 가는 것이 아니라, 멀리 가는 것이 중요하다. 인생을 좀 더 멀리 보고 갈 일이다. 진정한 승자는 관 뚜껑을 닫은 후에 비로소 결정된다고 하지 않던가. 조금 빠르다고 자만하지 말고, 조금 늦다고 불평하지 말아야 한다.

오늘따라 사어死語가 되어버린 '성실한 사람이 잘 사는 나라'란 구호가 생각난다.

모기는 물어대고 햇살은 뜨겁기만 하다.

가치로운 말이 그립다

부처님이 성불하시고 처음으로 가르친 것이 사제四諦와 팔정
도八正道이다. 사제는 네 가지 진리로 고집멸도苦集滅道라고 하는
데, 삶이란 괴로움이라는 것, 괴로움은 집착에서 온다는 것, 집착
을 끊고 괴로움을 없앨 수 있다는 것, 그러기 위해서는 따라가야
할 길이 있다는 것이다. 그리고 이 길이 바로 '여덟 겹의 바른
길'인 팔정도이다.

우리가 따라야 할 여덟 겹의 바른 길이란 바른 견해正見 바른
생각正思, 바른 말正語, 바른 행동正業, 바른 직업正命, 바른 노력正
精進, 바른 마음 집중正念, 바른 삼매正定 등으로 이루어져 있다.

이런 가르침은 하나같이 중요한 것이나, 그 중에서도 바른 말
이 관심을 끈다.

바른 말이란 거짓 없이 진실한 말, 시의 적절한 말, 경우에 합
당한 말, 남에게 용기를 주는 말, 뒤에서 수군거리지 않는 말 등
을 뜻한다고 볼 수 있다.

지난 19일에 집권 여당의 신기남 의장이 부친의 일본 헌병 경력과 관련한 거짓말 때문에 의장직을 사퇴했다.

언여기인言如其人 '말은 곧 그 사람의 인격이다'라고 했다.

그렇기에 군자는 신언愼言이라 하여 말을 할 때 신중에 또 신중을 기하였으며, 함부로 내뱉는 말을 방언放言이라 하여 시정잡배의 소행으로 치부했다.

혀를 어떻게 놀렸느냐에 따라 인격을 달리 평가받으며 심지어는 일신의 영달과 망신이 극명하게 갈리기 까지 했으니, 그런 예를 많이 보아오지 않았던가.

'사불급설駟不及舌'이란 말이 있다. 사駟는 네 마리의 말이 끄는 빠른 속력의 수레로 한 번 내뱉은 말은 네 마리가 끄는 빠른 마차로도 따라잡지 못한다는 뜻이다.

입을 떠난 말은 대단히 신속하게 번져나가기 때문에 취소할 수 없기에 말을 삼가서 해야 한다는 경구로 논어論語에 실려 있는 말이다.

김안제 수도건설 추진위원장이 돌연 사표를 제출했다. 천도 발언 등 실언失言을 일으킨 파문 때문이라고 한다.

똑같은 말도 때와 장소, 발표자에 따라 그 무게가 다른 법이다. 위정자의 말과 백성의 말은 하늘과 땅 차이다.

누구의 말이건 자기의 처지에 따른 진실을 말할 때 가치가 있는 것이나, 지위가 높으면 높을수록 그 가치의 확산은 크다 하겠다.

말은 신중하게 해야 할 것이며 특히 지도층에 있는 인사라면 자신의 말이 지니고 있는 영향력과 그로 인해 초래될 수 있는 결과에 깊은 생각이 따라야 한다.

예로부터 고승들은 깨우치는 순간을 담은 오도송悟道頌과 이승을 떠나며 평생의 구도행각을 정리하는 임종계를 남겨왔다.

특히 임종계는 고승의 '선적禪的 유언'이라는 점에서 그 분들의 삶의 경지가 그대로 압축되어 있다 할 수 있다.

경봉스님은 "야반삼경에 문빗장을 잠그라"고 했고, 성철 스님은 "일생 동안 남녀의 무리를 속여서 하늘을 넘치는 죄업은 수미산을 지나친다"고 했으며, 효봉 스님은 "내가 말한 모든 설법은 그거 다 군더더기"라고 했다.

감히 그분들의 삶의 깊이야 따라갈 수 있으랴마는 국민들을 살맛나게 해줄 위정자들의 가치로운 말을 기다려본다.

묶음 세 번째

책 속에 있는 길

이대로 가다간

　가뜩이나 어려운 판에 먼 곳에서 손님이 왔기로 고심 끝에 고현 중곡에 있는 횟집으로 모시기로 했다. 집사람 친구가 주인이기도 하거니와 자연산을 취급하면서도 회 값이 싸고 부담이 적어 간혹 찾는 곳이었다. 가는 도중 횟집에 전화를 걸었더니 달포 전에 문을 닫았다고 한다.

　낭패다. 남에게 넘겼는가 했더니 손님이 없어 아예 문을 닫았다고 하면서 문을 닫은 가게가 한 두 개가 아니라고 한다.

　어찌 문을 닫은 가게가 중곡 횟집 뿐이리오.

　한 민간연구소의 설문조사에서 응답자 6천여 명 중 74%가 여건만 된다면 '당장이라도 이민을 가고 싶다'고 대답했다고 한다. 그러니 홈쇼핑에서 캐나다 이민 상품이 '대박'을 터뜨리는 것은 너무 당연하다.

　중소기업에 대한 여론 조사에서는 80%가 '5년 이내에는 해외로 진출할 수밖에 없다.'고 말하고 있다. 실제로 국내의 설비 투

자보다 해외투자가 더 크게 증가하는 현상도 수년째 지속되고
있다.

사람과 기업만 한국을 떠나는 게 아니고 해외 이주비용과 재
산 반출, 증여성 송금 등 자본의 해외 유출도 수십억 불에 이르고
유학과 연수비용도 20억 달러에 이르렀다.

최근 로스엔젤레스는 한국인들의 수요로 부동산 값이 급등했
다고 한다.

한국을 떠나려는 현상이 갈수록 심화되는 표면적 이유는 대부
분 자녀교육과 실업, 불안한 사회와 노후대책의 마련 등이라 진
단된다.

기업은 높은 임금과 노사불안, 규제 등으로 더 이상 국내에서
경쟁을 확보하기가 어렵다고 한다. 그러나 궁극적인 원인은 미
래에 대한 불안, 개개인의 다양한 특성을 수용하지 못하는 사회
정서, 자율과 창의성을 억제하는 과다한 규제정책에서 비롯되고
있다 하겠다.

나우루는 남태평양에 위치한 나지막한 산호초 나라다. 기온이
온화하고 풍광이 빼어나 18세기 말 이곳에 들린 영국인들이 '유
쾌한 섬'이라 부를 정도였다.

면적은 고작 21km²에 불과하나 인광석이 풍부했다.

인광석은 해양생물 화석과 새의 배설물이 합쳐 만들어진 것으
로 나우루의 인광석은 세계 최고의 품질이다. 이를 수출하여 얻
은 돈 덕분에 1인당 국내 총 생산량이 30년 전에는 5만 호주달러,
우리 돈으로 약 4천2백만 원에 달했다.

인광석 수출 대금 중 절반은 중앙정부, 절반은 지방정부와 지주 몫으로 돌리고 주민에게는 사회복지 혜택을 넉넉하게 베풀었다.

문제는 정부의 돈 관리에 있었다. 호주 시드니 등 세계 도처의 부동산에 투자했으나 기대에 어긋나고, 부정부패 의혹도 꼬리를 물었다. 궁한 나머지 러시아 신흥 마피아의 돈을 세탁해 주는 금융기관을 운영하기도 했으나 국제압력에 의해 폐쇄했다.

무궁한 매장량으로 여겼던 인광석도 무분별한 채광으로 고갈되어, 최근에는 국가 파산 위기라는 청천벽력이 닥쳤다. 국영 항공사가 보유하던 점보제트기까지 해외 채권자의 손에 넘어가는 지경에 이르게 된 것이다.

결국 현재의 수입은 불법이민자 수용의 대가로 호주정부로 받는 보조금 7백만 달러와 과거 환경파괴의 대가로 영국, 호주, 뉴질랜드로부터 받는 보상금, 고기잡이로 버는 돈이 고작이다.

한반도는 나우루보다 면적은 1만배, 인구는 남한인구로만 따져도 4천 배나 많지만 천연자원은 없다. 그 대신에 양질의 인적자원으로 경제규모는 세계 13위의 성장을 이루었다.

나우루의 인광석과 같이 우리에게는 잘 살아보고 싶다는 열정과 노력이 유일한 자원이었던 셈이다.

그러나 지금은 어떤가. 점점 벌어지는 빈부격차를 탓하기 바쁘다. 일확천금을 꿈꾸며 땀 흘려 일하는 노동의 가치를 업신여기고 있지 않은가.

동부저수지가 만수가 되었다. 달포 전엔 농번기가 겹친 가뭄

으로 바다 직전까지 갔는데 태풍 민들레 뒤에 온 비로 만수가
되었다. 만수가 된 지금 말랐던 저수지 바닥을 잊고 있다.

불량만두로, 김선일 문제로 나라가 요란스럽더니 요즘은 수도
천도로 정신이 없다. 마치 말랐던 동부저수지 바닥을 잊은 것처
럼 얼마 전 일들을 잘들 잊어버린다.

끼니 걱정에 바빴던 우리가 어느새 그 세월을 잊고 웰빙 타령
을 하고 있다.

사람도 기업도 자본도 탈脫 코리아가 되고 보니 왜정 때 유행
했다는 '애 꽤나 낳을 년은 정신대가고, 힘 꽤나 쓸 놈은 징용가
고'란 말이 생각난다.

인광석이란 자원이 고갈되자 더 이상 기대할 것이 없어진 나
우루 꼴이 되지 않을는지 정히 걱정이 아닐 수 없다.

소탐대실(小貪大失)

무릇 남자가 할 일은 세 가지라고 한다.

그 첫째가 막대한 보수가 따르는 일이요, 둘째가 보람을 느끼는 일이요, 셋째는 지기知己의 부촉附囑을 받는 일이라 했다.

선량이라는 국회의원, 시장, 시의원 들은 큰 일을 맡아 달라는 부촉을 받아 보람을 가지고 임해야하는 자리이다. 그러나 요즘 돌아가는 꼴을 보니 그 자리가 그저 막대한 보수만 따르는 자리가 아닌가 싶어진다.

지금이 어느 때인가, 세계적인 경기회복 추세에도 불구하고 국내 경기는 회복될 기미도 안 보이고, 민생안정을 위한 여러 현안 과제들은 첩첩이 쌓여있다.

그런 가운데서도 국가 경쟁력 강화 차원에서 구시대의 잘못된 관행들을 과감히 벗어 던지고 선진국 진입을 위한 개혁의 고삐도 당겨야 하는 중차대한 시기가 아니냐는 말이다. 이를 위한 국민적 통합은 그 어느 때보다 절실하건만 사회적 갈등은 이미 위험 수위를 넘은 것 같다.

'빈익빈 부익부' 현상은 날로 심화되어 사회 전반에 갈등의 골은 깊어가고 이는 사회의 근간을 무너뜨리는 심각한 상황을 초래하고 있다.

우리 국민의 70%는 자신이 중산층에 속한다고 생각한단다. 그런데 그 70%가 도저히 견딜 수 없을 만큼 요즘 경제 상황이 말이 아니라고 비명을 질러 대고 있다.

그런데도 그들은 이러한 시대적 고통에 강 건너 불구경이다.

매미 피해 보상금 관계로 거제시의원이 구속되었으며, 검찰의 수사가 계속 진행 중이라는 보도가 있었다. 매미 피해 보상금 4억 7천여 만원 허위 청구가 구속 사유라 한다. '소탐대실'이 아닐 수 없다.

지배층의 도덕적 의무라는 '노블리스 오블리제(Nobless Oblige)', 자기 위치에 따른 책임을 자각하고 약자를 돕는 것은 당연한 윤리이다.

지난날 전통 사회에서는 흉년에는 남의 전답을 사들이지 않으면 파장에는 물건을 사지 않는다고 하는 금도가 있었다. 흥정을 하기에는 흉년과 파장만한 기회가 있겠는가 만은 남의 아픔을 헤아리는 사려 깊은 배려가 아닐 수 없다.

우리 선조들은 백성들에게서 권위에 의한 강압적 복종이 아닌 자발적 존경을 이끌어 내야하는 것임을 이미 알고 있었다 하겠다.

'바람 불어 좋은 날.'

우리 지역에서는 알만한 사람은 다 아는 비밀 아닌 비밀이다. 양식장들, 그것도 규모가 큰 일부 양식장들이 태풍 피해 보상만을 노려 물고기 양식보다 태풍 피해보상으로 더 큰 재미를 보는 것을 두고 하는 말이다. 이번 검찰 조사로 빈말이 아니었음이 밝혀지는 모양이다.

지난 번 태풍 매미는 많은 이들에게 다시는 떠올리고 싶지 않은 악몽이다.

당나귀 귀 때고 불 때면 남는 게 없다 듯이, 이런저런 사유로 병아리 눈물 같은 태풍 피해 보상금을 받고 망연자실했던 사람들은 지금 어떤 심정일까.

펭귄은 남극에서 극한의 추위에 맞서 살아간다.

그러나 따뜻한 곳에서 대륙을 이동하여 추위에 적응하여 사는 것이기 때문에 영하 12도가 생존의 한계라고 한다.

그래서 영하 수십 도의 맹추위가 몰려오면 수백 마리가 뭍에 모여 서로 부대끼며 체온을 유지한다. 바람과 맞선 쪽에 선 펭귄들은 일정시간이 지나면 안쪽으로 간다. 다음 펭귄도 그 다음 펭귄도 차례로 칼바람과 맞선다. 그 임무가 공평하기 때문에 아무런 불평이 없다. 그 공평함이 오늘날까지 극한 속에서 펭귄이 살아남은 비결이다.

사람이 펭귄만도 못하다 싶어 입맛이 씁쓸하다.

국회의원, 시장, 시의원은 정말 해먹을만한 자리인가. 우문인 줄 알면서도 물어본다.

참으로 서글픈 세월이다.

개비 담배와 낱잔 소주

갑신년의 달력도 이제 달랑 한 장이 남은 12월이다. 입동과 소설이 지났으니 바야흐로 겨울이다. 사람이 살아가는 동안 서러운 일 어디 한 두 가지 일가만 설움 중 그 첫째는 뭐니 뭐니 해도 춥고, 배고픈 설움이 아닌가 싶다.

세상 돌아가는 꼬락서니를 보니 올 겨울은 유난히 춥고 배고플 것 같다.

내수 침체의 끝이 보이지 않으면서 산업계는 물론 금융계까지 대규모 구조조정에 나서면서 직장인은 좌불안석이다. 음식점, 옷가게, 서비스산업 등 서민 경제의 바닥없는 추락은 민심까지 흉흉하게 하기에 이르렀다.

급기야 지난 달 26일에는 전국 69개 지방상공회의소 회장단이 서울 중구 소공동 롯데호텔에서 기자회견을 갖고, "지방경제가 죽어가고 있다."고 하소연했다.

이들은 내수의 대목인 연말에도 지방 경기가 살아나지 못하면 금융사정이 악화되어 지방경제는 더 이상 지탱할 수 없다는 것을 강조했다.

자영업자들이 벌이는 생계형 시위는 이젠 낯선 풍경이 아니다. 그런가하면 교통표지판, 남의 집 대문까지 훔치는 생계형 절도까지 등장하였으니 다한 말이다.

요즘 회자되고 있는 '참살이'로 표현되는 웰빙(Well Being)이란 말은 우리 곁에 진작부터 있었다.

비아냥인지 덕담인지 모르지만 "잘 먹고 잘 살아라"는 말이 바로 그것이다. 잘 먹고 잘 살기를 바라지 않는 사람이 있겠냐마는 이제는 숫제 먹고살게 해달라고 아우성이다.

청년 실업이 한계에 이르러 20대 노숙자가 늘어난다고 하고, 일자리를 찾아 헤매는 젊은이들의 숫자는 헤아릴 수가 없을 정도다. 열심히 공부해도 취업은 그야말로 하늘에 별 따기다.

이들이 천신만고 끝에 입사를 해도 구조조정으로 인한 감원의 한파에 떨어야겠지만 감원의 기회조차 못 잡은 사람에겐 어쩌면 감원이란 말은 사치일지도 모르는 일이다.

끼니를 놓친 사람더러 "밥이 없으면 라면을 먹으면 되지 않겠느냐!"고 한다는 절대 빈곤을 경험해 보지 못한 지금 20대 실업자의 겨울 추위는 온도계의 눈금으로 따질 일이 못된다.

하지만 등 따습고 배부른 곳도 있다. 공무원, 교사, 공기업이 그곳이다. 민초들이 아무리 어려움을 겪어도 끄떡없다.

날짜만 채우면 국민의 세금으로 꼬박꼬박 봉급을 받으니 경제가 어떠니 하는 것은 남의 일이다.

일부 공무원과 교사 집단의 이기주의와 퇴행적 행태를 보는 국민들의 시각이 어떠한지 모르는 모양이다. 세금을 왜 내야하는지 회의하는 국민이 급증하는 현실을 그들은 알고 있을까?

경제를 살리기 위한 정부의 대책은 타이밍이 맞지 않거나 접근 자체가 잘못되어 정부가 경제 성장과 고용 창출에 도리어 걸림돌이 되고 있는 안타까운 현실에 국민은 절망하고 있다.

서울대 모 교수는 현 정부가 성장 '패러다임 부재'와 '정책 빈곤', '개혁만능의 아마추어리즘'과 '적의敵意의 리더십'에서 벗어나지 않는 한 희망을 찾기 어렵다고 지적했다.

다음 정부까지 남은 3년은 너무 길다. 경제를 살리는 대책을 서둘러 내놓지 않으면 지방 경제가 완전히 와해될 것이고, 뒤늦게 처방을 내 놓아도 그 효과를 기대하기 어려울 것이다.

담배 한 갑을 살 돈이 없어 개비 담배를 사고, 소주 한 병을 살 돈이 없어 낱잔 소주로 애환을 달래는 민초들에겐 이 겨울이 원수 같지 않겠는가.

"섣달그믐도 가까운 겨울밤이 깊어가고 있다. 지금쯤 어느 단칸방에서는 어떤 아내가 불이 꺼지려는 질화로에다 연방 삼발이를 다시 올려놓아 가면서 오지 뚝배기에 된장찌개를 보글보글 끓여놓고 지나가는 발소리마다 귀를 나팔통처럼 열어놓고 남편을 기다리고 있는 것인지도 모른다. 이런 따뜻한 정이 있어 우리의 얼어붙은 마음을 훈훈히 녹여주는 한겨울은 춥지않다"고 노천명盧天命은 '겨울 밤 이야기'에서 읊었다.

노천명의 겨울밤이 그리운 세월에 우리는 살고 있다.

한국은 물론 일본까지 달구어 놓은 '겨울연가'이련만 경제와
결합되는 겨울은 춥고 쓸쓸하기에 겨울이란 말만 들어도 사지가
오그라든다.

낱잔 소주라도 살 돈이 있는지 슬그머니 호주머니에 손을 넣
어 본다.

관광(觀光) 이야기

우수가 지나고 봄이 성큼 다가왔다. 언제 올라왔는지 수선화의 새싹이 얼어붙은 마음까지 녹이는 것 같다.

지난해엔 예년과 달리 거제를 찾는 관광객이 30%이상 줄었다고 한다.

찬물에 무엇 줄듯이 자꾸만 관광객이 줄어든다면 시샛말로 예삿일이 아니다.

머잖아 3월이면 관광객이 많아지리라 기대하면서 명색이 관광업에 종사하는 사람으로서 관광觀光의 의미를 되새겨 본다.

인간은 관광을 통해서 시각적 단견短見을 넓혀 인생의 원숙도를 높이며 살아간다.

관觀자의 구성을 보면, 황새 관雚자와 볼견見자가 합해져 된 글자이다. 이 글자의 뜻부터 풀어보면 목이 기다란 황새란 놈이 우렁이를 쪼아 먹기 위해서 물속을 투시해본다는 뜻의 글자이다.

이렇다면 이 관觀의 뜻은 주마간산走馬看山격으로 대강 보는

것이 아니라, 마음속으로 보기 위해 눈을 빌려서 본다는 뜻이
된다. 그러므로 이 관觀은 관조하는 깊은 관념의 관이 되며 더
나아가 달관達觀을 얻기 위해 보는 것이 된다.

얕은 세계에서 눈으로만 보는 것을 말할 때는 볼 간看자로 쓰
게 된다.

이 간看자는 깊이 관조한다든지 관념하는 것과는 아주 다른
피상적이며 직감적임을 의미한다.

이 관觀의 경지는 도가道家에서 많이 쓰기도 하고 철학의 세계
에서 강조되는 글자이기도 하다.

그리고 빛 광光자는 만물에 비쳐지는 빛을 말하는 것이며, 빛
색色자는 만물이 제각기 가지고 있는 자체의 색깔을 말하는 것이
다.

그러니 이 빛 광光자를 풀어보면 불 화火자를 위에 두고 사람
인人자가 밑을 받치고 있는 글자이다.

이런 의미에서 빛 광자는 사람이 불을 들고 다른 물체를 비쳐
본다는 뜻을 담고 있는 것이다.

이렇게 깊은 뜻을 가진 두 글자를 합해서 관광觀光이라고 하는
합성어를 만들었다.

그러니 이 관광은 만물의 영장인 사람의 입장에서 빛을 발산
하며, 황새가 물속의 먹이를 투시하듯 의미심장하게 본다는 뜻
이다.

그러나 오늘날에 있어서 과연 관광을 그렇게 하는 사람이 몇
사람이나 될는지 의심스러울 뿐이다.

우리는 이제부터라도 관광의 본질을 알고 조금씩 행동으로 옮겨 보는 것이 필요하다 하겠다.

관광은 품위 면에서 양면성을 갖는 것이어서 거기에는 반드시 고락苦樂이 함께 한다.

관광을 가는 쪽의 사정은 즐거웁지만 관광의 대상지 주민들은 오히려 생업에 지장을 받거나 불편할 수도 있다는 얘기다.

관광은 시찰과 성찰과 관찰로서 관념적이거나 간접적이었던 것을 실제와 직접으로 개변시키는 행위라고 하겠다.

관광은 지난날 욕망해소라는 지극히 보편적인 놀이였기에 관광버스나 한 두대 전세 내어 흥청망청 정신없이 갔다 오는 것이 대다수 관광 백태였다.

하지만 세상도 많이 바뀌고 있다. 내 좋다고 해서 어떤 곳, 어느 누구에게라도 폐단을 주어서는 될 일이 아니다.

관광이란 사람됨의 발로인 것이며, 자비의 노정露呈이며, 의심을 해갈하고 만물을 관조하는 현장인 셈이다.

관광이란 "삶의 밑천을 풍부하게 하는 수단이며, 과거의 세계로 돌아가는 것이며, 현재의 세상을 찾아나서는 것이며, 미래의 불확실을 진단하는 것이다.

그런가 하면 자연으로 돌아가고 민심에 접하고, 풍족을 배우는 현장실습이다.

문화의 유산들이 우리를 부르고 있기 때문에, 위대한 자연의 피조물이 우리를 초대하고 있기에, 잔적殘賊들을 막기 위해 쌓았던 황성荒城과 패성이 우리를 영접하고 있기에, 현대가 낳은 위

대한 문물들이 우리를 환대하고 있기 때문에 관광을 하지 않을
수 없다."고 다들 말한다.

입으로 장가를 가면 자손이 귀하다고 하던가. 환상의 섬, 관광
의 도시라는 우리 거제, 거제를 찾는 관광객들에게 무엇을 보여
줄 것인지 심각히 고민할 때가 지금이 아닌가 싶다.

관광(觀光)은 포장하기 나름

　얼마 전 아는 이와 함께 남해 미조를 다녀왔다. 미조항은 다기능 어항 선정의 유력한 후보지였다. 동행한 이를 반기는 식당 주인은 그곳 숙박업소는 삼천포 창선대교 개통 후 심대한 타격을 입고 있다고 했다.

　대전~진주간 고속도로가 2001년 11월 개통된데 이어 길이 49.8km의 진주~통영간 고속도로가 올해 말 완공을 목표로 공사가 한창 진행 중이다.

　대진 고속도로 개통으로 산청, 함양, 거창, 진주, 남해, 하동 등 서부 경남지역 주민들의 생활이 예년과 비교할 수 없을 정도로 그야말로 엄청나게 편리해졌다. 편리해졌기로는 우리 거제도 마찬가지다.

　고속도로 개통과 함께 지역을 찾는 외지인들이 매상을 많이 올려줄 것으로 기대했지만 시간이 흐르면서 당초의 기대는 거꾸로 나타났다.

외지인들이 풍광만 감상하고 돈은 쓰지 않고 쓰레기만 버리고 화장실만 이용하고 그냥 가버리는 것이다. 마치 관광버스를 타고 등산을 온 등산객처럼, 먹을 것 다 챙겨오는 등산객은 생수 한 병도 현지에서 사먹지 않을 정도로 도움이 되지 않음을 두고 하는 말이다.

외지인들이 그냥 되돌아가는 것은 돈을 쓸 수 있는 시설이 적거나 없는 등 돈 쓰기가 마땅치 않아 좋은 교통망을 이용 쉽게 지역을 벗어나 버린다.

그런가 하면 지역에서 구입하던 옷과 생활용품 등 고급 소비재를 고속도로를 이용해 더 큰 도시로 나가 수입하는 등 돈 푼꽤나 있는 사람들의 돈 쓰는 형태가 달라졌다고 한다.

진주~통영 간 고속도로의 거제 연장개통과 거가대교의 개통을 얼추 2010년 경으로 잡고 있다.

'오늘 남의 일이 뒷날 나의 일今之他事 後之我事'이라는 옛말을 새겨 볼 일이다.

마나우스는 아마존 강 열대 다우림 지역의 고무를 실어내기 위해 건설된 하항河港도시다.

일찍이 유럽인들은 이곳의 기후와 토양이 고무 재배에 적합함을 알고 큰 농장을 만들고, 노예를 부려 고무를 채취해 마나우스에서 문명세계로 실어내었다.

때맞추어 태동하기 시작한 자동차 산업은 고무의 폭발적인 수요를 가져와 천정부지로 치솟은 고무가격은 50명에 불과한 고무 재배 업자에게 엄청난 부를 안겨주었다.

하지만 부귀영화도 잠시 영국 식물학자 헨리 위컴 공이 고무나무의 시험재배에 성공하여 싱가포르와 말레이 반도에 이를 심었는데, 이것을 계기로 말레이 반도 곳곳에 고무농장이 만들어졌다. 독점체제였던 고무 가격은 폭락하여 고무산업에 의존해온 마나우스의 경제는 나락으로 떨어졌다. 조선과 관광은 거제 미래의 양대 축이라 말하고 있다.

조선산업에 의존하다시피 하는 거제 경제가 마나우스 신세가 되지 않으리라고 아무도 장담 못한다.

조선이 무너지면 남는 건 관광이다. 세계 각국은 '전쟁중'이라 할 정도로 관광객 유치에 혈안이 되어 있음은 주지의 사실이다. 관광은 성장의 한계가 없는, 제조업을 대체할 새로운 산업이자 미래 경제성장의 축이 될 산업이기 때문이다.

관광산업을 통하여 제고된 국가 이미지는 그 나라 상품수출에 카펫을 깔아주는 역할을 한다. 국내적으로는 사회간접자본구축 등 다른 관련 산업의 활성화와 직결된다.

이는 각 지방자치단체가 관광상품 개발에 적극적으로 눈을 돌리면서 관광단지, 숙박, 교통 등 기반시설이 눈에 띄게 확충되고 있는 것만 보아도 알 수 있는 일이다.

관광은 포장하기 나름이라고 말한다. 벨기에의 오줌싸게 동상, 덴마크의 인어상, 독일의 로렐라이상이 실제 관광가치보다는 '스토리'로 포장돼 홍보됨으로서 세계 3대 명물로 둔갑해 있는 것 아닌가 말이다.

제주 목석원의 돌로 구성된 '갑돌이, 갑순이' 일생 스토리도 비근한 예이다.

우리도 이제 문화관광 상품에 눈을 돌려야 한다.

스티븐 스필버그가 제작한 영화 '쥬라기 공원' 한편이 벌어들이는 돈이 고급 승용차 리무진 150만 대를 능가한다고 하지 않던가. 이는 문화상품의 부가가치가 얼마나 높은지를 보여주는 좋은 예이다.

작곡가 윤이상 선생의 10주기를 맞아 그를 재평가하려는 움직임이 활발하다. 그는 세계적인 작곡가로 이름을 떨쳤으나, 동백림 사건에 연루되면서 고국에서는 인정받지 못했다.

올해는 동랑 유치진 선생 탄생 100주년이 되는 해이다.

한국의 세익스피어라는 동랑 유치진 선생, 단지 친일했다는 이유로 까마귀 활 본 듯이 고향 땅에서 외면당하고 있는 현실이 안타깝다.

그 나라의 문화의 척도라는 국립극장, 드라마 센터 건립 공적 하나만하여도 친일 문제는 백 번 사면 받아도 우수리가 남는 일이라고 나는 믿는다.

구더기 무서워 장을 담지 못하는 우를 범하고 있는 것은 아닌지 모를 일이다.

10년 이내에 남해안 시대가 열린다고 학자들은 주장한다.

죽치고 앉아 10년만 기다리기만 하면 될 일이라면 얼마나 좋을까만 눈에 쌍심지를 켜고 설쳐도 힘든 일이 아닐 수 없다.

어릴 적 불조심 표어가 생각난다.

'아차는 이미 늦다, 늦기 전에 불조심' 말이다.

책 속에 있는 길

오늘날 젊은 세대가 영위하는 문자생활의 대부분은 더 이상 책에서 이뤄지지 않는다. 그보다는 다양한 정보통신기기를 통해 이뤄진다.

책장을 넘기는 손길보다는 휴대전화 자판을 누르는 손가락이 우리 시대의 익숙한 풍경이다. 이른 바 다매체시대에 책의 위상은 몰락한 군주를 보는 듯 안쓰럽기까지 하다.

책은 TV나 영화보다 더 많은 상상력을 키워주고 적극적이고 자유로운 사고의 즐거움을 가르쳐 준다. 특히 성장기의 어린이나 나름의 가치관과 인생관을 만들어가는 단계인 청소년에게는 문학의 즐거움을 만끽하고 간접경험을 풍성하게 해주는 즐거운 독서가 꼭 필요하다.

각 나라는 독서를 권장한다.

책을 읽는 과정에서 창의력이 개발돼 결국 국가 경쟁력이 강화되기 때문이다. 비단 개인 뿐 아니라, 학교나 기업, 나아가 국가 차원에서도 전체적인 실력과 경쟁력 향상을 꾀한다면 그 성원의 체계적인 독서를 제도적으로 권면하는 게 지름길이다.

"내가 다른 사람과 같은 정도로 책을 읽었다면 다른 사람들과 같은 정도로 머무르고 말았을 것"이라는 토머스 홉스의 말은 당연해 보이면서도 결코 범상치 않다.

'국민교육 진흥'과 '민족자본 형성'을 이념으로 1958년 '대한교육보험'을 창립했던 대산大山 신용호愼鏞虎 선생이 고인이 된지도 2년이 지났다.

대산 선생은 "독서량이 나라의 장래를 좌우한다"는 철학과 신념에 따라 1981년 한반도의 복판 서울, 그 서울의 복판 광화문 네거리에 들어선 사통팔달의 교보빌딩 지하에 교보문고를 열었다.

우리나라 최고의 상가에서 얻을 수 있는 막대한 임대수입을 포기하고 그 자리에다 시점을 열었으니, 그 뜻이 그의 아호 '대산'에 걸맞게 장대하다 하겠다.

개점 행사에 참석한 고 이병철李秉喆 삼성 회장은 그 뜻에 감명해 대산 선생의 손을 잡고 한동안 놓지 않았다고 한다.

우리의 독서율은 일본의 5분의 1 수준이라고 하니 다한 말이다. 책 좀 읽어야지 생각하면서도 그동안 책과 너무 떨어져 지낸 탓에 망설이는 사람도 있을지 모르겠다. 스스로를 애당초 책하고는 거리가 먼 사람이라 단정해버리는 사람도 있을 것이다. 윈스턴 처칠이 1932년에 출간한 산문집에 실린 '취미'라는 글의 일부를 떠올려본다.

"설령 책이 당신의 친구가 되지 못하더라도 최소한 당신과 일면식이 있는 관계로 묶어둘 수는 있지 않는가. 설혹 책이 당신의 삶에서 친교의 범위 안으로 들어오지는 못한다 해도 아는 체하며, 가벼운 인사정도는 반드시 하고 지낼 일이다."

미래의 주인공인 청소년들이 자극적이고 감각적인 동영상에 지나치게 매달린다는 것은 염려스런 일이 아닐 수 없다. 독서에 대한 갈증을 느끼지 못하는 청소년은 사고력이 떨어지고, 이기적이거나 냉혹한 성격을 지닐 확률이 높다고 하니 자녀들의 책 읽는 습관을 들이는데, 부모의 역할이 중요하다.

연예인들의 신변잡기를 읽는데, 너무 열중하는 청소년이 많은 모양이다. 그러다 보니 설령 책을 손에 잡더라도 행간에 숨은 뜻을 헤아려 읽지 않는다고 한다.

독서율 저하는 장기적으로 정신문화의 쇠퇴와 국가경쟁력 하락으로 이어지게 된다.

통상규모 세계 13위, 국내 총생산 세계 15위 등 선진국 진입 외형과는 달리 한국은 문화적으로 후진국 수준을 면치 못하고 정신적으로 위기 상황에 처해 있다.

21세기 국가발전의 원동력은 창의력과 적응력이다. 독서문화의 성숙 없이는 급변하는 국제환경에 제대로 대응할 수 없고, 국가발전도 기대하기 어렵다.

"한국을 포함한 동아시아 국가들의 기적적인 경제성장의 원동력은 노동력과 자본에 의한 것"이라며, "지식창조를 통한 생산성의 기여도는 미미하므로 향후 고도성장은 불가능하다"는 폴

크루그먼의 지적을 간과해서는 안 될 것이다.

48장 동양화에 취하여 '고, 스톱'만 외칠 것이 아니라, 자신은 물론 우리 사회가 발전할 수 있는 길을 책속에서 찾아보자.

이 좋은 계절에.

청렴(淸廉)에 대하여

돈이 활개 치는 사회에서 돈 없이 산다는 것은 참으로 비참하다. '빈자소인貧者小人'이라 했으니 집안에서는 가장 노릇을 제대로 할 수 없고, 밖에서는 사람 구실을 제대로 할 수는 없다. 그러나 세르반테스가 말한 바와 같이 빛나는 것 모두가 돈이라 할 수 없다.

하지만 돈이면 그만이요, 돈이면 못할 일이 없다고 생각하는 사람이 갈수록 늘어난다. 그렇기는 하나 이것은 지나친 생각이다. 돈이 있으므로 해서 오히려 화를 불러들일 수도 있다.

재산을 지키려다 미처 피난을 못해 물에 떠내려간 사람, 강도에게 목숨과 돈을 한꺼번에 빼앗긴 사람, 세금 포탈이나 부정축재로 쇠고랑을 찬 사람들의 이야기는 우리 주변에서 흔히 들을 수 있는 일이 아니던가. 돈이 많아도 탈이요, 없어도 탈이다.

집요하게 돈을 추구하는 패덕敗德의 시대에 우리는 살고 있다. 패덕은 도덕과 의리의 그르침이다.

사람의 양심은 길들이기에 따라서 달라지는 것으로, 잘못된 일이 반복되면 습관이 되어버린다. 그리하여 감각이 둔해지고 자기의 잘못을 깨닫지 못하게 되며, 오랜 세월 이 상태가 지속되면 자족감에 취하게 된다.

이 자족감은 잘못에 대한 양심의 가책보다는 오히려 잘못을 당연시하는 도덕불감증으로 진전된다.

'형단영직形端影直'이란 말이 있다. "몸이 바르면 그림자도 곧다"는 뜻이다.

하지만 사람들은 제 몸을 돌아보지 아니하고 그림자 탓만 하기 일쑤다. 곧지 않은 삶의 태도는 그 삶이 끈질기게 추구하는 돈, 권세, 명예 중 어느 하나도 지켜주지 못한다는 교훈을 최근 우리 사회에서 일어난 사건들이 뼈아프게 가르쳐주고 있다.

역대 최고 통치자의 취임 일성은 '부정부패 척결'이었으나 이것을 제대로 마무리한 권력자는 아무도 없었다. 오리가 뒤뚱뒤뚱 걷는 모습에서 비유되었다는 레임덕(lame duck) 현상, 국정 공백 또는 정체상태가 빚어지기 쉬운 상태를 의미하는 것이련만 벌써 이를 염려하는 목소리가 심심찮게 들린다. 기강해이와 행정의 정체성이 우려할 정도의 조짐이 나타나고 있기 때문이다.

요즘은 공무원의 보수를 두고 '박봉薄俸'이란 용어를 쓰지 않는다. 정부가 오랜 기간 동안 공무원의 처우 개선에 꾸준히 공을 들인 결과다. 처우는 개선되어 가고 있으나, 부정은 개선될 기미를 보이지 않고 있다.

청렴은 공직자의 멍에다. 그 멍에를 벗고자 하면 이내 문제가 생긴다. 청렴도 문제는 기회 있을 때마다 튀어나오고 있으나, 뇌물은 신도 설득시키고 바위도 깨뜨린다고 했으니, 평소 청렴을 지닌다는 게 예나 지금이나 쉽지만은 않은 것 같다.

옛날에도 청백리는 흔치 않았으며, 이에 '녹선錄選'이라도 되면 후학이나 후손들은 호들갑스럽게 그 기개를 흠모하고 기리는 데 열을 올렸다.

돈이 최상의 덕목이 된 오늘날에 청렴도를 운위하는 것조차 시대에 뒤떨어진 사고라고 할지도 모르겠으나, 하지만 공직자가 청렴해야 나라가 바로 서기에 공염불인줄 알면서도 고사를 들먹여 보기로 한다.

고려 때 재상 설문경薛文景은 모든 일에 공정하고 청렴했다고 한다. 어느 날 병이 들어 누워 있을 때, 친구의 문병을 받았다. 그런데 재상이 누워있는 방은 허술하기 그지없었고, 쓸쓸하기가 중僧방 같았다는 것이다. 친구는 이를 보고 "나 같은 무리와 공을 비교하면 마치 흙 벌레와 학鶴같구나"라고 혀를 내둘렀다.(역옹패설)

또 조선조 유관柳寬은 재물을 모으는 데 눈을 돌리지 않아 지위가 정승에 올랐어도 초가집 한 칸에 베옷과 짚신이 전부였다. 장마가 지면 방안에 삼줄기처럼 비가 새 우산을 받아야 했다. 그는 부인에게 넋두리처럼 "우산이 없는 집은 어떻게 살꼬"라 조크, '청빈락도'의 여유를 보이기까지 했다.(필원잡기)

가정까지 돌보지 않은 지독한 청렴도 있었다.

연산군 때 풍기군수를 지낸 윤석보尹石寶는 도학군자가 돼 집안을 돌보지 않았다. 부인이 생활고를 견디지 못해 선대부터 내려오는 물건을 팔아 연명하기 위해 밭 한 뙈기를 장만했다는 일화가 있다.

또 합천 원이었던 조오趙吾는 여름철 관사에 농어가 많이 쌓여 비록 썩어도 집안 식구들이 먹지 못하도록 엄명했다는 것이다.

공자도 청렴을 사랑하여 "의로움 없이 재물이 많고 지위가 높으면 모두 뜬구름 같은 것이다"라고 했지만, 유관이나 조오 같은 청백한 관리를 얻기란 그리 쉽지 않았다.

맹자孟子에 보면, '받아도 되고 안 받아도 될 때 받는 것은 청렴을 손상시킨다'可以取可以無取 取傷廉고 했다. 안 받아야 할 것을 받아 공직자로서 이름을 훼손하고 나면, 남는 건 후회 뿐이다. 이름의 훼손은 당대에만 그치는 것이 아님을 한시도 잊어서는 안 될 것이다.

재앙과 보복

　놀란 가슴은 전에 놀란 적이 있어 툭하면 두근거리는 가슴을 일컫는다.

　생각만 하여도 끔찍한 지난 2003년 태풍 '매미'의 피해 때문에 제 14호 태풍 '나비'의 북상 소식에 좌불안석이었는데, 천만다행으로 태풍의 진로가 우리나라를 비켜 일본열도를 통과했다.

　태풍 '나비'가 끝이 아니고 앞으로도 '루사'나 '매미'같은 초대형 태풍이 나타날 가능성은 상존하고 있다. 과거에도 10월 중순까지 태풍 피해가 있었던 사례를 기억한다.

　특히 서태평양의 해수면 온도가 평년보다 높아 태풍의 발생 조건을 충분히 갖추고 있으므로 태풍의 영향을 1개 정도 더 받을 가능성이 있다.

　태풍이나 허리케인은 중심 최대 풍속이 초속 17m 이상이며, 폭풍우를 동반하는 열대 저기압이다. 태풍은 북태평양 남서 해상에서 발달해 우리나라를 비롯한 동아시아에 영향을 미치는 반면, 북대서양 카리브해나 멕시코만에서 발생하여 북중미로 상륙하는 것은 허리케인이라 부른다. 명칭만 다를 뿐 그놈이 그놈이다.

태풍은 북쪽으로 갈수록 세력이 약화된다. 바닷물이 차가워져 에너지 공급이 줄어들기 때문이다. 그러나 우리나라 주변 해역의 해수면 온도가 오르면서 열과 수증기 등 지속적인 에너지 공급이 이뤄져 태풍이 약화되지 않고 강도가 강해지고 대형화되는 경향을 보이고 있다.

태풍은 1945년 일본 나가사키에 떨어진 원자폭탄의 1만 배나 되는 엄청난 에너지를 가지고 있다. 오죽하면 '콩알 태풍도 태풍이다.'라는 말이 있을까. 아무리 작은 태풍이라도 접근할 때는 폭풍과 호우로 수목이 꺾이고 건물이 무너지며 강과 하천이 범람하는 등 막대한 천재지변을 일으킬 수 있음을 경계한 말이다.

2002년과 2003년 초대형 태풍 '루사'와 '매미'로 인하여 각각 5조5천 억과 4조2천 억원 이상의 경제적 피해를 입었다.

지구촌 곳곳이 홍수 폭염 가뭄으로 혹독한 몸살을 앓고 있다. 14호 태풍 '나비'의 위력이 초대형인 것은 해수면의 온도가 평년보다 높았기 때문이라 한다.

게다가 북태평양 고기압의 흐름이 비정상적이었던 것도 지구온난화 등 전 지구촌 환경변화에 따른 기상이변의 결과라 볼 수 있다.

킬리만자로의 눈이 2020년이면 완전히 사라질 것으로 추정되고 있다. 지구온난화가 킬리만자로의 빙하 해빙을 불가피하게 만들고 있는데다 아프리카 농부들이 농지개간을 위해 놓는 불이 삼림을 태우고 이로 인해 생태 환경에 위협을 더해줘 해빙속도를 가속화 시키고 있다는 분석이다.

킬리만자로의 정상에도 비가 점점 적게 오고 지구온난화가 급속도로 진행되면서 아프리카 대륙의 아름다운 상징은 머잖아 옛날 얘기가 되리라 한다.

지구 온난화로 인한 환경파괴의 징후는 우리 주변 도처에서 감지되고 있어 설득력을 더해 주고 있다.

인간의 무분별한 행동에서 빚어진 환경 훼손으로 인류의 앞날에 경고음이 들려오고 있다. 그렇지만 이에 대한 진단과 대책만 무성할 뿐 여전히 강 건너 불구경식인 지구촌이다.

유럽에서는 집중호우로 유례없는 홍수 피해를 입었고 40도를 상회하는 혹서로 많은 사람들이 사망했다. 세계 최강국 미국도 자연재해로부터 자유롭지 못했다.

이번 허리케인 '카트리나'가 휩쓸고 지나간 미국 루이지애나 주의 뉴올리언스 사망자가 수천 명에 달하고 아직까지 무정부 상태를 벗어나지 못하고 있다고 한다.

그런가 하면 중국에서는 태풍 '탈림'으로 사망자만 58명에 이르고 1만 명이 넘는 이재민이 생겨났다. 이처럼 서로 다른 대륙에서 빈발하고 있는 자연 재해는 언뜻 서로 무관한 듯이 보이지만, 근본적으로는 지구 온난화에 따른 필연적인 결과라고 전문가들은 진단한다.

지구온난화의 주범은 자동차 매연이라는 데는 이의가 없다.

인간이 자신의 편리와 경제적 풍요를 추구한 결과가 자연의 리듬과 재생력 파괴로 이어졌으니 자업자득이 아닐 수 없다.

재난은 하늘의 일이고, 대비는 인간의 일이라고 말한다. 하지만 현대적 재난의 특징은 그 근원이 하늘에 있는 것이 아니고, 우리 인간 자신에게 있다는 인식이 중요하다.

한반도의 사계는 그 경계가 모호해져 긴 여름과 겨울의 단계로 변해 가고 있어 바다엔 온대성 어류 대신 열대성 어류와 해파리의 출현으로 예전에 겪어 보지 못한 이상 현상이 일어나고 있다.

지구온난화현상이 가속되면서 지난 100년 동안 지구의 연평균 기온이 섭씨 0.6도 상승했다. 이와 함께 한반도의 기온도 과거 30년간 약 섭씨 1.2도 올랐다.

특히 이 기간 중 우리나라 주변해역의 해수면 온도 상승은 섭씨 1.5도로 지구 해수면 온도 상승의 5배나 된다고 한다.

미국 뉴올리언스 외곽에 마련된 허리케인 카트리나 이재민 캠프에서는 '문명국 미국'의 흔적조차 찾을 수 없다고 특파원은 전하고 있다. 어쩌면 지난번 쓰나미 피해에서 보여 준 미국의 인색한 지원에 대한 앙갚음인지도 모를 일이다.

자연의 재해에 무력한 인간의 실체를 태풍은 여실히 보여주고 있다.

소 잃고 외양간 고치기의 격언이 적기를 놓친 사후 대책을 비꼬고 있지만, 아무리 늦었다 할지라도 완벽한 방제 체제 구성만이 피해를 최소화 할 수 있는 유일한 방안이다.

계속되는 환경적 재앙이 인간 재앙임을 인식할 때가 바로 지금이 아닌가 한다.

태풍님!

나비님!

왼쪽은 쳐다보지 않고 일본으로 가서서 감사하나이다.

안목(眼目)의 차이

같은 사물을 앞에 두고 이를 보는 사람의 안목眼目은 각기 다르다.

안목眼目은 사물을 분별하는 눈이나 그 능력을 일컫는다.

사람은 모두 눈을 가졌다. 생리적인 작용이야 별다른 차이가 있을 것 같지 않다. 그러나 사물을 보고 판단하는 눈이 다르다는 데서 개성을 갖게 되고, 전문을 이루게 되며, 마침내 괄목할만한 성과를 얻게 되는 것이 아닌가 한다.

경기미와 전라도 쌀을 얼른 분간하는 것은 쌀장수의 경험적 안목 때문이며, 쇠고기 중 제일 좋은 부위를 쉽게 골라내는 것은 역시 푸줏간 주인의 경험적 안목 때문이다.

높은 안목을 지니기 위해서는 그만한 수양을 쌓아야 한다. 아무리 높은 안목을 지녔더라도 그 판단을 진실되게 행사하기란 쉽지가 않다.

보는 안목에 따라 하나의 사실이 엄청나게 다르게 평가되기도 하지만 더 중요한 것은 올바른 안목을 지녔음에도 불구하고 다른 목적이나 장애 때문에 진실을 말하지 않는 경우이다.

이번 국가의 정체성 혼란을 야기한 동국대 사회학과 강정구 교수에 대한 법무부 장관의 불구속 수사 지휘문제가 이를 여실히 보여주고 있다.

안목이 일반적인 사물에 대한 지칭인 반면, 심미안審美眼은 미美와 추醜를 식별하는 능력이라는 점에서 차이가 있다. 심미안까지를 지닌 안목이야말로 가장 이상적인 눈이 아닐까 싶다.

안목 중 뭐니 뭐니 해도 사람을 보는 안목이 제일 중요하다 하겠다. 사람의 겉을 보아서 속을 안다는 말이 있긴 하지만, 외양에 치우쳐 내면의 능력을 간과하거나 과소평가하는 경우가 비일비재하다.

오원吾園 장승업張承業은 '야주개 지전紙廛'에서 벽에 붙일 그림을 그려주던 천민출신의 환쟁이었다.

일자무식꾼이며, 천민 고아였던 오원이 단원檀園, 혜원蕙園과 더불어 조선삼원朝鮮三園이 될 수 있었던 가장 큰 요인은 자신의 천부적인 소질에 있었다. 하지만 그 파묻힌 보석을 발굴해 내고 명품이 되게끔 가공해낸 수표교 이응헌李應憲이란 노인의 안목 또한 절대적인 동기가 되었다.

거지같은 아이를 데려다가 양반 사대부의 사랑채에서 그림만 전념할 수 있도록 한 그의 배려는 어찌 보면 거룩하기까지 하다. 오원의 입장에서 본다면 그야말로 은총이다.

화원畵員이 되어 세상에 이름을 떨칠 무렵 오원은 고종에게 불려갔다. 감찰監察이란 감투를 쓰고 궁중에서 그림을 그리게 된 오원은 그때까지 무절제하고 지나친 주벽酒癖 때문에 견딜 수 없어 몇 차례나 궁을 탈출했다. 그때마다 고종은 오원의 예술 자체를 인정하여 묵인해 주었고 민영환까지도 자기 별당을 내주어 그림에 전념할 수 있게 해주었다.

우리는 여기서 이응헌 노인의 심미안을 겸비한 안목과 그 소신, 고종과 민영환의 예술에 대한 남다른 이해가 곧 천재화가 오원 장승업을 만들 수 있었다는 점을 주목하게 된다.

철저한 계급사회이면서도 그 장벽을 뛰어넘게 할 수 있었던 예술의 힘, 오늘을 살면서 오히려 그 안목과 예술의 힘에 대한 그리움은 나만의 생각은 아니지 싶다.

배우 최민식이 열연한 영화 '취화선'은 오원의 이야기를 영화화한 것이다.

지난 12일 이란과의 국가대표팀 평가전에서 신임 아드보카트 감독은 국가대표 간 경기(A매치)에 처녀 출전하는 조원희와 이호를 과감하게 선발로 기용해 월드컵 4강 신화를 일구었던 히딩크 감독의 안목을 떠올리게 했다.

거제예술제 행사의 하나로 현재 치루어지고 있는 한국전쟁문학세미나에서 소설 '풍화'에 대한 창신대학 김강호 교수의 주제발표가 있었다. 소설 '풍화'는 우리 거제 출신 소설가 손영목의 작품이다.

그는 지금 솔제니친의 '수용소군도'에 버금가는 포로수용소를 무대로 하는 소설 '회색지대'의 연말 탈고를 목표로 집필에 여념이 없다고 한다. 지난 5월 거제시 의회는 그에 대한 집행부의 창작지원금 요청을 부결시킨 바 있다.

'공자위동가구孔子爲東家丘'라는 말은 "노나라 사람들이 공자를 동쪽 이웃집의 그저 중니仲尼라는 사람으로 여김을 빗댄 것으로 먼 곳은 중히 여기고 가까운 사람은 하찮게 여겼다"는 뜻이다.

행여 이곳 출신 중견 소설가 손영목에 대한 거제 사람들의 안목이 공자를 그저 옆집에 사는 늙은이로 여긴 노나라 사람들의 안목과 같지는 않는지 염려스럽다.

내년 6월 지자체 선거에 출마할 인사들의 면면이 지역신문의 지면을 장식하고 있다. 이들을 제대로 선택하는 데는 한 결 같이 유권자들의 안목이 뒤따른다.

우리는 모든 사물을 정확히 볼 줄 아는 안목을 지녔으면 한다. 앞날을 통찰할 수 있는 안목까지를 겸할 수 있다면 얼마나 다행스러울 것인가.

눈을 뜬 안목과 안목들이 모여 그 역할을 다한다면 보다 나은 내일이 약속되리라 믿어 의심치 않는다.

구더기 무서워 못 담그는 장

몇 년 전 일이다.

이곳 예술랜드의 유리온실 전시실에 전시된 갯바위형 작품 앞에서 작품 감상에 몰입해 있는 남자분이 있었다. 사뭇 그 표정이 진지하였기로 다가가 인사를 나누었다. 그는 독일에 거주한다며 윤이상 선생을 10년 넘게 모셨다고 자기소개를 했다.

윤이상 선생께선 생전에 통영 앞바다를 줄곧 그리워 하셨기에 수반 위에 놓인 돌에서 고인의 정취를 느낄 수 있어 발걸음이 떼이지 않는다고 하는 그의 눈가에 물기가 어리었다.

남북분단이라는 한반도 상황의 가장 큰 피해자이기도 한 윤이상 선생이 이젠 남북한의 동질성을 형성하는 중요한 연결주체로서 그 몫이 크게 부각되고 있다. 선생의 서거 10주기를 맞은 올해엔 통영을 비롯한 남북한에서 음악제가 줄을 잇고 있다.

지난 1967년 동베를린 간첩단 사건으로 옥고를 치르는 등 냉전시대의 희생양이기도 한 윤이상 선생에 대한 평가도 이제는 탈 이념적으로 바뀌고 있다.

지난 5일엔 '분단문학의 작가' 김원일金源一 씨의 문학비 제막식이 고향인 김해시 진영읍에서 거행되었다. 문학비가 세워진 곳은 그의 장편소설 '노을'과 '불의 제전', 단편 '어둠의 혼'의 배경으로 나오는 여래못과 선달바우산, 금병산 옆이다.

그는 제막식에서 "잠재의식 속에 살아있는 고향에서의 불행한 추억이 있었기에 문학의 길이 가능했다. 고향에 대한 그리움, 맺힌 한이 문학으로 이끌었다"고 술회했다.

문학비건립추진위원회는 김해시로부터 많은 지원을 받았다고 한다. 명작의 무대인 진영에 문학비가 세워진 것을 두고 늦었지만, 퍽 다행한 일이라고 입을 모은다.

드라마센터, 동랑의 생명·재산·혼 깃들어

달포 전 서울 '드라마센터'에서는 동랑 탄생 100주년 기념공연으로 아서 밀러의 '세일즈맨의 죽음'이란 작품이 무대에 올려졌다. 이 연극은 2주일 간의 공연기간 중 '전석 예약 매진'이란 놀라운 기록을 남겼다.

드라마센터는 동랑 유치진 선생이 설립한 곳이다.

연극 평론가들이 말하듯 유치진은 '한국의 세익스피어'다. 그의 수많은 업적 중에 가장 빛나는 업적은 드라마센터 설립이라 하겠다.

자신의 전 재산은 말할 것도 없고 생명까지 바쳐가며 지은 드라마센터다.

그 나라 문화의 척도는 그 나라의 국립극장에 가보면 안다고 하던가. 드라마센터는 1960년대 당대 최고 건축가인 김중업이 설계한 국내 최초의 연극전용 극장이었다. 드라마센터의 실험성은 건축에서도 나타나 객석에서 배우가 '솟아오르는' 놀라운 연극의 막을 연 곳이 바로 이 곳이었다.

민족문제연구소와 친일인명사전 편찬위원회가 발표한 친일파 인사 1차 명단에 동랑 유치진 선생은 포함되어 있다. 동랑이 태어난 그 해(1905) 11월 17일에 을사늑약乙巳勒約이 체결되었다.

동랑의 친일죄목은 1942년부터 1945년까지 사이에 쓰여진 '북진대', '대추나무' 등 4편의 희곡 작품이다. 정치는 언제나 그랬듯이 예술가들을 선전선동에 동원하였다. 일제는 징병을 조선의 자발적 참여로 꾸미려고 조선 예술인들을 앞세웠다. 실제로 가수들은 강제 동원되어 어쩔 수 없이 노래를 불렀다고 증언하고 있고, 화가들 역시 일제의 요구로 그림을 그렸다고 말한다. 연극계의 선두주자인 동랑을 그들이 그냥 놔 두었을 리 만무하다.

일제말기 '국민총동원' 시기에 살았던 모든 문인이 친일문학 명단에 올라있다. 동랑의 친일문제 또한 광기의 시대를 살아남기 위한 몸부림이라 나는 본다.

늦었지만 역사는 바로 잡아야 한다는 움직임은 옳다. 동랑의 친일작품을 합리화할 생각은 없다. 하지만 식민지 통치에다 전쟁까지 겹친 시절의 상황을 후대의 느낌과 상상력으로 정확히 이해하는 일은 불가능에 가깝다고 생각한다.

나무를 보지 말고 숲을 보자

의문이망倚門二望이란 말이 있다.

남들이 손가락질하는 패륜자식일지라도 설을 집에 와서 쇠게 되면 지난날의 패륜행위를 용서받았다. "섣달 그믐날 어머니는 그 패륜자식이 설을 쇠려 오기를 문설주에 기대어 산모퉁이로 난 고갯길을 하염없이 바라본다"는 뜻으로 알고 있다.

우리 거제는 동랑과 청마 선생이 태어난 고장이다. 바로 그분들이 우리 고향 어른들이다. 설령 그 분들의 행적에 친일이 있었다손 치더라도 우리는 고향의 후학들로서 그들이 남긴 문학적, 예술적 업적을 기려야 하지 않겠는가.

안타까운 마음에서 공자께서 조강지처를 버렸다는 얘기를 들먹여 본다. 공자님께서 조강지처를 버렸다면 믿지 않을 사람들이 많을 것이다.

공자께서 만고에 사표가 됨은 말할 나위가 없으나 성현이라고 해서 반드시 현부라 할 수는 없다. 공자의 입성과 식성은 까다롭고 좁쌀스러움을 떠나 괴팍스럽기까지 하였다고 하니 그 분이 조강지처를 버린 것이 아니라, 그 부인이 견디다 못해 가출하였지 않나 싶다.

하지만 이런 일들을 파헤친 사람들은 바로 일본 사람들이다.

이를 두고 중국인들은 공자라는 숲을 보았고, 일본인들은 공자라는 나무를 보았다고 평하고 있다.

앞서 윤이상 선생과 김원일 선생에 대한 얘기를 언급한 것은 다른 지역에서 일고 있는 그 지역 출신 예술인을 기리는 노력이 부러웠기 때문이다.

올해는 동랑 탄생 100주년이 되는 해이런만 고향 땅인 이곳에서 기념사업은커녕 이를 들먹이는 말조차도 들을 수 없다.

'동랑과 청마'라는 나무를 보지 말고 숲을 보자.

개혁장사 10년 가고 친일장사 3년 간다고 했으니, 구더기 무서워 장 못 담그는 우를 범하고 있지는 않는지 냉철히 생각해 볼 때가 지금이 아닌가 한다.

말의 품격

조락凋落의 계절이다. 그야말로 풍소소風蕭蕭하고 만산홍滿山紅
이건만 월동준비 때문에 마음이 조급해진다.

더러 성급한 나무는 잎새를 떨구고 있다.

사람들은 무심히 낙엽을 밟으나 기실 나무에게서 낙엽은 안타
까운 포기 후에 흘리는 눈물이나 다를 바 없다. 때가 되면 나무는
매정하게 잎들을 내친다. 잎을 내치는 과감한 구조조정을 하지
않고는 겨울을 날 수 없다는 사실을 알기 때문이다. 버려야 얻는
다는 비결을 말이다.

지난 토요일에 무원 김기호 선생 탄생 100주년을 기념하는 '부
산・서울・경남 시조시인대회'가 무원 선생께서 설립하신 경남
산업고등학교 강당에서 열렸다.

장대 같은 빗속에서 개최된 이날 행사에선 시조 백일장과 세
미나가 열려 무원 선생의 시세계를 조명하는 자리가 되었다.

무원 선생께선 말씀이 적으셨다고 한다. 교육자였던 무원 선

생의 과묵함은 모르긴 해도 언행일치의 수범을 보이고자 했던 절제 때문이 아니었던가 싶었다.

근간엔 '침묵은 금이다'라는 금언이 곧잘 부정된다. 말을 하지 않고는 자신을 적절하게 알릴 수 없기에 금언도 자기 PR시대엔 색이 바래는 모양이다. 그러나 '침묵은 금이다'라는 말은 입을 다물고 있으라는 것이 아니라, 필요 없는 말을 삼가라는 뜻이다.

또한 '신언서판身言書判'도 퇴락하고 있다. 신언서판은 전통적으로 사람의 능력과 인품을 평가하는 기준이었고, 특히 선비나 벼슬아치에 있어서는 절대적 기준이었다. 하지만 컴퓨터 키보드의 타이핑에 글쓰기가 밀려나면서 그 기준도 빛이 바래지고 있다.

언言을 두고 말이라고 하지만 단순히 말의 내용만을 일컫는 것이 아니다. 말言과 몸身이 합해진 신언은 몸가짐이요, 처신이다. 신언은 말이 곧 인간이고, 인간이 곧 말임을 일깨워주고 있다.

말은 의사전달의 수단인 경우가 보편적 특성이다. 하지만 말 한마디가 사람과 사람사이는 물론 세계를 움직이고 역사를 만들기도 한다.

예부터 우리 조상들은 "벙어리처럼 침묵하고 임금처럼 말해야 한다"고 말조심을 당부하면서 여러 종류의 말에 대한 표현을 상기시키며, 허언을 경계했다.

이를테면 혼자 간직해야 할 말을 함부로 하게 되면 실언失言이라 비웃음을 받았고, 앞뒤 가리지 않고 아무 말이나 지껄이면

망언妄言이라 하여 역시 손가락질을 받았다. 그런가 하면 앞서
한 말이나 약속과 다르게 행동하면 식언食言이라 하여 신뢰를 잃
었고, 신중을 기하지 못하고 아무렇게나 내뱉은 말을 방언放言이
라 하여 무시당했다.

또, 진실 되지 못한 실없는 말은 모언貌言이라 했으며, 남의 환
심을 사려고 교묘하게 꾸며대는 말을 교언巧言이라 하여 멸시했
다.

이런 말들은 이 세상에서 아무 쓰잘 데 없는 허언虛言인 것이
다. 똑같은 말도 때와 장소와 말하는 이에 따라 그 무게가 다른
법이다.

말은 신중하게 해야 하기에 지도층에 있는 인사라면 자신의
말이 지니고 있는 영향력과 그로 인해 초래될 수 있는 결과를
고려하지 않으면 안 된다.

막말파동에 나라가 시끄럽다. 혀를 어떻게 놀렸느냐에 따라
인격을 달리 평가받으며, 심지어는 일신의 영달과 망신이 극명
하게 갈린 예를 수없이 보아왔다.

'구시화문'이란 말이 있다. 중국 당나라 때 풍도風道라는 재상
이 있었다. 그는 얼마나 식견이 탁월하고 재주가 많았던지 오왕
조, 팔성십일군五王朝, 八姓十一君(다섯 왕조, 여덟 성을 가진 열 한 명의
임금)을 모신 장수 재상이었다.

아랫사람들이 "그토록 오랫동안 영화를 누린 비결이 무엇입
니까?"하고 물었더니, "구시화지문口是禍之門이요, 설시참신도舌
是斬身刀"라 대답했다. 즉 '입'은 화를 불러들이는 문이요, '혀'는

몸을 자르는 칼이라 하여 구시화문은 여기서 비롯되었으니, 말의 신중성을 표현하는 말로 지금도 회자되고 있다.

지난 2010년 G20정상회담 당시 국격國格이란 말이 매스컴에 처음 등장했다. 국격이란 자전에도 없는 말이다.

사람의 품격을 일러 인격이라 할진데 국격은 나라의 품위나 품격을 말하는 모양이다. 격변기를 거치면서 먹고 살기에 바빠 국격을 운위할 형편은 아니었으나, 세계 10위의 경제대국이 된 오늘날에 국격을 논함은 어쩌면 당연한 일인지도 모른다.

중국 5000년 역사에서 최고의 정치가 가운데 하나였던 관중管仲은 '창고가 가득 차면 예절을 알고, 옷과 양식이 풍족하면 영광과 치욕을 안다.'倉廩實則知禮節 衣食足則知榮辱고 하지 않던가.

국격을 논하는 대한민국이련만, 행여 막말·욕설공화국이란 오명을 듣지나 않을까 염려스럽다. 소소한 바람이 부는 가을날에 사람들을 살맛나게 해줄 위정자들의 품위 있고 가치로운 말을 기대해 본다.

지음과 재앙

임진년, 흑룡의 해가 돌아왔다고 야단들이더니 벌써 한 해가 저문다.

쏜살같다는 세월을 어찌 실감하지 않으리오. 불황에다 지나간 세월에 대한 회한 때문인지 세밑이 어둡다.

지난 12일 북한이 장거리 로켓발사에 성공하였다는 보도를 접하고 한 사람을 떠올렸다.

그는 전남 당양 사람으로 중앙고보를 졸업하고 장학생으로 일본 마쓰야마 고교松山高校에 입학하여 고학으로 졸업하고, 교토京都대학 화공과에 입학하여 1931년 수석으로 졸업했다. 당시나 지금이나 교토대학의 화공과, 물리과는 세계 최고의 명문대학으로 일본에서 나온 10여 명의 노벨상 과학부문수상자 가운데 한 사람만 빼고 모두 교토대학 출신인 것만 보아도 알 수 있다.

1938년 미국이 가볍고 탄력성이 강하나 습기를 빨아들이는 힘이 적은 나일론을 발명하여 양말, 옷감, 어망 등을 아주 싸게 만들게 되었다. 그는 1939년 합성섬유 1호 비날론을 발명하여 세계를 놀라게 했다.

왜냐하면 비날론은 나일론보다 싸고 쉽게 만들 수 있는 합성섬유이기 때문이다. 그는 그 공로로 대학원도 거치지 않고 정식 교토대학 공학박사 학위를 받은 전무후무한 사람이 되었다. 그는 1945년 11월 일본 정부의 간곡한 부탁도 물리치고 귀국했다.

이승만 정권은 그의 명성 때문에 그를 서울대학교 공과대학장 겸 정부 기획부(현 기획재정부) 자문위원으로 임명했다. 기획부 자문회는 매달 열렸지만, 공장의 전력공급마저 부족해 정부의 시책 성토장이거나 몇몇 정치 사기꾼들의 놀음판이었다. 그의 발언은 무시되었고, 그가 발명한 비날론이 무엇인가 조차 관심을 가지지 않았다.

그는 미국에서 매년 원조해주는 돈의 1/100정도만 쓰면 공장을 세울 수 있고, 국내는 물론 수출된 옷이 국가경제에 이바지하는 엄청난 효과가 있을 것이라 정부에 건의했지만 번번이 묵살되었다. 거기다가 서울대학교에 같이 근무하던 도상록·여경구 교수 등이 정부시책에 실망하고 북한으로 넘어갔다.

그는 서울대학교 이공학부에서 고분자화학을 강의했지만 실험실도 없고 몇 번 건의한 실험기구와 도서구입비 등도 묵살 당했다. 결국 그는 기획부 자문위원직과 서울대학교 교수직을 일방적으로 버리고 낙향했다.

1950년 6.25전쟁이 일어났고, 북한의 김일성이 '조선민주주의공화국 공업기술연맹'을 통하여 1950년 7월 26일 그와 그의 제자들인 마형옥, 옥지훈, 권태문, 신현석, 이현규, 국순응, 장칠표 등을 가족들과 함께 데리고 갔다. 이 가운데 이현규와 국순응은 다시 월남했다.

그와 제자들은 평안북도 청수군(수풍수력발전소 부근)에 마련된 지하연구실에서 비날론 생산을 산업화하기 위한 연구를 시작했다. 전쟁이 소강상태로 이어지자 인근의 합성고무연구실, 비료연구실, 염료연구실에서 이공대학 출신들을 군에서까지 차출하고 지하에 대학 강의실을 건설해서 고급인력을 양성했고, 학생들을 동구권 대학에 파견했다.

1952년 4월 27일 평양의 모란봉 지하극장에서 과학자 대회를 열고 전후복구대책을 논의했다. 그 해 10월 9일 '조선민주주의공화국 과학원' 조직을 탄생시켰고, 그는 화학연구소 소장을 맡았다. 1953년 휴전 이후 '청수화학공장'을 준공하여 비날론 시제품을 생산했다.

이로써 비날론 섬유가 일반화되었고, 김일성은 "전쟁으로 잃은 것도 많지만, 그를 얻은 것은 잃은 것을 배가 한 소득"이라는 말을 했다. 그는 '우크라이나, 헝가리, 동베를린 등을 방문했고, 함흥에 부지면적 50만㎡, 배관장치의 길이 100여 리, 1만5천 개의 도면 분량만 트럭 두 대분이었다. 이 공장의 준공은 북한 주민의 생활을 향상시켰다.

당시 남한의 생활수준이 GNP로 80달러 전후였는데, 북한은 200달러가 넘었다. 그 후 그는 국방과학원에 들어가 북한군 소장 계급을 달고 무기개발에 종사했다. 방사포에 사용될 고성능 화약을 만들어 이 포의 이름이 그의 이름을 따 명명되었다.

1965년 6월 북한은 영변에 2메가와트급 연구용원자로 IRT-2000을 가동시키면서 그를 초대 원자력연구소 소장에 임명했다. 그는 핵무기 개발을 주도했다. 지금 세계의 시선이 집중된 연변의 핵시설도 그가 만든 것이다.

그는 1996년 2월 8일 사망했고, 북한에서는 김일성 사후 두 번째로 인민장을 선포했다. 그는 이승기李升基 박사다. 요즘 젊은 이들에게 인기가 많은 탤런트 이승기와는 음이 같은 다른 사람이다.

사람들은 아인슈타인(Einstein)이 독일에서 미국으로 망명한 1932년 10월의 사건을 말하곤 한다. 그 당시 미국의 언론은 '세계 과학의 바티칸 궁전이 미국으로 오다'라는 대서특필한 기사가 한 달간 이어졌다.

1938년 11월 이탈리아의 페르미(Fermi)가 미국으로 망명한 사건도 아인슈타인의 망명에 비견한 사건이었다. 미국은 그들에게 최대의 대우와 최고의 예우를 해주었다. 두 사람이 자기의 조국에서 계속 과학 활동을 하고 정부에서도 그들을 절절히 활용했다면 세계 2차 대전의 결과가 어떠했을지는 알 수 없었을 것이라는 것이 화학계의 지배적인 견해다.

이승기 박사의 월북을 정당하다고 할 수 없을 것이다. 그렇다고 이승기 박사의 행동에 비판을 가할 수도 없는 일이다.

학자는 자기를 알아주는 사람에게나 국가에게 봉사하고 싶은 것은 너무나 당연한 것이다. 이승기 박사가 북한에서 비날론과 미사일, 핵무기를 개발했거나, 개발하다가 죽었거나 세계는 북한 영변의 핵시설에 신경을 곤두세우고 있다.

이 글이 지면에 실리면 이미 대선의 당락도 결정되어 있을 것이다. 다음 정부에서는 학자나 과학자를 어떻게 대우할는지 자못 궁금하다. 한 사람의 홀대의 결과가 당사자의 좌절로 끝나는 것도 안타까운 일이나 이승기 박사처럼 행여 인류의 재앙으로 남는 것은 아닌지 모골이 송연하다.

우리의 주변에서도 인물을 몰라보고 홀대하는 일은 없는지 살펴볼 일이다. 그래서일까. 인류학의 보고로 평가받는 '사기'를 쓴 사마천 선생은 '사기' 후기에 이런 글귀를 남겼다.

'사위지기자사 모위열기자용 士爲知己者死 母爲悅己者容.'

(선비는 자기를 알아주는 사람을 위하여 목숨을 바치고, 여자는 자기를 기쁘게 해주는 사람을 위하여 얼굴을 다듬는다.)

즐겁게 하는 일

우수가 지나가나 싶더니 주변의 나무들이 수상했다. 마치 수화手話를 나누듯 힘든 겨울나기와 다가올 봄의 희망에 대하여 소곤거리고 있다.

매화는 추위를 이긴 자축연을 벌리고 있고, 목련은 가지 끝에 붓을 바로 세워 격조 높은 문인화 한 폭을 그려낼 작품구상에 열중이다.

"기다리지 않아도 오고 기다림마저 잃었을 때도 너는 온다."고 한 어느 시인의 싯귀처럼 봄은 누구에게나 예외 없이 찾아오고 있다. 혹한에 얼마나 혼쭐이 났던지 봄, 말만 들어도 살 것 같다. 설을 쇠고 또 보름도 쇠었다.

새해 들어 두어 장 연하장을 받기도 하였으나, 휴대전화 문자로 새해 인사를 주고받는 세상이 되었다.

세시풍속도는 빠르게 바뀌고 있으나, "새해 복 많이 받으십시오."라는 덕담 내용은 변함이 없는 것 같다. 우리는 일상에서 알게 모르게 '덕'과 '복'이란 말을 쓴다. 덕은 노력해서 쌓는 것으로 덕을 쌓으면 복이 온다고 했다. 복福이라는 글자는 '두 손으로 술동이를 들어 신神에게 바치는 모습을 본 뜬 것'이라고 한다. 신에게 술동이를 바쳐서 빌면 상서로움을 내려 좋은 일을 누릴 수 있다는 것이다.

'복복수수福復壽酬'라 했다. 즉 "복이란 자기가 한 일을 돌려받는 것이고, 오래 사는 것은 자기가 한 일에 대한 응보"라는 뜻이다. 복은 행운과 같은 뜻으로 쓰이기도 한다.

복福은 사전에 이렇게 나와 있다.

① 편안하고 만족한 상태와 그에 따른 기쁨

② 좋은 운수·행복

③ 좋은 운수로 얻게 되는 기회나 몫.

대체로 '행운을 접했을 때의 마음' 쪽으로 초점이 맞춰진 느낌이다.

'덕은 나보다 복이 없는 사람을 향한 측은지심이며, 복은 내가 만족한 상태'라고 해석하는 사람도 있다. 복과 덕을 유난히 좋아하는 윗세대 사람들은 부동산중개업소를 '복덕방'이라고 부르기도 했다. 사는 일이 힘들다 보니 나 자신을 두고 지지리 복 없다고 한탄해마지 않았다.

일전에 둔덕에 있는 무이사無二寺의 하담스님과 차를 마시는 도중 10년 넘도록 거제를 벗어나기 위해 무던히 용을 썼는데, 뜻을 이루지 못해 안타깝다고 넋두리를 늘어놓았었다.

가만히 듣고 계시던 스님께서 "그런가요. 내가 보기엔 처사님은 여기 있어도 성공이요, 여길 떠나도 성공한 사람입니다"라고 말씀하시는 게 아닌가.

'신불십년信不十年'을 두고 성공한 사람이라니 언감생심焉敢生 心도 유분수다.

신불십년은 '신용불량십년'의 준말인데 내가 만든 말이다. 권불십년權不十年에서 따온 것으로 자조自嘲에서 비롯되었다. '성공한 사람'이란 스님의 그 말씀이 오래도록 귓가에 맴돌았다. 모르긴 하나 하고 싶은 일을 원 없이 한 것을 두고 하는 말이 아닌가 싶기도 했다.

요 근래 유행처럼 쓰이는 용어 중 위너(winner)와 루저(loser)가 있다. 말 그대로 '승자와 패자'라는 뜻이다. 어쩌다 우리는 승자 아니면 패자일 수밖에 없는 상황에 놓이게 된 것일까. 이는 막무가내식으로 경쟁을 부채질하는 현대사회가 만들어낸 병폐인 듯싶다. 문제는 그 기준이 외모나 경제력, 직업, 지위 등 외적인 요소들만을 두고 적용된다는 식이다.

키가 크고 잘 생기면 위너요, 키가 작고 못생기면 루저라는 식이다. 더 안타까운 점은 스스로를 들여다 보는 우리들조차도 이 우매한 사고방식으로부터 자유롭지 못하다는 사실이다.

콤플렉스가 없는 사람은 없다. 콤플렉스를 괘념치 않고 자애심을 발휘하는 사람과 콤플렉스에서 헤어나지 못해 여타의 장점까지 망쳐버리는 사람만 있을 뿐이다.

지난해 12월 16일 KNN 8시 뉴스아이에 '거제 장가계'가 소개되었다. 다른 뉴스보다 신선한 충격이었다고 평을 들은 거제 장가계는 천하의 절경이라 알려진 중국의 장가계張家界를 미니어처한 것으로 내가 10년이 넘는 세월을 죽기살기로 매달려 제작한 것을 두고 말함이다. 크고 작은 입석을 하나하나 이어 두 길이 넘는 석주石柱를 만든 것인데, 여기다 착생식물을 부착하여 하루에 한 번 이상 관수를 하고 보니 돌마다 피어난 이끼며, 생기 가득한 풀이며, 나무에 세월감과 자연미가 농익어 보이는 이를 매료시킨다.

석주의 제작기법을 특허등록하기에 이르렀다. 석주 1천 개를 목표로 무거운 돌과 씨름을 벌이는 도중 인디언들의 기우제 이야기는 기운을 차리게 했다. 인디언들이 기우제를 지내면 반드시 비가 온다. 그들에게 무슨 특별한 영험이 있어서 비를 내리게 할까. 아니다. 그들은 비가 올 때까지 계속해서 기우제를 지내기 때문이다.

성공의 반대말은 실패가 아니라, 포기다. 내가 '거제 장가계'를 조성한 것은 현실의 무잡함을 떨치고자 하는 절박감이기도 하였지만, 포기하지 않고 물고 늘어질 수 있었던 것은 그 일을 좋아하고 즐겨하였기 때문이기도 했다. 주위사람들로부터 돌귀신이 씌었다는 농반진반의 핀잔을 들을 정도였으니 다한 말이다.

루저(loser), 즉 패자는 외모가 아니라, 포기에서 비롯된다.

축구의 명장 히딩크 감독은 이런 말을 했다.

"축구는 실패투성이 게임이다. 골을 만들어내려고 수많은 드리블과 패스 끝에 겨우 한 두 골로 승부가 결정되는 경기가 축구다. 그 숱한 시도들은 대부분 실패하고 만다. 축구는 실패를 컨트

롤하는 경기다. 축구에서는 한 번의 성공을 위해 얼마나 많은 시도를 했느냐가 훨씬 중요하다."

사람들은 한결 같이 성공하기를 바라고 즐거움을 추구한다. 자기가 하는 일을 오락처럼 사랑한다면 그 결과는 성공으로 이어지게 된다.

영화 '시카고'에는 이런 대사가 나온다.

"좋아하는 삶을 살거나, 살고 있는 삶을 좋아하거나."(you can live the life you like, or you can like the life you live.)

빌게이츠는 "일을 즐기는 사람에게 당할 자가 없는 법"이라고 했는가 하면, 명심보감에도 "알기만 하고 지나가는 사람은 좋아하는 사람만 못하고, 좋아하고 그냥 지나가는 사람은 즐기는 사람만 못하다"(知之者不如好之者, 好之者不如樂之者)고 했다.

흑사띠라고 하는 계사년이다. 뱀은 껍질을 벗으며 성장한다. 껍질을 벗지 못하게 되면 자신의 껍질에 갇혀 죽게 된다. 사람도 마찬가지다.

뱀처럼 피부의 껍질을 벗는 게 아니라 마음의 껍질, 고정관념의 껍질이다. 복 없다고 한탄하지 말고 즐기는 일을 찾아 끊임없이 시도하여 보자.

뉘 알리오. 끊임없이 시도하다 보면 지나쳤던 복이, 외면하였던 행운이 다시 찾아올는지….

제주와 남해의 '서불과차' 그리고 거제

　핵실험에 이어 폭탄테러에다 강진까지 겹친 지구촌의 재앙에
아연해진다. 거기다가 날씨까지 예사롭지 아니하여 춘래불사춘
을 들먹이기도 싱겁다. '이 또한 지나가리라'라고 한 솔로몬의 지
혜가 새삼스러운 이즈음이다.

　'제주 외국인 관광객 200만 명 시대'란 모 일간지의 기사를 접
하고 이 글을 쓴다.

　지난달 17일 남해 유배문학관 회의실에서는 서복관련 연구자
료집인 '남해서불과차南海徐市過此' 출판기념회가 있었다. 창립 8
주년을 맞은 남해서복회와 남해군이 주관한 이 출판기념회에는
정현태 남해군수를 비롯하여 도의원과 군의원 등 300여 명의 하
객이 참석해 성황을 이루었다.

　중국서복회의 장량군 고문과 일본서복회 아카사키 박사도 참
석해 축하해 주었다.

　필자가 고문직을 맡고 있는 거제서복유숙지연구회에서도 작

년 11월 연구논문집인 '거제서복연구' 출판기념회를 가진 바 있다. 두 행사가 비교되어 출판기념회 식장에 앉아있는 동안 착잡한 심정이었다.

서복徐福은 국제학술대회 등에서 전설적인 인물이 아니고 역사적인 실존인물임이 속속 밝혀지고 있다.

동북아의 새로운 시대가 열리고 있는 이때, 서복은 동아시아 문화의 전달자로 평화의 사자로 재평가되고 있어 한·중·일 3국을 이어주는 공통의 역사문화 아이콘으로 자리매김하고 있다.

우리 나라에서 서복전설과 관련되어 주목받는 곳은 우리 거제를 비롯하여 제주와 남해 세 곳이다. 세 곳 모두 서복이 남겼다는 각자 때문이다.

이 중 남해는 상주 양아리에 각자가 남아있고 거제와 제주는 남아 있지 않다. 각자가 남아있는 남해군은 200억여 원의 예산으로 남해 상주 양아리 석각(서불과차) 주변에 서복궁을 짓고 서복의 남해 상륙지인 두무포와 서포 김만중 선생의 유허지인 노도간 케이블카 설치 등 관광인프라 구축 계획을 정현태 남해군수가 출판기념회 식장에서 설명하였다.

제주는 어떤가. 제주 서귀포시는 지명부터 서복과 관련이 있다. 바로 서복이 서쪽으로 돌아갔다고 하여 서귀포란 지명이 생겼다고 한다. 서귀포시 정방로에는 진시황의 방사方士 서복을 기념하는 '서복전시관'이 있다.

진시황의 명을 받고 불로초를 구하기 위해 서해 바다를 건넜던 서복은 우리나라를 거쳐 일본에 정착해 돌아가지 않은 것으로 전해지고 있다.

서귀포시는 서복전시관을 2003년도 개관하였고 주변 지역을 서복공원으로 단장했다. '서복공원'이란 현판 글씨는 중국의 원자바오溫家寶 전 총리가 한중수교 15주년인 2007년 방한해 직접 써주었다.

서복공원에는 산둥山東성 정부가 2008년 4월 기증한 전신全身 석상인 서복 기사비紀事碑가 설치되어 있다. 서복의 고향으로 전해지는 산둥성 롱커우龍口시와 서복이 출발한 허베이河北성 친황다오秦皇島도 기념물과 자료 등을 기증했다.

서복공원은 유명한 정방폭포가 내려다보이는 언덕에 조성되어 있다. 이곳에 공원이 조성된 것은 정방폭포의 암벽에 '서불과지'란 각문이 새겨져 있었기 때문이다.

이 마애각이 광복 이후까지 남아 있었다고 하나 일제 때에 폭포 위에 전분공장이 생기어 폐수가 이곳으로 흘러내리기 시작한 때부터 훼손되어 없어졌다 한다.

일설에는 절벽이 무너지면서 사라졌다고도 한다. 정방폭포 '서불과지' 마애각에 대한 기록은 제주목사 백낙연(1877~1881년 재임)이 순행하다 '서불과지' 전설을 듣고 수행원더러 절벽 위에서 긴 줄을 늘어뜨려 글자를 탁본하도록 한 것이 '심재집' 하권에서 발견되면서 알려졌다. 이를 근거로 하여 서복공원이 조성된 셈이다.

거제서복유숙지연구회에서는 거제에서의 서복전설에 대한 연구논문을 국제학술대회에서 발표한 바 있다.

2008년 10월 일본 '사가서복국제심포지움', 2009년 중국 절강성 자계시의 '서복국제문화회의', 2010년 중국 강소성 감유현 '동아시아서복문화국제논단'에서 한 논문 발표가 그것이다. 이로써 거제서복전설이 학계에 알려지게 되었고, 관계자들의 방문이 이어지고 있다.

거제서복연구논문 발표는 서복으로 인한 중국과 일본의 관광객 유치에 그 주안점을 두고 있다. 보도에 의하면 작년 한 해 동안 중국 해외 관광객 수는 8300만 명을 헤아린다고 한다. 이는 싱가폴, 마카오, 홍콩 방문을 합친 것으로 순수 해외관광객은 2천만 명 정도인 모양이다. 이 중 우리나라를 찾은 해외관광객은 284만 명으로 전체의 14.2% 수준이다.

작년 제주도를 찾은 중국관광객은 108만 명으로 올해는 140만 명을 기대하고 있다. 각 지자체마다 중국관광객 유치에 열심인 모양이다.

작년 6월 중국 최대 여행사이자 국영인 중국국영여행사(CITS) 천중 회장이 경남에 3억 달러의 관광투자에 나서기로 당시 김두관 지사와 양해각서를 체결하여 1만 명의 중국 관광객을 경남 유치한다고 요란하더니 도지사가 바뀐 지금 북경사무소까지 폐쇄하고 없었던 일이 되고 말았다. 채소장사도 이렇게 하지는 않을 성 싶은데, 하이코미디 같다.

거제시는 지난 15일부터 3일간 중국 요녕성 선양시를 방문해 '중국관광객 유치 현지설명회'를 열었다는 보도를 접하고 떠오른 일이 있었다.

재작년도의 일이다.

거제서복유숙지연구회와 연구협약처인 중국 연운항서복연서복연구소장으로부터 서복석상을 기증하겠다는 문서를 보내왔다.

내용인즉 연운항시에서 억대의 비용이 소요되는 석상을 제작기증하는 데는 지방정부인 거제시의 공식 문서가 필요하다는 것이었다. 거제시의 답변은 거절이었고 석상기증은 물 건너갔다.

제주를 찾는 중국관광객 140만 명, 이는 단지 제주의 풍광 때문이라고 믿고 싶었다.

우울한 봄날이다.

짝퉁과 남취(濫吹)

　장마가 예년보다 일주일이나 빨리 시작되었다 하더니 쨍쨍 내
리쬐는 햇살에 '웬 장마'란 말이 나오게도 생겼다. 하도 가짜가
판을 치는 세상이고 보니 장마도 가짜 장마인가 싶기도 하다.
　얼마 전 칸영화제가 열린 프랑스 현지에 가짜 싸이가 나타나
고급파티를 돌아다니며 VIP대접을 받았다고 한다. 가짜 싸이는
한국에서 태어나 세 살 때 프랑스로 입양된 드니카레 씨로 밝혀
졌다. 싸이처럼 차려 입은 짝퉁 싸이와 사진 한 번 찍으려고 각국
유명 인사들이 그야말로 줄을 섰다고 하니 귀하신 몸이 된 싸이
의 세계적인 위상이 어떠한지 짐작하고도 남음이 있다.
　'가짜 귀하신 몸'하면 1957년 늦여름 나라를 온통 떠들썩하게
했던 '가짜 이강석 사건'을 빼 놓을 수 없다.
　"내 연기에 대하여 할리우드 같으면 60만 불 정도의 연기료를
받을 수 있을 터인데 K는 연기료 대신 벌을 받게 됐소."
　'가짜 이강석 사건'의 장본인 강성병 씨가 재판을 받기 전 기자

들에게 했다는 말이다. 당시 21세였던 강 씨가 연기한 이강석은 당대 최고의 실력자 이기붕의 아들이자 이승만 대통령의 양자로 온갖 권세를 누렸다. 강 씨의 첫 공판이 열렸던 대구지법에는 호기심 많은 방청객이 몰려들어 경찰이 동원될 정도였다.

"이강석이 부러워 행세한 것인데 경철서장들이 극진한 대접을 함에 새삼스레 대한민국 관리들의 부패성을 테스트할 수 있었다"고 진술한 강성병 씨 사건은 결국 비극으로 끝이 났다.

이강석은 1960년 4.19혁명 직후 권총으로 자살을, 10개월 복역한 강 씨는 1963년 음독자살했다. '가짜 싸이의 해프닝은 카레 씨가 그를 버렸던 고국으로부터 받은 첫 혜택이었는지도 모르겠다'는 어느 기자의 멘트는 오래도록 씁쓸한 여운으로 남았다.

가짜 이강석 사건이나 짝퉁 싸이는 가십거리로서 재미있는 이야깃거리이기는 하지만, 우리 사회 전반에 널려있는 가짜 문제는 웃어만 넘길 이야기가 아니기에 심각하다.

식상할 정도로 듣고 있는 가짜 비아그라, 가짜 참기름 등 약품과 먹거리는 말할 것도 없고 짝퉁, 즉 위조 상품은 지하경제의 한 축으로 마치 마약과 같이 우리 사회를 좀 먹고 있는 암적 존재다.

짝퉁 경찰복이 저가에 유통되어 또 다른 범죄의 도구로 사용되는 경우도 있고, 불임을 유발하는 환경호르몬과 납 등이 검출되는 중국산 짝퉁 캐릭터 인형이 대량으로 유통되어 어린이의 건강을 해치는 등 사회에 큰 영향을 끼치고 있다.

기술이나 브랜드 개발비용 없이 정품에 배해 다양한 경로를 통해 저렴한 가격으로 거래되는 위조 상품은 기업의 기술개발 의지를 꺾는 주요원인이 되고, 매출에도 심각한 영향을 주어 결국 제품경쟁력과 일자리를 감소시키는 결과를 가져온다. 국내 위조 상품의 유통규모는 세계 10위로 약 17조 원에 이른다고 한다.

위조 상품의 구매행위는 사회적 문제임과 함께 그 피해가 결국 구매자 자신에게 돌아온다는 사실을 간과해서는 될 일이 아니다. 위조 상품의 유해성은 지적재산권 보호 수준이 저평가돼 국가브랜드에도 타격을 주기 마련이다. 그런데 제품의 짝퉁보다도 무능한 사람이 재능이 있는 체 하거나 실력이 없는 사람이 높은 자리를 꿰차고 있는 것이 더 큰 문제다.

남취濫吹란 말이 있다. 전국시대 제齊나라 선왕宣王은 우(竽: 생황처럼 생겼으나 좀 더 큰 악기)소리 듣기를 좋아했다. 그것도 독주獨奏보다는 여럿이 합주하는 것을 좋아해서 언제나 300명의 악사들로 하여금 연주하도록 했다.

어느 날 남곽南郭이란 사람이 찾아와 선왕에게 우를 불겠다고 했다. 그를 상당한 솜씨가 있는 악사로 안 왕은 높은 급료로 그를 고용했다. 남곽은 쟁쟁한 악사들 중에 섞여 그럴 듯하게 흉내를 내면서 열심히 부는 체 했다. 그의 실력은 형편없었지만, 300명이 합주하는 통에 탄로가 나지 않고 적당히 버틸 수가 있었다. 몇 해가 지나 선왕이 죽자 그의 아들 민왕湣王이 즉위했다.

민왕은 아버지 못지않게 우 소리를 듣기 좋아했지만 독주를 즐겼다. 그래서 악사들은 매일 한 사람씩 민왕에게 불려나가 재주껏 우를 불었다. 사정이 이렇게 되니 남곽은 똥마려운 강아지 꼴이 되었다. 남곽은 자기의 연주 차례가 오기 전에 꽁지가 빠져라 하고 도망쳐 버렸다.

이 이야기는 한비자韓非子의 내저설상 칠술편內儲說上 七術篇에 있는데, 임금이 신하를 다스릴 때 쓸 수 있는 일곱 가지 방법을 설명하면서 실례를 든 것이다. 오늘날 나라가 시끄러운 것은 요소요소에 박혀 있는 '남곽'들 탓이 클 것이다. 남취를 가려내는 것은 지도자의 안목이다.

서울대 모 교수가 언급하였다는 나라가 망하려고 할 때 나타난다는 여러 가지 징후가 회자된 적이 있었다.

그 중 하나가 비전문가가 전문직에 앉는 경우를 들었다. 거기다 그가 소신이 있고 겸하여 부지런하기까지 한다면 점입가경이라 하던가. 장마가 숨 고르기를 하는 날에 팽나무 잎은 윤기를 더한다.

맹하孟夏에 왠지 마음이 수수愁愁롭다.

인생 이모작(二毛作) 시대

만추의 바람이 차갑다. 가을바람을 일러 서리처럼 흰빛이라 하던가. 찬바람에 정신이 번쩍 든다. 내 삶도 계절에 견주어 보면 늦가을인 이맘때에 해당하지 싶다. 그래서일까 보도 위에 뒹구는 노란 은행잎을 바라보는 시선에 촉촉한 서글픔이 배여 있다.

지난 17일 서울 종로구에 있는 아트센터 대극장에서는 제 5회 대한민국 대중문화예술상 시상식이 있었다. 이 상은 대중문화예술인들의 사회적 위상을 제고하고 그들의 노력과 성과를 격려하기 위해 문광부가 마련한 문화예술인에 대한 최고 권위의 포상제도이다.

이날 은관문화훈장을 받는 송해(90세)에게 휠체어를 탄 구봉서(88세)가 축하 꽃다발을 건네어 네티즌들을 감동시켰다는 보도가 있었다. 송해 선생은 올해 90세인데, 34년째 '전국노래자랑'을 진행하고 있는 국민 MC다.

국회 교육문화체육관광위원회 설훈(62세) 위원장에 따르면 90

세면 쉬셔야 하는 나이다.

"연세가 많으면 활동과 판단력이 떨어져 공무에 적합하지 안하고 정년을 둬서 쉬게 하는 것"이라며, "누가 봐도 79세면 쉬셔야지 왜 일을 하려고 하나 쉬는 게 상식"은 지난 10월 17일 국회교육문화관광위원회에서 열린 한국관광공사 국정감사에서 설훈(62세) 위원장이 윤종승(예명 자니윤. 79세) 감사에게 한 발언으로 노인 비하卑下 논란을 빚었다.

비판이 일자 설훈 위원장은 "왜 내가 노인을 폄훼했다고 하느냐"고 항변했다.

연로한 이들을 편히 모시는 것이 효孝라면 "고령이니 물러나쉬라"는 말이 잘못됐다고 할 수는 없다. 그런데도 많은 사람들이 화를 냈다. 나도 화를 낸 사람 중의 하나이다. 지금의 노인들은 이전 세대의 노인들보다 건강할 뿐만 아니라, 정신적으로도 더 젊다. 이는 대부분의 선진국에서 공통적으로 나타나는 현상이다. 신체나이도 젊어졌다는 조사 결과도 있으며, 사회·심리적 연령도 함께 낮아지고 있다.

문제는 노인들이 단순히 몸과 마음만 젊어진 게 아니라, 인생도 젊게 살기를 원한다는데 있다. 뒷방 영감이 되어 세 끼 밥이나 먹으며 적당한 여가로만 노년을 보내게 하는 것이 효도로 생각하지 않는다는 얘기다.

'100세 시대' 요즘 많이 듣는 말이다. 100세 장수가 현실화되고 있는 지금 노인의 이미지와 역할이 지대한 관심사가 되고 있다. 나이가 든다는 것은 덕이 깊어지고 성숙해가는 과정이다. 지혜가 무르익은 노년의 거장들이 사회에 기여하는 것은 가장 가치 있는 삶의 하나이련만 홀대하는 경향이 없지 아니하다.

노마지지老馬之智, 즉 늙은 말의 지혜라고 하는 고사는 한비자 세림說林 상편上篇에 나오는 이야기다. 춘추시대 오패의 한사람이었던 제齊나라 환공桓公 때의 일이다.

어느 해 봄 환공은 명재상으로 이름 나있는 관중管仲과 대부 습붕朋朋을 데리고 고죽국孤竹國을 정벌하러 나섰다. 그런데 전쟁이 의외로 길어지는 바람에 그해 겨울에야 끝이 났다. 혹한 속에 지름길을 찾아 귀국하는 도중 산속에서 길을 잃고 말았다. 병사들은 지치어 시간을 지체할 수 없는 상황이 되었다.

그때 재상 관중이 "늙은 말은 비록 빨리 달리지는 못해도 집을 찾는 능력은 출중하니 늙은 말의 지혜老馬之智를 활용하자"고 제안했다.

환공은 즉시 늙은 말을 풀어 놓았다. 전군이 그 뒤를 따라 행군한지 얼마 안 되어 큰길이 나타났다. 또 한 번은 산길을 행군하다 식수가 떨어져 전군이 갈증에 시달렸다.

그러자 이번에는 습붕이 말했다.

"개미란 원래 여름엔 산 북쪽에 집을 짓지만 겨울엔 산 남쪽 양지 바른 곳에 집을 짓고 산다. 흙이 한 치一寸쯤 쌓인 개미집만 있으면 그 땅 속 일곱 자쯤 되는 곳에 물이 있는 법이다."

군사들은 산을 뒤져 개미집을 찾은 다음 그곳을 파내려 가자 과연 샘물이 솟아났다.

이 이야기에 이어 한비자는 "관중의 총명과 습붕의 지혜로도 모르는 것을 늙은 말과 개미를 스승으로 삼아 배웠다. 그러나 그것을 수치로 여기지 않았다. 그런데 오늘날 사람들은 자신의 어리석음에도 성현의 지혜를 스승으로 삼아 배우려 하지 않는다. 이것은 크게 잘못된 일이 아닌가"라고 말하고 있다.

삼로는 노숙老熟과 노련老鍊, 노장老壯이다.

'노숙'은 잘 익은 과일같이 인품이나 인격이 제대로 성숙한 것을 의미한다. '노련'은 오랫동안 쌓은 경험으로 솜씨나 재주가 익숙하고 능란하여 최고의 경지에 다다름이다. 노장는 노인과 장년을 말하기도 하나 여기서는 노숙과 노련을 겸하여 젊은이 못지않은 건장함을 가리킨다.

삼로는 긍정적 이미지이나 오래되고 낡음의 노후老朽와 늙고 둔하다는 노둔老鈍과는 상충된다. 나이 들어 노후하고 노둔한 존재로 취급받는 것 보다는 노숙하고 노련함은 말할 것도 없고 노장한 존재로 가치와 역할을 인정받기를 바라는 게 인지상정이다.

세상은 하루가 다르게 변해간다. 그것도 복잡다단하게 말이다. 그러나 살면서 터득한 지혜는 녹슬지 않는다. 폐륜이라고까지 비난 받은 설훈 위원장의 발언이 고령화에 따르지 못하는 제도와 법령을 정비하는 도화선이 되었으면 하는 바람이다. 이는 나만의 바람만이 아닐 것이다.

노인을 위한 정책마련은 젊은이가 갈수록 줄어드는 우리 사회가 지속적으로 작동하기 위해서도 꼭 가야할 방향이다.

불과 10수년 전만해도 정년을 하면 손주를 보면서 여생을 보내는 것이 항다반恒茶飯이었다. 이제는 은퇴하고도 30~40년을 더 살아야 하는 세상이 되었다.

말하자면 인생 이모작二毛作 시대가 열린 것이다. 2모작을 하려면 무엇보다 건강해야 한다. 병치레로 여생을 보낸다면 장수가 무슨 소용이겠는가.

지금 나이가 몇이든 몸과 마음을 살찌우는 운동과 취미생활로 100세 시대를 준비해야 한다.

20년 뒤면 나도 구봉서 선생의 나이가 되련만….

전문가가 대접받는 세상

사람이 브랜드다

'자라보고 놀란 가슴 솥뚜껑 보고 놀란다'고 하더니 병약한 내가 더위에 그 지경이 되었다. 조금만 움직여도 땀이 비 오듯 하여 기다린 것이 처서였는데, 처서 지나자 폭염의 맹위가 수그러들었다. 절묘한 계절의 변환이 놀랍기만 하다.

사람이 너무 바쁘게 살다 보면 꼭 해야 할 일도 잊기도 하고, 때로는 거울에 비치는 내 모습까지도 낯설게 느껴질 때가 있다.

또 어떤 때는 지금 내가 하고 있는 일이 나를 위해 꼭 필요한 일인가 자문해 보기도 한다. 나를 위한다는 일이 결국 나를 위한 것이 아니라, 누구를 위해서라는 생각이 들면 절대로 적극적인 삶을 살 수가 없다. 삶이 적극적이지 못하다는 것은 내 스스로 나의 존재가치를 인정하지 않는 것과 같다. 남에게서 존재가치를 인정받는다는 것은 이름을 인정받는 것과 같다. 사람의 이름에는 자신의 정체성이 담겨 있다.

또한 이름에는 영혼 등 인생의 전부가 담겨 있어 인생항로에

중대한 영향을 끼친다. 이름은 다른 것과 구별하기 위한 수단이다. 그래서 삼라만상 하나하나에 이름이 붙여진다. 이름이 붙여짐으로 사물의 존재가 드러나고 구별되어진다. 사람에 있어서는 한 사람의 일생만으로 끝나는 것이 아니고 자손만대에 이르기까지 전해진다.

무서운 일이다.

이런 가치와 중요성을 불가에서는 이름에 모든 것이 있다는 명전기성名銓其姓, 유가에서는 이름이 바르면 모든 것이 순조롭다 하여 정명순행正名順行이라며, 이를 강조해 왔다.

둔덕면민의 날인 지난 8월 24일 뜻 깊은 행사가 있었다.

비가 내리는 가운데 거행된 이날 행사는 둔덕면 번영회에서 마련한 것으로 귀감이 되는 삶을 살아온 둔덕면 출신 박순석 선생과 신옥권 선생의 공적을 기리는 불망비와 송덕비 제막식이었다. 두 분의 이름이 새겨진 석비는 둔덕골의 자긍심을 높일 명물로 우뚝 섰다.

오랜 가뭄 끝에 이날 내린 비를 덕우德雨라고 지인이 알려주었다. 우리 거제엔 선인을 기리는 기념사업회 셋이 있다.

동랑·청마기념사업회, 무원기념사업회, 향파기념사업회가 바로 그것이다.

동랑·청마기념사업회는 우리나라 연극계의 대부였던 동랑 유치진 선생과 시단의 거목 청마 유치환 선생의 문학적 업적을 기리는 사업회이고, 무원기념사업회는 무원 김기호 선생의 교육과 시조문학에 대한 업적을 기리고, 향파기념사업회는 향파 김기용 선생의 애란정신을 기리는 사업회이다.

공교롭게도 동랑과 청마, 무원과 향파는 형제간이다. 동랑과 청마는 장르는 다르나 같은 문학분야라서 기념사업을 같이 하게 되었고, 무원과 향파는 분야가 달라 기념사업회가 각기 발족되었다. 이중 청마 부분만 본 궤도에 올랐으나 동랑은 친일이란 족쇄에 묶여 첫 삽질도 못하고 있는 실정이고 무원과 향파는 걸음마 단계이다.

동랑과 청마는 출향인으로 이름이 널리 알려져 있으나, 무원과 향파는 고향을 지켰다. 무원은 한국의 페스탈로치라 칭송받고 있는 바, 한때 거제군 시절 과장 이상 간부 공무원 60% 이상이 선생이 세운 하청중고등학교 출신이었다고 한다.

향파는 60년대 그 어렵던 시기에 한라산을 78차례나 올라 제주한란을 개발하여 제주한란이 천연기념물이 되게 하였으며, 우리나라 난계의 사표로 추앙받고 있다.

안씨가훈顔氏家訓은 중국 양나라에서 수나라에 걸쳐 살았던 안지추顔之推(531~591?)가 지은 책으로 자녀교육을 위한 불멸의 고전으로 알려져 있다.

이 책에서 안지추 선생은 "세상 사람의 흔한 병폐는 귀로 들은 것은 귀히 여기고 눈으로 직접 본 것을 천하게 여기며, 멀리 있는 것을 중히 여기고 가까이 있는 것을 가벼이 여긴다는 점이다. 그래서 노魯나라 사람들은 공자孔子를 동가구東家丘라 불렀다"고 했다.

천하의 공자를 두고 노나라 사람들은 그저 옆집에 사는 늙은

이로 여겼다는 것이다.

안지추 선생의 지적은 '내 동네 무당은 용하지 않고 우리 동네 처녀는 예쁘지 않다'는 말과도 무관하지 않다.

무원과 향파 두 분을 두고도 '공자위 동가구' 대접을 하는 것은 아닌지 마음이 편치 않다. 이름이 브랜드가 되는 세상이 되었다.

동랑과 청마, 무원과 향파는 우리 거제를 빛낼 브랜드다. 이들을 기리는 기념사업이 본 궤도에 진입하기를 바라는 마음 간절하다.

거제시민들의 관심과 성원을 기대한다.

국력과 미스김라일락

만개한 벚꽃이 온 세상을 점령한 양 위세가 대단하다. 그렇긴 하나 제아무리 화려한 벚꽃이련만 지는 것을 아쉬워하지 않는 것 같다.

물러갈 때 미련 없이 꽃잎을 떨어뜨린다. 다음에 피는 잎에게 자리를 양보하기 위해서다. 자신에게 주어진 며칠간의 시간과 공간, 눈부신 꽃빛과 맑은 향기를 사방 천지에 가득 채우다가도 때가 되면 일말의 망설임도 없이 그야말로 속절없이 지고 만다. 그 단호함, 그 결연함에 가슴이 서늘해지는 전율을 느끼기도 한다.

지금 워싱턴에도 벚꽃 축제가 한창인 모양이다. 매년 4월이면 워싱턴 D.C의 포토맥 강가에서 미국 북동부 최대의 벚꽃 축제가 열린다. 워싱턴은 매년 관광수입의 35%를 벚꽃 축제 기간 중에 거둬들일 정도로 전국은 물론이고 전 세계에서 관광객이 몰려든다고 한다.

워싱턴 벚꽃은 1912년 3월 미·일 양국 우호의 상징으로 당시 오자키 도쿄 시장이 기증한 벚나무 묘목 3,000여 그루가 시초였다. 벚나무를 미국에 들여올 때 일본의 조선 지배를 인정해준 윌리엄 하워드 태프트 대통령의 부인 헬렌 여사가 막후에서 영향력을 행사한 것으로 알려져 있다.

축제를 찾는 미국인들은 포토맥 강가의 벚나무들이 일본 벚나무라고 알고 있다. 일본인들이 그렇게 주장하고 있기 때문이다. 그러나 최근 DNA 조사에서 이 벚나무들이 제주왕벚나무와 같은 수종임이 밝혀졌다. 원산지가 둔갑되는 것이 어디 제주왕벚나무에만 그치지 않는 것에 문제가 있다.

일본이 자랑하는 은하銀河라는 일본 한란日本寒蘭이 있다. 십수 년 전만해도 엄청난 고가라서 한란 애호가는 꿈에 그리는 난이라고 했다. 무늬 종에 홍화가 피어 명품 중 명품으로 대접을 받는 이 한란은 산지가 고지현高知縣으로 등록되어 있으나, 원로 애란인들 사이에는 제주한란으로 알려져 있다. 풍란을 비롯하여 원산지가 바뀐 것이 부지기수다. 알고도 당하고 모르고도 당한 결과다.

벚꽃이 지고 나면 그 화려한 자리를 이어 받는 것은 라일락이지 싶다. 연보라 빛 꽃망울을 터뜨려 맑은 향기로 허공을 가득 채우는 꽃이 라일락이다. 흥겨운 가락이 좋아서 따라 부르곤 하던 '베사메무초'에 나오는 노랫말 중 '리라꽃'이 무슨 꽃인지도 몰랐는데, 한참 뒤에 라일락인 줄 알았다.

라일락은 순 우리말 '수수꽃다리'의 영어식 이름이고, 정향丁香

은 중국식 이름이다. 그 외에도 수수꽃다리 속에 속하는 나무로는 개회나무, 털개회나무 등 여러 종류가 있는데, 그 중에도 '미스김라일락'이 서구인들에게 가장 사랑을 많이 받고 있다.

미스김라일락엔 아주 특별한 사연이 들어있다. 해방 직후인 1947년 미 농무성의 미더Meader가 북한산 등반 도중 바위틈에 자라고 있던 작은 개화나무 종자를 채취하여 미국으로 무단 반입하여 난쟁이라일락으로 육종해서 '미스김라일락'이라는 이름으로 특허 등록한 품종이다.

원래 이름을 몰랐던 미더는 적당한 이름을 고르고 있던 중 당시 식물자료 정리를 도왔던 한국인 타이피스트의 성을 따서 '미스김라일락'으로 이름 지었다.

미국과 영국의 화훼시장에서 큰 인기를 끌고 있는 미스김라일락은 처음 꽃봉오리가 맺힐 때는 진보라 색을 띠다가, 봉오리가 열리면서 연한 보라색인 라벤더 색으로 점차 변하여 만개했을 때는, 백옥같이 흰색이 되고, 그윽한 향기를 뿜기 때문이다.

내한성이 강해서 혹한에도 잘 견디고 어른 키를 넘지 않을 정도로 크기도 알맞고, 잎도 작은 편이라 관상용으로 안성맞춤이라 라일락 중 여왕으로 대접받기에 충분한 꽃이다. 일반 라일락보다 묘목 값이 2배 이상 비싼데도 수요가 딸릴 정도로 인기가 높다. 우리가 그 진가를 모르고 무심한 사이에 우리의 소중한 자원들이 해외로 빠져나가 비싼 대가를 치루고 역수입되고 있는 실정이다. 모르면 당하는 것이 세상의 정한 이치다. 어느 분야건 진가를 아는 데는 선각자의 혜안이 절실히 요구된다. 향파香坡

김기용金琪容 선생은 난에 관한한 혜안을 지닌 선각자였다.

일찍이 제주한란의 진가를 알고 이를 개발하고 보급하기 위하여 수십 차례나 한라산을 오르내렸다. 그리하여 제주한란이 천연기념물로 지정되는 데 지대한 역할을 하였다.

식물도 자생하고 있는 나라의 국력에 따라 대접받는 것은 설명이 필요치 않은 일이다. 어디 식물만 그러하겠는가.

6.4지방선거의 열기가 달아오르고 있다. 출마자 중에는 난의 명품처럼 참신하고 멋진 후보도 있으리라. 유권자의 혜안만이 후보자의 진위를 가려낼 수 있을 것이다. 행여 참신하고 멋진 후보자를 놓치어 4년간 속앓이를 하지나 않을는지 적이 염려스럽다.

벚꽃의 개화 기간을 두고 조물주의 배려가 깃들어 있다고 말하는 이도 있다. 만약 벚꽃이 한 달 동안 핀다고 한다면 미치지 않을 장사가 없다는 말이 설득력을 갖는다. 꽃비가 드날리는 환장할 봄날에 물 때, 설 때를 아는 백마 타고 오는 초인을 기다림이 어쩌면 부질없는 일인지도 모를 일이라 심사가 꽤나 복잡하다. 사람이나 식물이나 그 진가를 제대로 대접받는 세상이 되었으면 좋으련만.

징비록(懲毖錄)에 대하여

우수가 지나고 개구리가 겨울잠에서 놀라 깨어난다는 경칩驚
蟄이 코앞으로 다가왔다. 때 되면 제 발로 찾아오는 봄인가 했는
데, 꽃샘추위에다 불청객 황사까지 해코지를 하고 있으니 세상
에는 쉬운 게 없다.

3.1절이던 지난 1일 방영된 드라마 '징비록'을 관심 있게 지켜
보았다. '징비록'은 KBS의 광복 70주년 특별 대하드라마로, 조선
왕조 최대의 위기였던 임진왜란(1592~1598)을 배경으로 조정을
이끈 선조와 재상 류성룡을 비롯한 조정중신들의 사투를 그리는
것으로 제작 준비기간 1년에 총 제작비만 110억 원 가량 들어간
다고 한다.

올해는 일제의 억압 사슬에서 벗어난 해방 70주년이 되는 해
이고, 한일국교정상화가 이뤄진지도 50년이 되는 해이다. 세계
유일의 분단국가이자 세계 열강의 틈바구니에 끼어 언제 임진왜
란과 같은 전쟁을 치르게 될지 모르는 불안감을 안고 사는 우리

에게 드라마 '징비록'이 어떤 메시지를 전해줄지 자못 흥미롭다. 일전 청문회에서 심각한 내상을 입어 국정동력의 상실까지 염려하고 있는 국무총리를 비롯하여 청와대 비서실 인선을 마무리하고 집권 3년차 채비를 마쳤다고 한다. 그렇긴 하나 마무리 하였다고 하는 인선에 대한 평가는 하나같이 걱정 반 우려 반이다.

성인聖人도 여세출與世出이라 하였으니 난세라 일컫는 오늘날에 나타날 위인을 그리며, 류성룡 선생과 징비록을 살펴보는 것도 의미 있는 일이라 여겨진다.

징비록懲毖錄의 저자 류성룡柳成龍(1542~1607)은 1566년에서 1598년까지 만 32년 동안 관직에 있었다. 그것도 대사헌, 대제학, 병조판서, 이조판서, 우의정, 좌의정, 그리고 영의정 등 초기의 청직淸職 외에는 정부의 요직을 두루 거쳤다. 그가 전시 수상인 영의정과 군 최고사령관격인 도체찰사都體察使를 맡았던 임진왜란 당시 조선은 어떠했을까. 침략한 왜구에 맞설 힘이 없었던 조선은 자신의 땅을 전쟁마당으로 내주었다. 왜와 명의 싸움에 백성이 죽고 가축과 곡식이 강탈당해도 왕과 신하들은 도망가기에 바빴다. 장수는 싸울 엄두를 내지 못하고 병졸들은 무기조차 없었다.

율곡栗谷은 상소문에서 "조선은 날로 심하게 썩어 하루가 다르게 붕괴되어 가는 한 채의 큰 집이다. 기둥을 바꾸면 서까래가 내려앉고, 지붕을 고치면 벽이 무너지는, 어느 대목도 손을 댈 수 없는 집"이라고 했다.

류성룡은 임진왜란 6년 7개월 중 만 5년을 온몸으로 전쟁을 치르고 생생한 고통의 기록인 징비록을 남겼다. 징비록을 저술한 동기에 대하여 그는 자서自序에서 이렇게 말했다.

"'징비록'이란 무엇인가. 임진란 뒤의 일을 기록한 글이다. 그 중에는 간혹 난 이전의 일까지 섞여 있는 것은 난의 발단을 밝히기 위한 것이다. 생각하면 임진의 화禍야말로 참담하기 짝이 없는 일이었다. 10여 일 동안에 세 도성(한양, 평양, 경주)이 함락되었고 온 나라가 모두 무너졌다. 이로 인하여 임금이 파천까지 했다. 그러고도 오늘날이 있다는 것은 진정 하늘이 도운 게 아니라고 누가 말했겠는가. 시경詩經에 이런 말이 있다. '내 지나간 일을 징계하고 뒷근심이 있을까 삼가노라' 이것이 바로 내가 '징비록'을 쓰는 연유라 하겠다."

징비록은 동 시대인에게는 '징계의 채찍'으로, 후손들에게는 '경계의 교훈'이 되게 하였다. 적에 대한 원망이 아니라, 우리의 허물을 낱낱이 들춰냈다. 여기에 더 나아가 적인 왜의 조총이나 병법 등을 보태 다시는 아픈 과오를 되풀이 하지 말라는 사무치는 가르침이었다. 그러나 후세 사람들은 듣지 않았고 읽지 않았다. 읽으면 깨우치련만 읽지 않아 깨우치지 못했다.

벼슬길에서 나와 고향 안동에서 집필 3년 만에 끝낸 이 책은 그가 그토록 경계했던 일본에서 일찍부터 가치를 인정받아 1695년 국책사업의 성격으로 '징비록'을 출간했다.

전쟁을 책임지는 자로서의 의무를 다하기 위해 분투하는 처절한 과정은 그들에게도 충격이었을 것이다.

징비록을 읽지 않은 조선은 300년 뒤 저항 한 번 해보지 못하고 징비록을 읽은 일본에게 송두리째 나라를 넘기고 말았다. 징비록의 진가가 전쟁을 일으킨 측에 의해 비로소 인정받았다는 것은 아이러니가 아닐 수 없다.

나라의 앞날을 근심하는 이 때, 32년간 긴 관직생활 중 영의정으로 물러날 때까지 유배 한 번, 탄핵 한 번 받지 않은 류성룡 선생이 어떤 인물인지 궁금해진다. 탄핵은 물러날 때 뿐이었다.

당시 백성들과 조정 신료들에게서 존경받은 류성룡 선생에게는 세 가지 특별한 점이 있었다.

첫째는 청렴하였다. 요직을 두루 거쳤으나 밝고 강직하여 정작 낙향할 때는 차비가 없었고, 가족들의 장례를 치를 때 비용걱정을 할 정도로 청렴하였다.

둘째는 겸손하였다. 그는 높은 지위에도 거들먹거리지 않았고 대접받기를 원치 않았다. 전란기간 중 혁혁한 성과를 거두었지만 늘 겸손해 백성과 신료들의 두터운 신뢰를 얻었다.

셋째는 책임질 줄 알았다. 책임지는 공직자로서 최선이 안 되면 차선이라도 실현시키려고 노력하였고, 절대 포기를 모르는 합리적이고 현실적이었다.

'가빈사현처 국난사양상家貧思賢妻 國難思良相'이라 했다. 집이 가난하면 어진 아내를 생각하고, 나라가 어지러우면 어진 재상을 생각한다는 말이다.

오늘따라 서애 선생에 대한 존경심으로 가슴이 뜨거워짐을 느낀다. 징비록 바람이 일고 있다. '징비록' 사극 방영과 함께 징비록 관련 서적들이 출간 붐을 타고 있다고 한다.

우리는 행여 류성룡 선생을 '이순신과 권률을 천거한 사람' 정도로 알고 있거나, '징비록' 또한 시험에 나오니까 외워둬야 할 책 제목으로 치부하고 있었던 것은 아닌지 되돌아 보았으면 한다.

　침략의 근성을 버리지 못하는 일본은 70년 전의 체제에 향수를 느껴 야욕을 노골적으로 드러내고 있다. 과거를 잊은 민족에게 미래란 없다고 하지 않던가.

　편안한 마음으로 드라마 '징비록'을 즐기기만 하는 한 극일은 요원한 일이라 믿는다.

전문가가 대접받는 세상

추석을 지나 한로寒露로 치닫는 계절의 내리막길이 어찌나 속도가 빠른지 가늠하기조차 힘든다. 이제 하늘은 자꾸만 높아져가고 냇물은 흐르는 소리가 차갑다. 들판의 벼는 벼대로 고개를 숙여가고 감나무의 감들은 하루가 다르게 볼을 붉히고 있다.

이 좋은 계절에 거제문화예술회관을 중심으로 거제예술제가 열리고 있다.

어제(5일)엔 예술제 개막식이 있었다.

거제예술제는 1994년에 처음으로 개최되어 올해로 22회째를 맞고 있다. 개막식장인 문예회관 대극장 관람석에서 감회에 젖었다.

한 사람이 그리웠다. 그는 석오 이영호 선생이다. 경북 봉화 출신인 석오 선생은 올해로 팔순이다. 그는 50대 후반에 거제예총과 거제문협을 창립했다. 이 척박한 땅에 그가 뿌린 예술의 씨앗이 이제 튼실하게 열매를 맺고 있다.

이날 개막식엔 기억할 두 가지 일이 있었다.

첫째는 작년까지 매년 빠지지 않고 21회까지 시상한 거제예술상 수상자가 없다는 점이었다. 사유를 알고 나서는 신선한 감동을 받았다. 사유인즉 심사위에서 만장일치로 수상 후보로 선정된 음악협회 전 지회장 S씨가 나이도 어리고 공적도 없다며, 한사코 수상을 사양하는 바람에 올해엔 수상자를 내지 않기로 했다는 것이었다. 상이라면 그것도 권위 있는 상이라면 이를 받고자 난리 부르스(?)를 추는 세태임을 미루어 보면 순수한 뜻의 사양은 잔잔한 감동을 안겨주고도 남음이 있었다.

둘째는 내빈 소개 때의 일이다. 사회자가 제일 먼저 백면서생인 필자를 소개했다. 순간 귀를 의심하였다. 크고 작은 행사 때마다 제일 먼저 소개되는 소위 주빈을 젖혀두고 말석을 어지럽히고 있는 명색의 예술인을 먼저 소개하다니 귀를 의심할 수밖에. 식상하게 들어온 변화 개혁이 이 예술제 개막식에서 일어나나보다 하고 조금은 흔연했다.

식이 끝난 후 사회자에게 메모지가 잘못 전달되어 일어난 헤프닝임을 알게 되어 김이 새긴 하였지만, 관람석에서의 상념은 이어갔다.

이런 자리에서 시장님이 축사 대신 청마 선생 시 한 수 암송한다든지, 가곡이라도 한 곡 멋들어지게 부른다면, 거기에다 참석한 시민들의 합창이 이어진다면 얼마나 아름다울까 하는 생각이 들었다.

이는 지난 6월, 오바마 미국 대통령이 찰스턴 흑인교회 총기난

사에 희생된 목사의 장례식장에서 추모식 도중 어메이징 그레이스(Amazing Grace)를 부르며, 고인을 추모하자 교회를 가득 채웠던 교인들이 일제히 일어나 함께 이 찬송가를 불렀다는 보도에 연유했다.

팍스 아메리카라는 말이 있다. 미국이 세계 평화의 주도권을 장악하고 있다는 것을 뜻한다. 비록 팍스 차이나라는 신조어가 생겨 앞으로 15년에서 20년 뒤가 되면 중국이 미국을 추월하여 세계질서 유지의 패권을 잡을 것이라는 관측이 나오지만, 그래도 민주주의라는 보편적 가치를 유지할 강국은 미국이라는 점에는 이견이 있을 수 없다고 본다.

이 기회에 미국이 왜 세계를 움직이고 있는지, 그리고 어떤 지도자와 국민이 있기에 이처럼 강국을 유지 발전시켜 오고 있는지를 살펴보기로 한다.

첫째는 미국의 대통령은 감성적이면서도 강력한 통합 능력을 가지고 있다.

둘째는 미국은 국회가 여소야대가 돼도 타협과 대화로 쟁점의 매듭을 풀어나가고 있다.

셋째는 국민이 법의 심판에 승복하는 자세가 미국을 강하게 만들고 그 힘으로 대통령은 맡은 소임을 소신껏 처리하고 있다.

넷째는 전문가가 최상으로 대접받는, 상식이 통하는 사회가 미국을 받치고 있는 근본적인 힘이란 사실이다.

이 네 가지 중 지면 관계로 네 번째인 대접받는 전문가와 통하는 상식에 대하여 살펴보기로 한다.

사회 어느 분야에서건 그 분야에는 최고의 전문가가 있다. 선진국일수록 전문가가 대접을 받는다. 집을 짓는 데는 집 짓는 전문가가 있고, 농사짓는 데는 그대로의 전문가가 있기 마련이다. 마찬가지로 전술전략에도 전문가가 있고, 정치에도 그 분야의 전문가가 있을 것이다.

몇 년 전 9.11 테러의 배후 주모자인 빈 라덴 사살작전 수행 시 특수부대의 활동을 지켜보는 오바마 대통령의 긴장된 모습을 TV에서 본 적이 있다. 당시 오바마 대통령은 특수부대 책임자를 가운데 회전의자에 앉히고 대통령 자신은 구석의 평의자에 앉아 턱을 괸 채 이 작전 모습을 참모들과 지켜보고 있었다. 대통령은 군통수권자인데 이 장면은 홀대도 이만저만 홀대가 아니다.

그러나 오바마는 특수부대장이 그 분야에는 최고의 전문가임을 인정하고 자기의 몸을 낮춘 것이다. 이 얼마나 감동적인 장면인가.

우리나라에는 목소리 큰 사람이 전문가다. 시위전문가, 막말전문가, 이루 셀 수 없을 정도로 전문가가 많다. 모두 자기가 전문가인 양 사회적으로 용인받고, 대접받고 싶어 하는 몰상식한 치외법권 지대의 사람들이다. 이들의 술수가 통하는 사회, 이 얼마나 씁쓸한 현실인가. 우리 거제에서도 미국 대통령처럼 시장이 노래 부르고 시민이 합창하는 모습을 볼 수 있을까. 예술제에 예술인들이 주빈이 되는 날이 언제일지, 그날을 기다려본다. 오늘따라 하늘이 너무 아름답다.

기부와 민심

사방 천지에 만추의 정취가 그윽하다. 그래서일까. 가을 풍경화의 화제畵題로 '10월 무서리를 맞은 단풍잎이 5월의 꽃보다 더 붉다'는 시월상엽 홍어오월화十月霜葉 紅於五月花가 많이 쓰인 것 같다. 울긋불긋 물든 나뭇잎에다 가로수로 심겨진 은행나무의 샛노란 잎사귀는 한결 운치를 더하건만 이태 전 황달에 식겁을 먹은 뒤라 애써 이를 외면하고 있다. 떠올리기만 해도 진저리쳐지는 황달의 추억은 한동안 아픔으로 남아있지 싶다.

올해는 태풍이 오지 않아 감의 작황이 좋은 것 같다. 대봉 같은 굵은 감이 달린 감나무 주변은 풍성하였는데 며칠 사이에 까치밥 하나 남기지 않고 다 따버려 썰렁하기 그지없다. 감나무 가지 끝에 남겨두는 까치밥은 겨울나기 어려운 날짐승에 대한 배려이건만 이것도 옛날 얘기가 되어가고 있다. 감나무의 높이도 낮아지고 씨알이 굵은 개량종만 심으니 그럴 수밖에 없겠지만 감나무에 대한 추억 하나가 사라지는 것 같아 쓸쓸하다.

지난 8월 20일부터 10월 15일까지 농업기술센터에서 도시농부학교 난 아카데미가 열렸었다. 수강생들에게 거제난연협회 회원들이 애장란들을 기증하여 주었다. 제 돈 안 아깝고 제 것 귀하지 않은 것이 있을까만 기부나 기증은 크건 작건 간에 사람들을 기쁘게 한다. 베풀고 나누는 즐거움이 어떠한지, 아는 사람은 안다. 통큰 기부는 지금도 회자되고 있다.

미국의 워렌 버핏은 금세기 최고의 투자전문가로 꼽힌다. 21세기 최고의 펀드매니저, 오마하의 현인 등의 별명을 지닌 버핏은 1930년 생으로 올해 만 85세이다.

빌 게이츠, 멕시코의 통신재벌 카를로스 슬림에 이어 최고 부자 3위에 오른 그는 "죽은 후에도 부자인 것처럼 부끄러운 것은 없다"면서 재산의 대부분을 살아 있을 때 기부하기로 하여 세계의 찬사를 받았다.

그런가 하면 개인 재산이 21조 원이라고 하는 언론 재벌이자 뉴욕시장인 블럼버거는 "당신 자식들이나 후손들이 잘 살아가는 모습을 보려거든 세상을 좋은 곳으로 변화시키는 기부문화에 동참하라"고 호소하고 있다.

서양에서는 진즉부터 돈 많은 부호들이 그 동안 번 돈을 사회환원이라는 명목으로 기부문화에 동참해 왔다. 노블레스 오블리쥬를 실천하기 위하여 오래전부터 기부문화가 정착돼 왔음을 우리는 잘 알고 있다.

스웨덴의 노벨재단이나 미국의 록펠러, 카네기재단 등이 모두 부호들의 기부에 의해 설립되었다. 워렌 버핏에 의하여 재산의 절반을 기부하기로 약속한 40명의 기부 약속 금액은 무려 1천2백억 달러, 우리 돈으로 약 140조에 이르고 있다. 사우디의 빈 탈랄 왕자는 320억 달러의 전 재산을 기부하겠다고 하여 세계적인 화제가 되기도 했다.

우리나라에도 통큰 기부가 있었다. 우당 이회영 선생이 수 조 원의 재산을 헐값에 처분하여 독립운동에 바친 것이나, 유일한 박사가 구두 2켤레, 양복 2벌을 남기고 떠나면서 전 재산을 교육재단에 출연한 것이 그 예이다.

지난 8월 대림산업 이준용 회장이 자신의 전 재산 2천 억을 통일나눔재단에 기부했다는 보도가 있었다. 그는 후손을 진정으로 위하고 후손에게 줄 수 있는 가장 큰 선물은 통일이라는 생각에 전 재산을 내놓기로 한 것으로 알려졌다. 그것도 보통 재벌들이 기부하는 방식과는 달리 자신과 무관한 재단에 기부하기로 하여 많은 사람들의 찬사와 갈채를 받았다.

그동안에도 재벌들이 거액을 기부한 경우가 없었던 것은 아니지만, 대부분 차명계좌나 탈세 등으로 궁지에 몰린 재벌들이 여론 호도의 방편으로 사용됐었다.

우리나라의 대부분의 재벌들은 경제개발이라는 정부 보호막 하에 각종 특혜나 탈세, 불법 등으로 부를 축척해왔다. 그래서 웬만한 부정에는 양심의 가책을 느끼지 않는 것이 사실이다. 반면 서양은 수백 년을 올바른 자본주의 질서 하에서 부를 축척해 왔기 때문에 부정한 방법으로 부를 쌓는 것을 부끄럽게 생각해왔다.

지금까지 재벌들의 전횡과 탈세 등으로 국민의 신뢰를 저버렸던 대기업 총수가 선뜻 전 재산을 환원했다는 점에서 우리나라에도 기부문화의 새 장을 열어가는 것이 아니냐는 기대와 공감을 불러일으켰다.

　우리나라의 기업 풍토에서 재산은 자식에게 물려주는 것이라는 통상적인 정서를 뛰어 넘은 이 빅뉴스에 국민들의 마음은 상쾌하였으리라 믿어 의심치 않는다.

　더욱이 한진그룹의 '땅콩회항 사건'과 롯데그룹의 '형제의 난' 파동으로 재벌에 쏟아지는 비난이 고조되던 시점에서 이같이 거액 기부를 밝힌 것은 하나의 큰 사건이라 아니할 수 없다.

　부자 삼대를 못 간다는 말이 있다. 여론 악화의 유탄을 피하지 못한 롯데의 월드타워점 특허권 수성실패는 시사하는 바가 크다. 조락凋落을 재촉하는 가을비가 내린다. 빗줄기 속으로 까치밥의 의미를 되새겨본다.

　올 겨울은 따뜻하면 좋으련만.

풍란과 백이 숙제(伯夷 叔齊)

  사방 천지가 온통 벚꽃인가 싶더니 달포도 되지 않아 산야가 신록으로 변했다. 말도 많고 탈도 많은 세상이건만 자연은 이를 거들떠보지도 않고 제 갈 길을 가고 있다.

  요 며칠 한 눈 파는 사이 풍란이 마알간 뿌리를 내렸다. 겨울을 나기 위해 몸에 있는 습기를 털어내어 잎새에 빈티가 가득했는데, 어느새 물이 올라 새 뿌리까지 내릴 정도로 모양새를 갖추었다.

  풍란 중에 나도풍란이 있다. 대엽풍란이라고도 하는데, "너만 풍란이냐 나도 풍란이다"하는 데서 붙여진 이름이다.

  마치 나도밤나무식이다. 이 나도풍란 중 잎이 망개나무 잎처럼 동글동글하게 생긴 것이 애호가들 사이에 인기가 높다.

  물론 개량종이다. 동글동글한 나도풍란의 잎을 보고 있노라니, 때가 때인지 동글한 이완구 총리의 얼굴이 오버랩되었다.

  성완종 리스트의 파문으로 사의를 표명한 이완구 총리의 임기가 27일로 마무리되었다. 재임기간 70일의 단명으로 기록되는 이완구 총리의 낙마를 지켜보는 국민들은 좌절을 넘어 슬픔을 느꼈지 싶다.

지난 3월 1일엔 세계에서 가장 검소한 대통령으로 불린 호세 무히카 우루과이 대통령(80세)이 퇴임하였다.

퇴임하던 날 그는 자신의 트레이드마크인 1987년형 하늘색 폴크스바겐 비틀을 손수 몰고 대통령궁을 떠났다. 대통령에 당선 됐던 5년 전에도 그는 이 차를 직접 몰고 출근했다.

거리엔 많은 시민들이 나와 '굿바이 페페(할아버지)'를 외치며, 떠나는 대통령을 배웅했다.

왜 그랬을까? 이유는 간단하다 그가 검소하고 청렴했기 때문이다. 무히카 대통령은 취임 당시 자신의 재산으로 1,800달러(약 190만 원)을 신고했다. 낡은 승용차가 사실상 전부였다.

대통령 재임 중에도 월급 1만 2천 달러(약 1,300만 원) 가운데 90% 이상을 자신이 속한 정당과 사회단체, 서민주택 건설사업에 기부했다.

무히카 대통령은 지난해 아랍의 한 부호로부터 28년 된 낡은 폴크스바겐 비틀을 100만 달러(약 11억 원)에 사겠다는 제안을 받았다.

하지만 무히카 대통령은 사고로 다리를 하나 잃어 운신이 불편한 자신의 애견이 그 차를 좋아하기 때문에 팔지 않겠다고 거절했다.

우루과이 국민들은 그를 열렬하게 지지한다. 물러나는 대통령의 지지율이 65%에 이르렀다. 당선 당시 지지율 52%를 뛰어넘는 수치다. 이런 지지율 밑바탕엔 비단 그의 검소한 모습만 작용한 것이 아니다.

주말에 농사를 짓고, 태풍이 오면 이웃의 집을 고쳐주기 위해 뛰어다니는 와중에도 재임기간 평균 5%의 경제 성장률을 달성했다.

현재 우루과이는 국내 총생산(GDP)이 16,000달러 이상으로 남미에서 가장 부유한 국가이다. 또 지난해 발표된 국제투명성기구(TI)의 부패 인식지수 순위에서 세계 21위에 오르는 등 남미에서 가장 부패가 적은 나라이기도 하다.

우리는 흔히 청렴결백의 상징으로 백이 숙제伯夷 叔齊를 생각한다. 그들은 은殷나라의 신하로서 주周나라에 충성을 바칠 수 없다고 결심했으며, 주나라의 곡식을 먹는 것조차 부끄럽게 생각했다.

그리하여 그들은 수양산首陽山에 들어가 고사리를 캐먹다가 마침내 굶어 죽었다. 그들의 절개가 과연 오늘날 우리의 현실사회에서 그대로 적용될 수 있는가에 대하여는 문제가 없지 않다.

그러나 그들이 그토록 의리와 염치를 알고 털끝만한 양심의 거리낌에도 가담하지 않으려는 정신적 자세는 오늘의 소위 국가지도자에게도 큰 교훈이 되어야 함은 너무 당연하다.

물론 우리는 굶고 가난한 청빈보다는 배부르고 넉넉한 번영을 바란다. 그러나 국민을 배불리 먹여 살릴 수 있는 권력은 언제나 청빈하여야 한다. 권력이 살찌면 국민은 가난해지고 권력이 결백할 때에야만 비로소 국민이 살찌기 때문이다.

번영을 향하여 나아가는 우리의 현실 속에서도 돈에 결백한 한국의 백이 숙제는 여전히 요청된다.

다만 오늘의 백이 숙제는 돈을 떠나서 돈에 결백한 사람이 아니라, 돈을 다루고 국민은 배불리하면서도 스스로 돈에 초연한 사람을 말한다.

부정부패가 그 당사자를 살찌우는 것으로 끝난다면 문제는 그리 심각치 않다. 그러나 그 파급효과는 그렇게 간단치 않다. 부정, 부패 행위자의 몰염치한 치부致富의 이면에는 허덕이는 대중의 생활고가 있고 시들어 가는 국가의 운명이 있다.

일찍이 마케도니아 왕 필립은 "황금을 실은 마차가 들어갈 수 있는 곳이라면 어디든지 점령할 수 있다"고 했다.

돈으로 매수할 수 있는 곳이라면 어디나 다 정복할 수 있다는 뜻이다.

전쟁에 의해서 빼앗긴 곳에는 싸우다가 죽은 전사의 넋이라도 남는다. 그러나 부패로 망한 곳에는 수모와 한탄 이외에 무엇이 남겠는가.

성완종 리스트로 밤잠 설치는 사람이 한 둘이 아니지 싶다. 늦었지만 그들에게 풍란을 길러보라 권하고 싶다. 땡볕에 나신 裸身을 굽고 있는 풍란은 속살까지 내보이고 있으니 감출 것도 숨길 것도 없다.

작설 같은 이파리에다 꽃이 피면 단내까지 풍기고 있으니 얼마나 의젓하고 당당한지 모른다.

　풍란에 부끄럽지 않게 살자. 아무렴 사람이 풍란보다 못해서야 그게 어디 될 말인가. 그것도 나라의 지도자라는 사람들이 말이다.

돌사람(人相石)에 거는 기대

　만개한 벚꽃으로 해서 온 세상이 요란하더니 언제 그랬냐는 듯이 산야는 시치미를 떼고 송화를 날리고 있다. 작년 이맘때는 이곳 예술랜드가 세 차례나 TV에 소개돼 새벽부터 관람객이 찾는 통에 대박의 꿈에 부풀었다. 그랬는데 웬걸, 호사엔 다마라던가. 난데없는 메르스란 놈 때문에 대박의 꿈은 일장춘몽이 되고 말았다. 입맛을 다시며 문출래복임을 자탄하다 마음을 다잡고 '인상석' 제작에 매달렸다.

　인상석은 사람 얼굴 형상을 하고 있는 머릿돌에다 길쭉한 몸통돌과 넓적한 받침돌을 이어 붙인 돌사람을 말한다.

　1,500점을 만들기로 했는데, 올해 들어 근근이 목표달성을 할 즈음 어떻게 알았는지 채널A '신 대동여지도' 제작팀에서 촬영교섭이 오는 등 새로운 조짐이 보이기 시작해 기대에 차 있다. 나는 삼십 수 년 전 풍란석부작을 창안했다.

　수석을 탐닉하다 난에 빠지게 되었고, 수석과 난을 한꺼번에 즐기는 방법으로 풍란석부작을 창안하게 된 셈이다. 빼어난 입석경의 수석에 풍란을 부착시키면 풍란이 뿌리를 잘 내려주었다. 절처에 자리한 풍란을 즐기는 맛이 어떤지는 아는 사람은 안다.

하지만 빼어난 입석을 만나기가 쉽지 않다. 생각다 못해 석부작용 입석을 제작하기로 맘을 먹었다. 수석은 자연석이 기본이자 전부다. 돌에 손을 대는 것을 금기시하고 있다. 돌에 손을 댄다는 것은 밑면을 절단하거나 수마가 덜된 부분을 샌드페이퍼로 문지르는 것 등을 말한다. 손을 댄 돌은 아무리 모양새가 빼어나도 하품 취급을 받는다. 입석 제작은 돌을 자르고 이어붙이는 일이니 애석인들이 금기시하는 바로 그 일이다. 애석인임을 자처하던 내가 수석을 한 지 20년 만에 스스로 금기를 깨고 말았다.

돌에다 손을 대고 보니 새로운 작품세계가 보였다. 말하자면 발상의 전환이었다. 이 발상의 전환은 내 삶을 바꾸어놓았다. 이때부터 시작된 입석 제작은 그 크기가 작게는 1m, 크게는 6m에 달한다.

15년에 걸쳐 1,000여 점을 완성하고는 '거제 장가계'라 이름 했다. 그리곤 제작기법을 특허 등록했다. 앞에서 말한 1,500여 점의 돌사람 제작도 석부작용 입석 제작기법에 따른 것이다.

'고여 있는 물은 썩는다'는 말은 지금의 시대에 되새겨 볼 명언이다. 머리를 회전시켜 새로운 방법을 생각해 내고, 고안한 것을 재빨리 상품화하는 민첩성이 없고는 시대를 따라잡기 어렵고, 성공자의 대열에 끼기 어렵다.

요즘 모든 옷에 지퍼가 달려 있다. 남방이나 외이셔츠에 지퍼를 달면 좀 우습고 고급 모피코트에 달면 품위 면에서 문제가 있지만, 여성들의 긴 구두에 반드시 지퍼가 달려 있고, 남자 구두에도 그것을 붙인 것이 많다. 그러나 처음 지퍼를 발명한 사람은 별 재미를 못 봤고, 그 기술을 사서 지퍼를 생산한 사람은 쫄딱 망했다.

1893년 미국의 지트슨이라는 사람이 구두끈 매는 일이 귀찮아서 구두에 붙이는 지퍼를 처음 발명했는데, 그는 이 기술을 워커라는 육군 중령에게 팔았고, 워커는 지퍼 제조공장을 만들어 지퍼달린 구두를 생산했다. 그러나 관심 있게 쳐다보는 사람이 별로 없었다. 막대한 투자를 하고도 팔리지 않아 워커는 파산지경이 돼 그냥 주듯이 지퍼공장을 넘겨버렸다.

이 공장을 산 사람은 양복점 주인이었다. 그는 지퍼를 돈지갑에 붙일 생각을 했다. 동전이 흘러나가지 않고 간편하다는 데 착안했다. '구두 지퍼'에서 '돈지갑 지퍼'로 착상을 바꾸자 그것은 대성공이었다.

1921년 미국 굿리치 회사는 지퍼를 점퍼에 달았는데, 그 또한 대선풍을 일으켰다. 지퍼 선구자 두 사람은 처량하게 됐고, 머리를 유연하게 굴려 지퍼를 유용하게 활용한 두 사람은 굴지의 부자가 됐다.

실패와 성공의 차이는 종이 한 장의 차이지만, 그것은 '굳은 머리'와 '회전하는 머리'의 차이고, 그 결과는 천당과 지옥이다. 변화를 모색하지 않으면 퇴출되고 만다는 중한 교훈이다. '발상의 전환'이 아무에게나 오는 것은 아니다. '높이 나는 새가 멀리 본다'는 원리를 생각하면서 언제나 새로운 것을 찾아 탐색하는 사람에게만 그 새로운 발상이 선물로 주어지는 것이다.

1,000여 점의 '거제 장가계'와 1,500여 점의 '돌사람', 이를 만드느라 호흡기 질환에다 퇴행성관절염까지, 육신은 만신창이가 되었으나 돌과 난에 빠진 45년의 결과물이기에 보람으로 여기고 있다. '거제 장가계'는 농업개발원 일우에 조성되고 있는 거제자연생태공원이 개장되면 그 때 선보일 것이고, '돌사람'은 2014년 12월 10일부터 2015년 1월 10일까지 거제문화예술회관 전시실에서 개최된 '거제 사람들' 기획전시에 80점이 출품되어 관심을 모은 바 있다.

뉘 알리오. 발상의 전환으로 만들어진 두 가지 작품들이 우리 거제를 대표하는 관광 상품이 될는지. 돌사람과 눈을 맞추다 봄날이 저무는 줄 몰랐다.

어화 둥둥 태평성대….

사람 만들기

늦더위로 한낮의 기온이 만만치 않지만 하늘색과 바람의 느낌이 다르다. 들녘의 풍요로움에 화답이라도 하는 양 숲의 색깔이 고아高雅함을 더해간다.

이런 계절엔 명창정궤明窓淨几니 등화가친燈火可親이니 하는 말이 단골로 등장한다.

등화가친은 중국 당대의 한유韓愈가 지은 시 '부독서성남시符讀書城南時'에서 유래됐다.

문장가요, 정치가요, 사상가로 당송 8대가의 한 사람인 한유는 자식 교육에도 남다른 관심을 가져 아들에게 독서를 권장하는 시를 지어 보냈다.

시의 원뜻을 한글로 옮기면 "때는 가을이 되어 장마도 마침내 개이고 서늘한 바람은 마을에 가득하다. 이제 등불을 가까이 할 수 있으니 책을 펴 보는 것도 좋지 않겠는가"이다.

등화가친의 계절에 어울리게 정부는 1994년부터 매년 9월 한 달을 독서의 달로 정했다. 한국 사람들은 책을 읽지 않는 것으로 알려져 있다. 책을 읽지 않으니 오죽하면 독서의 달까지 정했겠는가.

옛날 사람들에게 글과 책은 출세의 유일한 수단이었다. 입신양명의 길은 벼슬에 있고, 벼슬을 하려면 과거에 급제해야 하고, 과거에 급제하려면 책을 부지런히 읽어야 했다. 급제 중에서도 장원급제, 여기에다 인생의 전부를 걸었다. 자나 깨나 책을 읽고 글공부를 했다.

세상이 바뀌어 독서가 입신양명에 직결되는 시대가 아니게 되었다. 더욱이 책을 많이 읽는다고 해서 남의 존경을 받는 것은 호랑이 담배 피우던 시절의 옛날 얘기가 되었다. 성실과 노력보다는 요령과 눈치가 실효를 거두는 사회에서는 정신의 영역이 푸대접 받기 일쑤다. 재치 있게 눈치 빠르게 남보다 한 발자국이라도 앞질러가는 자만이 우위를 차지한다. 이런 풍토에서 책이 읽혀질 까닭이 없다.

콘텐츠가 경쟁력의 원천인 지식산업시대가 개막됐지만, 출판계는 불황으로 아우성이다. 서민들은 책 구입에 지갑을 열지 않는다. 지난해 전국 2인 이상 가계가 도서구입에 쓴 비용은 월평균 18,690원으로 2003년 이래 최저를 기록했다.

불안에 시달리며 힘겨운 일상을 이를 악물고 견디고 있는 이들에게 독서는 어쩌면 사치라고 할런지도 모를 일이다.

하지만 역경을 딛고 최고가 된 사람들은 책을 읽었다. 그래서 책은 사람을 위대하게 만든다고 했다. 책을 읽지 않고 최고가 된 사람이 있긴 하다. 그러나 책을 읽었기에 최고가 된 사람은 더 많다.

교보문고를 설립한 신용호, 정주영 같은 경영인을 비롯하여 에이브러햄 링컨, 빌 게이츠, 오프라 윈프리, 버락 오바마, 나폴레옹, 윈스턴 처칠, 마오쩌뚱도 젊은 시절 엄청난 양의 독서를 했고, 평생 책을 읽었다.

21세기 혁신의 아이콘 스티브 잡스는 이렇게 말했다.

"나의 창조적인 원천에는 대학시절에 했던 고전 읽기 100권 프로그램이 결정적인 영향을 미쳤다."

책을 읽지 않고 최고가 된다는 것은 상상도 할 수 없는 일이다. 어떤 분야에서건 책을 읽지 않고 최고가 되려는 것은 씨앗을 뿌리지 않고 열매를 거두려는 것처럼 어리석은 일이다.

'일일부독서 구중생형극一日不讀書 口中生荊棘'. "하루라도 책을 읽지 않으면 입안에 가시가 돋는다"는 안중근 의사의 말이다. 하루라도 책을 읽지 않으면 가시가 돋는다니 어찌 보면 심하게 과장된 말 같으나, 안중근 의사는 죽기 직전까지 이를 실천한 위인이었다.

사형집행 직전 일본 관리는 "사형을 집행하려 합니다. 죽기 전에 마지막 소원이 있습니까. 있다면 무엇입니까?"라고 물었다.

그는 잠시의 망설임도 없이 "5분만 시간을 주십시오. 아직 책을 다 읽지 못했습니다."

생애 마지막 5분을 책읽기로 보냈다. 그는 읽던 책을 다 보고 나서 일본 관리에게 고맙다는 말을 남긴 채 형장의 이슬로 사라졌다.

그 후로 중국에는 "혁명가가 되려거든 쑨원孫文처럼 되고, 대장부가 되려거든 안중근처럼 되라"는 말이 생겨났다.

비범했던 안중근 의사의 저력은 책읽기에서 비롯되었지 싶다.

지난 7월초 청마 북만주 문학기행단의 일원으로 하얼빈역의 안중근 의사 기념관을 둘러보았다. 기념관은 하얼빈역의 귀빈대기실의 일부를 개조한 것으로 한중친선의 의미로만 마련된 것이라 생각하지 않는다.

제 7대 거제시의회 첫 번째 행정사무 감사에서 일부 시의원의 자질이 논란의 대상이 되었다는 보도가 있었다.

책 읽기를 권한다. 책을 많이 읽으면 사람이 달라진다. 생각이 달라지고 태도와 행동도 달라진다. 한 명의 인간이 바뀌면 결국 세상도 바뀐다.

"사람은 책을 만들고, 책은 사람을 만든다"는 대산 신용호大山愼鏞虎 선생이 남긴 말이다. 교보문고 창립 하나만 두고도 그의 아호 "대산大山"이 그에게 걸맞다고 나는 여긴다. 오늘따라 명창정궤明窓淨几가 가슴에 와 닿는다.

섣부른 판단

　청양青羊의 해라는 을미년이다. 2015년을 맞는 감회가 예사롭
지 아니하다. 올해 7월 23일이면 애환이 서린 이곳 자연예술랜드
를 개장한지 20주년이 되기 때문이다.

　새해 첫날 전시실의 석부작을 비롯한 작품들에 물을 주는 것
으로 아침을 열었다. 호흡기에 탈이 난지 오래인지라 산에 올라
해맞이를 하는 것은 언감생심이었다. 모터에 연결된 물 호스로
한 시간여 물을 주는 동안 만감이 교차했다.

　20년의 세월동안 그 원수 같은 돈이며, 연례행사처럼 치른 병
치레에 시달리면서 용케 죽지 않고 살아있는 자신이 대견스레
여겨졌다.

　"여기까지 잘 왔다"고 내가 나를 위로하면서 한숨을 길게 내
쉬었다.

　물을 주다말고 '해탈解脫'이라 이름붙인 돌 앞에 한참을 서 있
었다. 해탈은 큰 수박만한 크기의 현무암보다 조금 강한 석질의

돌이다. 해골형상을 하고 있는 해탈은 어찌 보면 섬뜩할 정도로 인상이 고약하다.

나는 근 10년 전부터 인상석 제작에 열을 올려왔다. 그 무렵 우리 거제에 전해오는 서복전설에 관심을 갖고서다.

전하는 바로는 진시황의 방사인 서복은 동남동녀 3천 명과 함께 불로초를 찾아 동도했다고 한다. 명색이 관광업을 하는 나는 동남동녀 3,000명을 인상석으로 재현하고 싶었다. 이는 상당한 볼거리와 스토리텔링이 되리란 기대에서였다. 제주도 설문대할망 전설에서 힌트를 얻은 셈이다.

설문대할망은 제주도 창조신인데 설문대하르방과의 사이에 500아들이 있었다. 하루는 사냥나간 500아들에게 먹일 죽을 끓이다가 그만 가마솥에 빠져 죽고 말았다. 유난히 맛이 있는 죽을 먹던 아들들이 할망이 솥에 빠져 죽은 것을 알고는 슬피 울다 영실기암의 500장군이 되었다는 전설이다.

처음 3,000개의 인상석 제작은 무리다 싶어 500개를 목표로 했다. 그러는 사이 세월이 흘러 500개가 1,000개로 변했고, 지금은 1,500개를 목표로 하고 있다. 제작된 숫자도 1,200개에 이르고 있다. 말이 쉬워 1,200개지 시쳇말로 장난이 아닌 일이었다.

지난 해 말 문화예술회관 기획전시 '거제 사람들'에 출품된 인상석 80여 점은 이중 일부이다.

내가 제작하는 인상석은 인물상의 머릿돌에 적당한 크기의 몸통돌과 받침돌을 이어 붙인 것을 말한다. 해탈도 인물상으로 볼 수 있으나 머리통이 너무 큰 관계로 이에 걸맞은 몸통 돌을 구하지 못하여 좌대나 받침 없이 일반 형상석과 함께 화단에 연출해 두었다.

해탈의 패여 있는 부분에 물을 채우면 뼈꿈한 두 눈 사이로 고여 있는 물이 보인다. 이를 두고 원효대사가 마시고 득도하셨다는 해골물이라고 너스레를 떨면 보는 이마다 감탄해 마지않았다. 내가 해탈과 연을 맺은 지는 채 100일이 되지 않는다.

연을 맺은 사연은 이러하다.

인상석의 소재를 구한답시고 한 달에 두세 차례 진동에 있는 일육수석원에 들린다. 이곳에는 중국과 인도네시아산 수입석을 전문 취급하고 있다. 수석원 한 켠 돌무더기 속에 문제의 '해탈'이 놓여있었다.

인상석이라면 자다가도 벌떡 일어날 정도로 환장속이건만 이 친구는 영 내키지 않았다. 그도 그럴 것이 너무 고약한 인상에 정나미가 떨어질 뿐만 아니라, 그 정도면 가격 또한 만만치 않으리라 싶었다. 그러고서 몇 달이 지났건만 해탈은 아무도 거들떠보지 않는지 자리 보존하고 있었다. 나도 해탈과 몇 차례나 마주쳤으나 관심 밖이었다.

어느 날 가게 주인에게 지나가는 말로 가격을 물어보았다. 그랬더니 생각보다 훨씬 싼 값을 말하는 것이 아닌가. 그날따라 마음에 드는 돌이 보이지 않아 꿩 대신 닭이란 기분으로 해탈을 입수하게 된 것이다. 문제는 해탈을 화단에 연출하고 난 뒤에 생겼다. 패인 부분에 물을 채우는 순간 눈을 의심하였다. 세상에! 패인 곳에 물이 차니 동굴 속 비경이 나타난 것이다. 별 볼일 없다고 여긴 돌이 명석으로 둔갑하다니 어찌 놀라지 않겠는가.

40년 넘게 돌을 하고도 이런 명석을 몰라보다니 자괴감에 귓불이 달아올랐다. 주위 사람들로부터 돌귀신이란 칭호를 듣는 터라 원숭이가 나무에서 떨어진 정도로는 변명이 되지 않으니 그 부끄러움이라니, '해탈'이라 석명을 붙인 것도 이때였다.

해탈은 원효대사가 의상대사와 함께 당나라 유학길에 무덤 속에서 하룻밤을 보내면서 해골물을 마시고 득도하셨다는 일화에서 비롯된 것이다. '해탈'이란 작명으로 돌에게 용서를 구하고 미안함을 달랬다.

올해는 양띠의 해다. 유순하게만 보이는 청양靑羊, 그러나 그기상은 바르고 진취적이다. 눈을 크게 뜨고 세상을 똑바로 보자. 섣부른 판단과 시원찮은 안목으로 그르친 일이 어디 한 둘이던가. 연후에 문안을 드리듯 해탈을 알현하고 있다. 때로는 고인물을 마시고 싶은 충동이 일곤 한다. 그리곤 다짐했다. 사람이나 사물을 건성으로 대하거나 보지 말자고.

을미년엔 소외된 사람들이 대접받는 한 해가 되었으면 좋으련만.

공짜의 추억

찜통더위라는 말이 무색할 정도로 극에 달했던 더위가 한 발물러서고 있다. 어쩌면 그악스레 울어재끼는 말매미에 더위가학을 떼었을지도 모를 일이다.

지난 달 23일로 이곳 예술랜드가 개장 20주년을 맞았다. 주변의 수목은 짙어지고 어우러졌으나 정작 이곳을 조성한 사람은늙어 영감탱이가 되었다.

이태 전 일이다. 노령연금을 준다고 대통령께서 공약하였기에다들 받는 노령연금을 나만 안 받는 것도 멍청하다 싶어 신청차 면사무소를 찾았다. 해당이 안 된다는 여직원의 친절한 설명을 듣고 돌아 나오는데 뒷꼭지가 어찌나 부끄럽던지. 공짜를 바라는 늙은이로 보이는가 싶어서다.

달라고 하지도 않았는데, 준다고 해놓고는 슬그머니 모른 채하는 정부, 그래서일까 정부를 불신하는 국민이 60%를 넘는다는여론조사에 공감하는 터이다.

공돈에, 공술에 공짜는 누구나 좋아한다. 공짜로 퍼주겠다는데 이를 마다할 사람은 하나도 없을 것이다.

복지福祉는 참 좋은 말이다. 즉 좋은 건강, 윤택한 생활, 안락한 환경 등이 어우러져 행복을 누릴 수 있는 상태라고 자전에 풀이하고 있다.

국민복지는 출생에서 사망에 이르기까지 모든 국민의 최저생활을 국가가 완벽한 사회보장제도를 통하여 보장함으로써 국민생활의 불안을 해소하겠다는 뜻으로 '요람에서 무덤까지'라는 슬로건이 대표된다. 이 슬로건은 세계 모든 선진 국가들의 국가 사회 보장제의 최고의 목표이자 이상이 되고 있다.

복지라는 개념은 출산, 양육, 교육, 저소득층의 생활수준 향상, 노후생활 보장 등으로 나누어 볼 수 있다.

이러한 복지를 정부 재정으로 감당할 수 있는지에 따라 권력구조가 부침하는 현상이 세계 도처에서 나타나고 있다. 이에 화답이라도 하는 양 세계 각국은 보편적 복지를 내세우는 포퓰리즘의 남발로 국가 재정이 거덜나 파탄지경에 이르는 예를 심심찮게 보아왔다.

1997년 우리나라의 외환위기 사태는 말할 것도 없고, 가깝게는 그리스의 재정 위기에서부터 멀게는 중남미의 아르헨티나, 페루, 멕시코, 베네수엘라, 에콰도르 등이 국가 부도를 냈거나 부도 직전으로 IMF 등에 손을 내밀었고, 동유럽에서는 금융 강국이던 아이슬란드를 비롯하여 발틱 3국과 불가리아, 세르비아, 우크라이나, 헝가리 등 옛 사회주의 국가들이 손을 내밀고 있다.

아시아에서는 인도네시아와 베트남이 거론된다.

원래 '복지'라는 말은 로마시대의 '빵과 서커스(Panem Et Circen-ses)'라는 말에서 유래한다. 옥타비아누스 황제시절 로마를 독재화하면서 시민들의 반발을 없애기 위해 무료로 '빵과 흥'을 제공한데서 비롯된 말로 정치학적으로는 '우민화 정책'의 상징적 표현으로 사용되고 있다. 빵을 얻은 로마시민들은 여기에 더해 놀거리, 볼거리, 즉 유흥을 달라고 아우성쳤다.

이에 로마의 황제들은 '통제된 평화(Restrict Peace)'를 위하여 빵과 유흥거리를 제공하고 대중들의 정치적 무관심을 유도, 집정자와 원로원의 뜻대로 로마를 지배해 나갔다. 유명한 콜로세움은 이 유흥을 위하여 지어진 경기장이다.

결국 로마라는 왕조시대는 우리가 잘 아는 네로 황제의 죽음으로 막을 내렸다. 아르헨티나는 제 1차 세계대전 전까지 세계 5대 부국 중의 하나였다.

페론 대통령은 부인 에비타의 미모와 선심정책 그리고 노동자, 여성, 빈민들에 대한 포퓰리즘에 힘입어 3선 대통령이 되었지만, 지나친 복지정책을 추구하다가 나라를 빈민국으로 전락시켰다.

또한 민주주의의 시발점이며 찬란한 문화를 자랑하던 그리스는 과복지에 맛을 들여 은퇴 후 퇴직 전의 80%에 달하는 연금을 받아 선진국 국민들도 부러워하는 노후를 누리었다.

그러나 금융 위기에 휩싸인 그리스는 500억 유로달러에 달하는 빚으로 인해 국가 재산을 헐값에 팔아야 하고 국민생활은 허리띠를 졸라매야 하는 내핍을 강요당해 복지 중독의 호된 신고식을 치르고 있다.

여기에는 과복지도 문제지만 정치인의 무능과 부정부패, 전국민의 탈세와 모럴헤저드가 큰 몫을 했다. 대체로 국가 부도의 원인이 과복지보다 지도층의 부정부패에 있다는 점에 주목할 필요가 있다.

복지라는 말은 '요람에서 무덤까지'라는 말처럼 정부가 책임을 져주는 것이 맞다.

하지만 천문학적 재정이 투입되어야 하기 때문에 더 많은 세금을 거두어야 한다. 그래서 대부분의 국가들은 선택적 복지를 시행하고 있다.

'선택적 복지'는 도움이 필요한 빈곤층에 복지혜택을 주는 것으로 소득과 관계없이 똑 같은 혜택을 주자는 '보편적 복지'와는 많은 차이가 있다.

'보편적 복지'는 논란이 된 무상급식이 대표적이고 노르웨이, 스웨덴 등 북구국가가 채택하고 있는 모델이며, '선택적 복지'는 미국 등 세계 대부분의 국가들이 채택하고 있는 복지 모델이다.

우리나라의 복지예산은 지난해의 100조원에 이어 올해도 115조 5,000억이 책정되어 총지출의 30%를 넘어섰지만, OECD 평균 47.9%에 한참 못 미친다.

이렇게 볼 때 GDP의 10.4%를 쓰는 우리나라의 복지비중은 아직 복지과잉이라고 볼 수 없는 바 무상급식의 확대, 주거와

교육환경의 개선, 저출산을 극복하기 위한 보육비와 저소득 노인들을 위한 노인 기초연금 증액 등이 필요하다고 보여진다.

노령연금을 받고자 들렀던 면사무소, 공짜의 추억은 씁쓸한 여운으로 남아 있다.

고수(高手)와 상수(上手)

메르스 사태에다 가뭄까지 겹치어 설상가상이다.

메르스 사태는 사회경제 전반에 충격을 가했으나 직격탄을 맞은 곳 중의 하나가 관광업이다. 오죽하면 개점휴업이라 하겠는가.

필자가 운영하는 예술랜드의 경우만 하더라도 EBS · KBS · SBS 등 중앙방송에 차례로 보도된 덕분에 관람객이 몰려와 허리깨나 펴는 줄 알았는데, 메르스 여파로 사람 구경하는 것조차 힘들게 되었다.

우스개로 씨름께나 하려는데 팬티 고무줄이 끊어진 격이다. 그러나 어쩌랴 호사엔 다마라 하였으니 견딜 수밖에.

신임 총리는 메르스 퇴치에 총리의 명운까지 걸겠다고 각오를 다졌는데, 그의 행보를 지켜보고만 있기에는 메르스의 사태는 심각하다.

메르스가 습기에 약하다고 하여 다른 때 같으면 찬밥신세인

장마까지 기다리게 되었으니 절박함이 어떠한지 설명이 필요치 않다.

메르스의 초기 대응 실패에 대한 비판의 목소리가 높다. 초기 대응 실패는 사령탑의 수 읽기에 문제가 있었음을 말한다.

사회 어느 분야건 고수高手가 있다. 특히 정치 분야에선 고수의 수 읽기가 중요하다. 국가와 국민의 안위가 그들 손에 달려있기 때문이다.

때가 때인지라 정치의 고수이기를 바라마지 않는 신임 총리가 조자룡 헌 칼 쓰듯 난국을 돌파하기를 기대할 뿐이다.

내가 관여하고 있는 난계蘭界에서도 고수가 있다. 우리는 난인蘭人이라는 말을 흔히 쓰고 있다. 난을 즐겨 기른다면 애란인이지 난인은 아니다.

물론 애란인이 난인이 될 수도 있겠으나, 진정한 난인이란 난과 그의 인생이 혼연일체가 되어 인격의 완성을 이루는 사람이다.

난으로 하여 인격의 완성을 이루는 데는 몇 가지 단계가 있다. 우선 원예학적인 난, 즉 잎·뿌리·꽃의 생리를 알고 그 조건에 알맞게 배양하는, 난을 이해하는데 시간을 보내는 단계로 이런 단계의 사람을 일러 범인凡人이라 한다.

이러한 원예학적 단계를 벗어나면 난의 외형적인 장점을 충분히 감상할 수 있는 단계로 난을 난답게 기르고, 나를 나답게 다듬는 단계로, 이러한 수준의 사람을 흔히 달인達人이라 부른다.

마지막으로 난이 가진 형이상학적인 가치를 받아들여 인격완

성의 길로 들어서는 단계로 신인神人 혹은 선인仙人으로 불린다. 달인과 선인의 경지가 어찌 난계에만 있을까만 고수가 많을수록 선진국이라 하겠다.

일본의 민담民談에 절대 용서 못하는 세 원수 얘기가 있다.

첫째가 부모죽인 원수, 둘째가 선거 원수, 셋째가 바둑 원수다.

부모 죽인 원수를 용서 못함은 금방 이해가 되는 일이고, 당락이 천당과 지옥인 선거에서의 원수 또한 이해가 가능하나 바둑 원수는 선뜻 이해하기 힘들다.

전쟁에서의 승패도 병가지상사라 하였거늘 하물며 바둑에 있어서랴. 그렇긴 하나 바둑 고수에 당한 설움, 그 설움이 어떠한지는 당해본 사람은 안다. 그래서 바둑 원수를 말하는가 싶다.

바둑에서는 고수보다는 상수上手가 맞는 말인 것 같다. 고수는 널리는 통하는 말이나 상수는 하수下手에 대한 상대적 말이기 때문이다.

나는 이웃하는 지자체 간에도 상수와 하수가 있다고 생각한다. 근간에 전기와 수도로 문제가 되고 있는 장사도에 관해서도 그렇다. 장사도 문제는 첫 단추가 잘못 끼워졌기 때문에 비롯된 일이라 여긴다.

'잘못 끼워진 단추'를 지면관계로 간단히 설명하자면 이렇다.

1950년 거제도는 6.25전쟁으로 인하여 전시행정의 폭주와 원주민, 피난민, 포로와 그 경비군인이 도합 40만 명을 넘게 되어 국회에서 '거제군 설치법'이 통과되어 다음해 공포함으로써 복군이 확정되었다.

1914년 3월 28일 조선총독부령 제111호 지방행정관제 개편으로 용남군 진남군과 함께 통영군으로 병합되어 통영군에 붙여 사는 동안 제반 문물제도의 후진성을 면치 못하던 거제군이 39년 만에 복군되어 1953년 1월 1일 장승포읍사무소에서 거제군청 현판식과 함께 사무를 개시했다.

문제는 그때였다.

복군에 환호하는 사이 한산도를 비롯한 물꺼리 좋은 거제군과 인접한 섬들을 통영군에서 챙기었다. 장사도 또한 예외가 아니었다. 잘못 끼워진 단추는 이를 두고 말함이다.

상수인 통영군에 하수인 거제군이 당한 셈이다. 통영시가 거제시보다 상수인 점이 어디 한 두 가지일까만 쓴 입맛만 다신다.

내일 모레면 6.25 65주년이 된다. 어찌 감회가 없을 손가.

백면 서생은 메르스가 퇴치되고 나라가 안정되기를 바랄 뿐이다. 나무 그늘에서 땀방울을 식히며 바닥을 드러낸 동부 저수지를 바라본다.

6.25날에 장마가 시작된다고 하던가. 모르긴 해도 맹랑한 세월이다.

예술은 삶의 윤활유다

ㅡ거제시장에게 바란다

우선 치열한 접전 끝에 당선의 영예를 안게 되어 축하를 드립니다.

전임 시장의 불명예 퇴진에 이은 보궐선거에서의 당선이라 각오도 대단하시리라 믿습니다.

시장님!

물질만능시대인 지금, 문화와 예술은 시장경제원리에 밀려 뒷전에 밀쳐놓아도 좋은 부차적인 사안이 아님을 너무 잘 아실 것입니다.

한 나라의 국민소득이 1만 불을 넘어섰다 할지라도 국민 모두가 하루에 명시名詩든, 타인의 시든, 자작시든 간에 한 편의 시를 읽는 습관을 갖지 못하는 국가의 국민은 문화국민으로 존대를 받지 못한다는 선진국 석학들의 말을 귀담아 들어야 하리라 봅니다. 시장님도 이에 공감하시리라 믿어 의심치 않습니다.

부끄러운 얘기입니다만 문학세미나 등 문학이나 예술행사가

열리는 날이면 주최 측 사람들은 가슴을 졸입니다. 행사내용에
도 가슴을 졸이겠지만, 청중이나 관객이 모이지 않아 좌불안석
인 경우가 한 두 번이 아니었습니다.

작은 예산을 쪼개어 유명한 인사를 연사로 초빙하였건만, 그
행사에 이삼십 명만이 참석하였다면 어디 망신도 유만분수이겠
습니까. 비교하기가 무엇합니다만, 눈도장을 찍기 위해 붐비는
정치인의 귀향보고회 행사장과는 너무나 대조적이라 비애를 느
끼곤 합니다.

예술이 밥 먹여 주느냐고 한다면 대답이 궁합니다만, 문화와
예술은 그 시대의 사회상이자 자화상이라고 말하고 있습니다.
그 시대 사람들의 삶의 모습과 가치관 등이 그대로 문학과 예술
에 반영되어 스스로를 뒤돌아보고 지나간 발자취를 되돌아 볼
수 있기에 예술은 그 시대를 반영하는 거울이라고도 할 수 있습
니다. 그러기에 문화와 예술은 우리가 사는 이 세상을 값지게
하고, 우리들의 삶을 보람 있게 하는 윤활유라 하고 있습니다.

사실이 아니길 빌면서 너무 분하여 고성오광대, 충무김밥 애
기를 하여 봅니다.

이십 수 년 전에 거제 하청에 산다는 사람이 거제군청을 찾았
다 합니다. 오광대 전승자인데 이를 보전하는데 예산지원을 하
여 달라고 하였더니, 담당공무원 왈, '농로 포장할 돈도 없는데
굿하는데 무슨 돈을 주느냐!'고 무슨 낮도깨비 씨나락 까먹는 소
리냐는 식으로 치는 호통에 그 길로 고성군을 찾아간 결과가 오
늘날 그 유명한 고성 오광대라 합니다.

거제 성포에서 비롯된 할매김밥이건만, 충무김밥이 되고 말았습니다.

주민등록이 시골에 되어 있다고 하여 다 촌놈이 아닌 줄 압니다. 하는 짓거리가 촌놈 짓이면 비록 도회에 살고 있어도 촌놈일 수밖에 없습니다.

시장님!

대기업인 삼성그룹이 주 5일 근무제를 시행한다고 하니 머지않아 주 5일 근무제를 기업마다 시행하리라 봅니다. 또한 가깝게는 대전 통영 간 고속도로 개통이며, 멀게는 거가대교의 준공 등 바야흐로 일일생활권 시대가 도래하고 있습니다.

흔히들 스쳐가는 관광보다는 머무는 관광이라야 한다고 말합니다. 중장기 관광개발 계획은 전문가의 자문을 얻어 세우리라 봅니다만, 몇 가지만 제안하고자 합니다.

'환상의 섬 거제'는 관광안내판에 쓰는 문구로는 적합할지 모르지만, 함부로 쓸 일이 아니라고 생각합니다. 피서철에 거제를 다녀갔다 하면, 한결 같이 다시 오고 싶지 않은 곳이라고 입을 모읍니다. 환상의 섬인데 왜 다시 오고 싶지 않은 곳이라 하겠습니까. 거창한 구호보다는 다시 찾고 싶은 거제가 되도록 행정력을 모아주었으면 합니다.

문화예술회관에 대하여도 한 마디 하겠습니다.

규모가 시세에 비하여 너무 크기에 예산 낭비와 앞으로의 운영에 대하여 비난과 우려의 목소리가 높습니다만, 너무 걱정만 할 일은 아니라고 봅니다.

이런 얘기가 있습니다.

어느 졸부가 집들이를 하게 되었는데, 응접실 한 쪽 벽면을 서가로 꾸미고 서점에 전화를 하여 온통 책으로 벽면을 메웠다고 합니다. 졸부를 잘 아는 이는 비난을 서슴치 않았으나 어떤 이는 그렇게 비난만 할 일이 아니라 했답니다.

책이란 누군가는 읽게 마련이고, 이렇게 책을 많이 구입한다면 출판문화에 기여하는 바가 있지 않겠느냐며, 그 벽면을 양주병으로 채운 것보다는 백 번 나은 일이 아니냐고 말입니다.

문화예술회관이 처음엔 적자를 면치 못하겠지만, 차츰 운영의 묘를 기할 묘수가 나오리라 믿습니다. 예를 들면, 거창의 '국제연극제'나 통영의 '국제음악제'에서 보듯이 연극계의 세계적인 인물인 동랑의 예술정신을 기리는 국제동랑연극제 개최 등 묘수는 장고를 하다보면 얼마든지 찾아낼 수가 있을 테니 말입니다. 대규모 카지노장보다는 백 번 낫지 않겠습니까.

누가 압니까. 시드니 오페라하우스처럼 거제문화예술회관이 세계적인 명소가 될런지.

이미 거론되고 있는 거제와 둔덕과 사등을 잇는 서부권 역사 관광루트 개발은 서둘러야 할 일이라 하겠습니다. 둔덕의 패왕성 복원과 동랑·청마기념관 건립 등은 미룰 일이 아님을 잘 아시리라 믿습니다.

해안의 경관을 해치고, 도시의 미관을 망치는 건축물의 허가 등은 말하지 않아도 어련히 알아서 하시겠기에 말하지 않겠습니다.

해마다 판에 박은 듯이 초라하게 치루어지는 거제예술제 등 문화예술행사는 부족한 예산 탓이라 해도 과언이 아닙니다.

인근 창원시에서는 예산의 5%를 문화예술부문이 차지한다고 들었습니다. 거제시는 몇 %나 되는지 묻고 싶습니다.

늦었지만 문화예술기금을 몇 십억 원 정도 마련할 때가 지금이 아닌가 합니다.

아직도 '생고기 배따는 섬놈'이라고 자조하는 거제 사람이 많습니다.

문화와 예술의 발전 없이는 거제의 앞날은 없다는 말에 귀 기울여 주십시오.

거제 문화의 정체성에 대하여

언필칭 21세기를 문화의 세기라고 말하고 있다. 선진국에서는 수십 년 전부터 이 문화의 세기를 준비해왔지만, 우리나라에선 1990년대에 들어와서야 문화에 관심을 가지기 시작하였다. 그것도 문화유산이 중심이 되었고, 문화산업에 관심을 가지게 된 것은 대체로 1990년대 후반이었다.

하지만 우리 거제는 지금까지 문화산업이란 말 자체도 생소한 느낌이다.

작년도 문화예술회관 개관은 문화산업의 일대 전기를 맞았다고 할 수 있겠다.

문화의 정체성은 역사와 문화에 대한 인식을 전제로 성립한다.

정체성이란 개인이나 집단이 자신에 대해 가진 생각·판단·태도의 집합으로서 일상생활과 행동, 사건들을 설명하고 평가하는 방식을 일컫는다. 정체성은 개인과 집단이 속한 사회적 관계와 문화적 맥락 속에서 형성된다.

따라서 정체성은 심리적인 것일 뿐만 아니라, 집단적이고 관계적이며 문화적인 것일 수밖에 없다.

문화의 정체성은 어떤 몇 가지 요소만으로 설명되기는 어렵다. 역사적 과정을 거치면서 다양한 요소들이 각각의 층으로 누적된 것으로 현재 속의 과거의 층들이 공존하는 상태로 구성된다고 하겠다.

이러한 맥락에서 본다면 거제 문화의 정체성도 과거로부터 누적된 전통문화와 현대 산업사회의 구조와 관련 속에서 논의될 수 있을 것이다.

정체성은 과거의 역사와 문화를 그대로 계승하는 것이 아니다. 거기에는 창의성이 있어야 하고, 현재성과 대중성·주체성이 있어야 하는 것이다.

그렇다면 우리 거제의 문화 정체성은 무엇인가?

이에 대답하기 전에 먼저 역사적으로 형성되어온 거제 문화의 특징을 살펴볼 필요가 있다.

거제 문화의 특징은 온화한 기후와 천해의 자연 풍광과 섬 특유의 폐쇄성을 바탕으로 크게 3가지로 볼 수 있다.

첫째는 풍어와 안녕을 기원하는 어촌 민속 문화를 들 수 있다.

둘째는 임진왜란과 6.25전쟁을 겪으면서 생겨난 전쟁 유물과 유적 등 전쟁문화를 빼놓을 수가 없으며,

셋째는 충신과 거유巨儒의 유배지로서, 이로 인하여 생겨난 유배문화를 들 수 있겠다.

지금까지는 경제논리에 밀려 문화에 대한 논의의 기회마저 변변히 갖지 못한 형편이었으나, 거제시의 일관된 문화에 대한 애정과 지원으로 자리매김 되어야 하는 것이고, 궁극적으로는 지역문화의 정체성 확보로 이어져야 한다.

거제의 문화정책을 추진하면서 견지해야할 원칙을 다음과 같이 제시해 본다.

첫째는 지방자치단체장인 시장의 문화 마인드이다.

국가도 마찬가지지만 지방자치단체의 문화정책은 누가 시장이 되느냐에 따라 크게 달라진다. 문화마인드가 있는 시장이면 문화에 대한 투자가 늘고 문화정책이 활기를 띠고 문화산업이 발전하는 반면, 역사와 문화에 전혀 관심이 없는 시장이면 오염을 배출하는 공장이 늘거나, 아니면 각종 산업시설이 늘어난다. 따라서 21세기의 자치단체장의 제일 조건은 누가 무어라고 해도 문화마인드라 하겠다.

우리 거제는 어떠한가?

청마기념관 착공조차 미루고 있는 하나만 보더라도 마인드가 어떤지는 짐작할 수 있겠다.

둘째는 투자의 집중성과 계속성이다.

거제는 많은 유적이 있으나, 전쟁과 관련한 것이 대부분으로 다른 지역과 비교 우위를 갖는, 나아가 외국인의 관심을 끌만한 것은 거의 없다.

경주처럼 시 전체가 온통 유물로 덮여 있는 것도 아니고, 수원의 화성처럼 세계문화유산이 될 만한 것도 가지고 있지 못하다.

그렇지만 아주 없는 것도 아니다. 폐왕성을 비롯하여 많은 성들이 도처에 산재하고 있다.

우리 거제처럼 성이 많은 곳도 드물지 않나 싶다. 성의 보수와 함께 포로수용소 유적관내에 전쟁문학관을 건립하는 등 투자의 집중성과 계속성이 이루어져야 한다.

셋째는 살아있는 문화정책이다.

거제에 문화가 없다는 자조의 소리도 들린다. 문화유적이나 문화행사가 있으나 시민생활과 유리되어 있다. 시민들의 관심이 낮고 참여도 낮을 뿐더러 행사에 참여하고 싶어도 행사장이 산재하고 있어 교통문제 등으로 접근하기 어렵다.

영국의 인류학자 에디워드 타일러에 따르면, 문화는 "지식, 신념, 예술, 도덕, 법, 관습 그리고 기타 사회구성원으로서 인간에 의해 획득된 모든 능력과 습관들을 포함하는 복합적 총체"를 의미한다.

말하자면 인간의 활동 및 행위이자 그 소산물인 것이다. 따라서 문화행사나 문화유적이 있다고 해서 문화도시가 되는 것은 아니다. 그러므로 문화정책은 구성원의 관심도와 참여도를 높이는데 많은 관심을 가져야 한다.

예를 들면, 함평의 '나비축제'가 성공적으로 치러지는 것은 환경이라는 주제를 잘 선택했을 뿐만 아니라, 함평군의 관·민이 함께 행사장과 1천 만평에 가까운 들녘에 자운영과 유채꽃 단지를 조성하는 등 함께 참여하는 축제였기 때문이다.

또한 낙안읍성이 성공한 것은 읍성과 동헌이라는 기본 바탕이 있는 상황에서 사람이 살면서 생활하고 있기 때문이다.

위의 두 가지 예는 지역민과 유리된 문화 행사는 하지 말라는 교훈을 주고 있다.

우리 거제에서 마련되었으면 하는 문화 행사나 축제로는 '청마 문학제'와 '풍란 축제'를 들고 싶다.

'청마 문학제'는 청마의 생가가 있어 문화관광부로부터 시범 문화마을로 지정된 둔덕면 방하리를 중심으로 청마의 문학정신을 기리는 문학 축제를 말한다.

'풍란 축제'는 풍란의 최대 자생지인 거제를 널리 홍보하고, 풍란을 거제를 대표하는 관광 상품으로 개발하기 위한 축제를 말한다.

이 두 축제는 문학이란 주제와 환경이란 주제를 내세우는 것으로 잘만하면 거제를 대표하는 축제가 되리라 기대한다.

문화정책의 성공을 위해서는 몇 가지 원칙에 충실해야 한다.

첫째는 독특성을 지니어 타 지역과 비교우위가 있어야 하고,

둘째는 거제지역 뿐만 아니라, 타 지역에의 파급효과가 있어야 하고,

셋째는 거제의 문화정체성이 잘 드러나야 하며,

넷째는 주제가 특수성과 함께 보편성을 지녀야 하는 것으로 이를테면 나비-환경, 김치-건강, 도자기-생활용품 등이다.

타 지역에서 문화산업이 성공한 경우는 위에서 살펴본 원칙에 충실했다고 할 수 있다.

따라서 거제의 문화정책도 이러한 원칙을 가지고 체계적으로 나아간다면, 우리 거제도 손꼽히는 문화도시가 되리라 기대한다.

부조금

계절이 계절인지라 책상머리에 청첩장이 줄을 잇는다. 더러 회갑이나 고희연을 알리는 것도 있으나 거의가 결혼 청첩장들이다.

결혼을 알리는 청첩장은 분명 희보喜報이련만 왠지 세금고지서 같은 거부감이 생기는 것은 부조扶助가 상부상조의 본래의 뜻을 잃어버리고 돈봉투를 주고받는 인사치레로 변해버린 풍조 때문이다.

며칠 전엔 석우石友 P사장으로부터 "C선생의 청첩장을 받지 않았느냐"는 전화가 걸려왔다. 그러고 보니 보낸 이가 누군지 몰라 했던 청첩장이 떠올랐다. C선생은 십 수 년 전에 남한강으로 탐석을 다닐 때 돌밭에서 만난 뒤로 몇 번의 내왕이 있었으나 이름마저 잊어버린 지 오래였으니 청첩장을 보낸 이를 몰라본 것이 기억력이 흐린 탓만도 아닌 셈이다. P사장과 C선생은 동향이라서 간혹 연락을 하는 사이였던 모양으로 남의 경조사엔 코

빼기도 안 보이는 사람이 어떻게 자기 아들 혼사엔 청첩장을 보낼 수 있느냐며 C선생의 몰염치를 성토하는 전화였지만, 끊고 나서도 기분이 개운치 않았다.

부조扶助는 먼 곳의 친척보다는 이웃끼리 오순도순 살아가면서 나눈, 가는 정 오는 정이 상부상조의 미풍양속으로 자리 잡은 것이다. 채소 한 포기도 나누어 먹다 보니 근의芹儀, 비의非儀가 서로 오가게 되었고, 명절인 추석과 설이면 절의節儀와 세의歲儀도 나누었다. 아이들의 첫 돌 때엔 수의晬儀를 비롯하여 결혼을 하게 되면 화촉의華燭儀, 초의醮儀, 회갑 때의 수의壽儀, 상을 당하면 조의弔儀, 부의賻儀 등을 비롯하여 먼 길을 떠나는 사람에게 전의錢儀가 전해졌고, 학동에게는 과안課安을 주어 공부 잘하라 격려했으며, 앓는 사람에겐 쾌유를 비는 조안調安이 따랐다.

이것은 지금과 같은 고지서나 돈봉투의 의미가 아니고 이웃의 정의情誼를 나타내는 작은 성의표시였다. 부조가 본래의 뜻을 잃어버린 채 돈봉투만 주고받는 인사치레로 변해버렸으니, 이는 극단적인 이기주의가 빚고 있는 배금풍조의 일단이라 아니할 수 없다.

농경사회에서는 일손이 부족하여 밤에 결혼식을 올렸기에 결혼식을 두고 화촉을 밝힌다고 했다. 교통문제 등 생활환경이 복잡해지고 보니 주말이나 휴일에 올리던 결혼식을 주중에는 물론, 오후 늦게나 야간에도 치르게 되었다. 그래서인지 올 들어 우체국에서 실시하고 있는 경조환 제도의 이용자가 급격히 늘어나고 있다고 한다. 경조사에 참석키 어려운 사람들을 위하여 마련된 경조환 제도는 지정된 일시에 배달하여 주는 제도로 청첩장에 적혀있는 온라인 통장번호에 축의금을 입금만 시키는 것에 비하면, 편리하고 시의적절한 제도라 하겠다.

내가 아는 사람 중 고관으로 지낸 J씨는 재직 중 4남매를 결혼시켰으나, 한 번도 청첩장을 돌리지 않았을 뿐만 아니라, 동료들에게조차 자녀의 결혼 날에도 남의 결혼식에 들른다며 슬며시 외출하는 까닭에 전혀 눈치를 챌 수가 없었다. 한 번은 우연히 알게 되었으나 결혼식 다음 날로 같은 직장에 근무하는 직원의 부조금은 봉투 그대로 본인에게 되돌려졌고, 원거리는 일일이 송금하였다. 이를 두고 결백潔白이 지나쳐 결벽潔癖이 아닌가 하는 사람도 없지 않았으나, 청첩장에 온라인 통장번호까지 버젓이 기재하여 조금 알 만한 사람에게까지 마구 보내는 사람도 생겨나고 있음을 미루어 볼 때, 현대판 기인을 보는 것 같아 존경심마저 생긴다.

청첩장에 온라인 통장번호를 기재하는 것은 복잡한 세상에 오고가는 번잡을 덜어준다고 하겠으나, 한편으론 축하나 조문은 뒷전이고 돈봉투만 챙기기 위한 노골적인 행위로 보여 이를 받는 사람들의 이맛살을 찌푸리게 하고 있다. 찌푸린 이맛살엔 온라인 번호를 적어 보내는 강심장에 대한 놀라움도 곁들여 있으리라.

돈봉투에만 신경을 쓰다 보니 결혼식도 우리의 전통혼례식에서 볼 수 있는 정겹고 풍성하고 해학 넘치는 느긋함을 찾아 볼 수 없게 된지도 이미 오래다.

서둘러 돈봉투를 접수하고 박수치고 기념사진 찍고, 다음 사람들을 위해 허둥지둥 식장을 떠나야 하는 어수선하고 장바닥 같은 분위기를 잔뜩 풍기는 결혼풍속도, 하객수를 따져 은근히 가세를 저울질하기도 하고, 들어온 부조금 총액수를 은근히 흘려 신분을 과시하려는 변질된 부조가 마음을 서글프게 한다.

　글씨를 잘 쓰지 못하는 사람들을 위한 배려이긴 하지만, 부조금을 담는 봉투마저 용도에 따라 인쇄하여 파는 것을 보면, 자꾸만 형식에 치우치는 것 같다.

　정성을 다하여 겉봉을 쓰고는 축의금을 담으려다 손이 멈칫해지는 것은 얼마를 담아야 할까 하는 고민 때문이다. 통 크고 씀씀이 헤픈 우리 실정에서 자칫 돈 내고 욕먹는 경우도 있겠으나 그것은 있는 사람들 얘기일 테고, 내 주머니 형편대로 통하지 않기에 이 눈치 저 눈치를 살펴야 할 정도로 딱하게 된 서민들의 부조봉투다.

　가을엔 품위 유지비라도 있어야겠다는 동료들의 비명이 귓전에 오래 머문다.

양철 필통 속의 몽당연필 소리

건강식품이라며 즐겨 찾는 보리밥은 내가 싫어하는 음식 중 하나이다.

새로 생긴 보리밥 뷔페식당의 음식이 값도 싸고 맛도 괜찮다고 끄는 이가 있었으나 한사코 거절했다. 거절이 좀 지나쳤나 싶어 자리를 옮긴 식당의 주문음식이 나오기를 기다리면서, 철들고부터 고등학교를 졸업하고 고향을 떠나기 전까지 줄곧 먹어온 보리밥이기에 보리밥 하면 신물이 날만도 하지 않겠느냐고 미안함을 달랬다.

나는 음식을 빨리 먹는 편이다. 너무 빨리 먹어 같이 식사를 하는 사람이 보기가 민망할 정도이니 다한 말이다. 결혼 후 한결같이 아내로부터 핀잔을 들어온 터이지만 고쳐지지 않는다. 밥을 먹기 시작하여 한 세 숟갈까지는 그런대로 천천히 먹으나 그 뒤론 어느 사이에 후딱 먹고 있는 자신을 발견하곤 한다. '세 살 버릇 여든까지 간다'는 옛말이 나의 밥 먹는 습관 하나만 보아도

빈 말이 아님을 알 수 있다.

　밥을 빨리 먹는 습관은 유년의 가난에서 비롯된 것이다. 어릴 적에 10남매가 올망졸망 자라 어머님께선 큰 양푼에다 보리밥을 가득 담아 주셨다. 아들 형제가 많아 그릇그릇 밥을 담아 줄 형편도 못되고 일손도 부족했다. 젖배를 곯아 체구가 작았던 나는 덩치 큰 형들 틈새에서 한 숟갈이라도 더 먹기 위해서는 대충 씹어 삼키고 허겁지겁 빨리 먹어야했다. 천천히 씹어가면서 먹었다간 몇 숟갈 먹지도 못하고 배를 곯아야 했기에 필생의 밥 먹기였다고나 할까. 그 때는 보리밥이라도 실컷 먹었으면 하는 것이 원이었다.

　이렇듯 밥을 빨리 먹는 습성은 음식 먹기에서 끝난 것이 아니고, 생활습관으로 이어져 매사에 느긋하지 못하고 서둘게 되었으니, 내 운명이 세 살 때 숟갈질에서 결정되었노라고 쓴 웃음을 짓곤 한다.

　장황하게 보리밥 얘기를 늘어놓은 것은 양철 필통 속의 몽당 연필 소리를 하기 위함이다.

　따로 차린 선친의 밥상엔 밥이며 찬이 달랐다. 곱삶은 보리밥이긴 하나 한 웅큼 정도의 쌀이 곁들여 있었기에 식사 때면 눈길이 그곳에 머물기 일쑤였다. 그날 무슨 영문이었는지 모르나 선친께서 유독 나를 불러 상머리에 앉히고는 당신이 들다만 그 쌀밥을 먹게 했다. 형제들의 부럽고 따가운 시선을 아랑곳 하지 않고 후딱 먹어치우고는 얼마나 신바람이 났던지, "아버지 학교에 다녀오겠습니다." 평소에 안하던 인사까지 하고는 5리나 되는 학교 길을 뛰어갔다.

.그날 어깨와 겨드랑이 사이로 맨 책보 속의 양철 필통에서 딸랑거리던 몽당연필 소리가 지금도 귀에 쟁쟁 맴돈다. 그 때문에 형들에게 미운털이 박혀 한동안 왕따를 당하기도 했던 추억도 함께 말이다.

어머님께선 보리쌀과 부추 등 푸성귀를 장승포 시장에 내다 파셨다. 진종일 난장에서 푸성귀를 판 땀 절은 푼전으론 10남매의 월사금과 학용품 값을 대기엔 턱없이 부족했다. 그래선지 중학교 2학년 때의 성경 암송 대회를 여지껏 잊지 못한다.

내가 다닌 거제중학교는 기독교 재단이 세운 미션스쿨이었다. 교목선생님이 계셨기에 성경 과목이 따로 있었다.

종교와는 거리가 먼 사람이나 학교가 그렇고 보니 도리 없이 성경을 읽고 찬송가를 불러야했다.

중학교 1학년 때는 성경암송대회에 참가하지 않았다. 성경암송에 관심이 없었기도 하였지만, 시상품이 많은 줄 몰랐기 때문이기도 했다. 대회 날 시상품을 보고는 대회에 참가하지 않은 것을 얼마나 후회하였던지.

2학년 때는 대회 한 달을 앞두고 대회요강이 학교 게시판에 게시된 후 암송에 매달렸다. 요한복음 25장에서 30장까지라고 기억되는데, 그걸 통째로 외웠으니 그 집념이 어떠하였는지 짐작하고도 남음이 있다.

1등을 하고는 상품으로 받은 노트와 학용품은 한 학년 내내 쓰고도 남음이 있었는데, 그때 암송한 성경 구절 때문에 이곳을

찾는 크리스찬들에게 나도 크리스찬인 양 너스레를 떨어 웃기도
한다.

"너희는 마음에 근심하지 마라. 하나님을 믿으니 또 나를 믿으
라…"하고.

나의 유년의 하늘은 잿빛이었기만 하였는데 그 시절이 그립
다. 부모님을 비롯하여 양푼 그릇에 보리밥을 같이 먹었던 형님
과 누님도 벌써 세 분이나 저 세상 사람이 되었다.

오늘따라 양철 필통 속의 몽당연필 소리가 귓가에 맴돌아 가
슴이 저린다.

위기와 내공다지기

밤에 기온이 내려가고 풀잎에 이슬이 맺힌다는 백로 절인데 한낮의 기온은 30℃를 웃돌아 무덥기만 하다. 이번 여름 폭염에 얼마나 식겁을 먹었든지 또 무더위가 오는 건 아닌지 자꾸 쳐다보는 것이 하늘이다.

조선위기에다 폭염, 거기다 콜레라까지 얽히고 설키다보니 죽을 맛이란 이때를 두고 하는 말인 것 같다.

지난 3일 둔덕詩골에선 제9회 청마문학제 전야제가 열렸다. 전국 청마시낭송대회와 청마문학학술세미나, 문학특강에 이어 축하공연이 끝난 후 조선위기 극복을 소망하는 풍등 날리기가 마지막 행사로 진행되었다. 때맞추어 청마 꽃뜰 축제가 열리고 있는 둔덕골 하늘 높이 날아오른 수십 개의 풍등 불빛이 예전처럼 아름답게만 보이지 않았다.

전야제에 참석한 백여 명의 외지 손님들은 한결같이 거제 경제를 염려했다. 혼사에 참여한 하객이 혼주를 걱정하는 지경이 되었으니 듣기가 민망했다.

지난 날 거제는 나라가 풍전등화 같은 위기에 처했을 때 세 번이나 이를 구했다고 자랑해 마지않았다. 임진왜란이며 한국전 쟁, IMF환란 때가 바로 그것이다. 특히 환란 때는 거제의 조선 산업이 국가경제의 버팀목이라 하였건만 불과 20년 사이에 자랑 끝에 망신당하는 꼴이 되었으니 낭패도 이만 저만이 아니다.

이제 와서 뒤돌아보면 거제의 자랑이 자만이 아니었는가 싶기 도 하다. 언제나 그러하듯이 자만은 몰락을 가져온다.

지난 3월, 우리는 인공지능 알파고가 바둑의 신이라 일컫는 인간 이세돌을 꺾는 현장을 목격했다. 2년 된 인공지능이 인간의 5,000년 바둑 역사를 다시 쓰게 했다. 기계가 인간을 꺾었다고 전 세계가 호들갑을 떨었지만, 따지고 보면 인공지능을 만든 것 은 인간이고 인간이 기계를 조종한 것이다.

여기서 두 가지를 생각했다.

첫째는 바둑에 있어서 일본의 자만에 대한 것이다. 알파고의 뜻은 '알파(Alpha,최고)'와 바둑의 일본말인 '고'를 합성한 말로 바 둑의 최고수를 의미한다. 바둑의 영어 이름은 'Go'이다. 30년 전 만해도 일본은 바둑의 종주국이라 자부했다. 하지만 그것에 안 주하여 후진양성에 게을리 한 나머지 한국과 중국에 추월당하고 말았다. 자만의 결과다. 알파고의 상대인 이세돌에 대하여 제일 배 아파한 사람은 세계의 1인자로 알려져 있는 중국의 커제9단 이라 하였지만, 일본인들도 이에 못지않았으리라 짐작하는 사람 은 나만이 아니지 싶다. 자만의 결과가 어찌 바둑뿐이겠는가. 과 거의 영광에 대한 도취와 자만에 빠져 새로운 변화를 만들어내 지 못한 일본 소니의 몰락은 너무 잘 알려진 일이다. 그뿐이던가.

자만에서 빼놓을 수 없는 것으로 '이치로의 '망언'이 있다. 2006년 일본 도쿄돔에선 제1회 WBC대회 한국과 일본의 예선전이 개최되었다. 경기 전 '30년간 한국이 일본을 이기지 못하게 만들겠다'고 이치로는 자만에 찬 말을 했다. 이 경기에서 한국은 통쾌하게 실력으로 일본을 눌렀다. 이치로의 이 망언은 지금도 회자되고 있다.

둘째는 인간의 상상력에 대한 것이다. 인간은 알파고란 기계를 조종했다. 기계에는 직관이나 감성·사유·추론·철학·영감·소통·예술성이 존재하지 않는다. 그래서 기계는 그 기능이 다양하다 할지라도 인간의 무한한 상상력을 능가할 수는 없는 것이다. 기계를 부릴 수 있는 인간의 상상력은 오직 책으로 부터 나온다. 우리가 컴퓨터나 스마트폰이라는 인터넷문화에 빠져 책 읽기를 소홀히 해서는 안 된다는 실증을 알파고를 통해서 생생한 체험을 했다.

바둑용어에 대마불사라는 말이 있다. 대마는 죽지 않는 말인데 사실은 그렇지 않다. 대마는 죽지 않는 것이 아니고 좀체 죽지 않는 다는 뜻이지 싶다. 대마도 죽을 수 있다는 사실을 공룡기업이라 일컬어지는 대우조선과 한진해운 사태에서 목도하고 있는 현실이다.

자만으로 몰락하지 않으려면 위기를 타개하는 정확한 수읽기를 하여야 한다. 하지만 수읽기는 하루아침에 되는 일이 아니다. 오로지 책을 통한 내공 다지기 밖에 방법이 없다. 그러나 유감스럽게도 책을 안 읽는 청맹과니는 심각한 수준에 이르렀다.

집에서는 TV와 컴퓨터요, 밖에서는 스마트폰이라는 바보상자에 온 국민이 함몰돼 독서는 외면당하고 있다.

스마트폰이 우리 일상생활과 끊으려야 끊을 수 없는 문명의 이기인 것만큼은 부정할 수 없지만, 그에 비례하여 역기능이 많은 것도 사실이다. 문명의 이기는 잘 쓰면 선이 되지만 잘못 쓰면 독이 된다. 개구리가 서서히 뜨거워지는 물속에서 죽어가듯이 스마트폰 중독이 국민을 어리석음으로 몰고 가지 않을까, 인간성을 상실한 스마트폰의 노예가 되지 않을까 겁이 난다.

위기가 곧 기회라고 하지 않던가.

대마불사란 자만을 내려놓고 책을 읽어 내공을 다지자.

오늘따라 고추잠자리의 군무가 눈길을 끈다.

가을이 오는지 하늘빛이 곱다.

북만주로 간 청마

방하리 풍경

경남 거제에 오면 살아 숨 쉬는 청마靑馬를 만날 수 있다.

통영을 막 지나 아름다운 해안선이 청정해역을 따라 펼쳐지기 시작하는 거제대교 우측 지방도를 타고 15분가량 가다보면 거제시 둔덕면 입구에 청마 고향 시비동산이 나타난다. 청마를 가슴에 지닌 둔덕조기회 회원들이 1989년 5월에 조성한 시비동산. 여기엔 그가 고향을 그리는 마음을 글로 표현한 듯한 '거제도 둔덕골'이란 시가 새겨져 있어 지나는 이들의 발걸음을 멈추게 하고 있다.

이곳에서 차량으로 5분 거리인 둔덕면 방하리에 한국문학사에 큰 발자취를 남긴 청마 유치환과 희곡작가 동랑 유치진 선생의 생가가 아담하게 잘 정돈된 채 손님을 기다리고 있다.

생가 뒷쪽에는 거제도 내 명산 가운데 하나인 산방산(507.2m)이 아버지 품같이 넉넉하게 생가를 감싸 안고 있으며, 대문 앞 10여m에는 수백 년 된 포구나무가 예처럼 서있어 평일에도 관광객들의 발걸음이 끊이지 않고 있다. 그 그늘 아래에서 동랑과 청마가 소꿉장난으로 시간가는 줄 몰랐다는 바로 그 포구나무다.

현재 추진 중인 동랑·청마 기념관이 완성되면 장정 몇 아름이 되고, 세월의 흐름을 말해주듯 사방으로 퍼진 뿌리를 지닌 이 포구나무도 생명파 시인의 생명력처럼 꽤나 알려지리라.

동랑의 생가이기도 한 청마의 생가는 2000년 5월 뜻있는 고향 사람들의 끈질긴 애향심으로 다시 복원됐다. 현재 복원된 생가는 청마가 태어날 때의 그 모습은 아니지만 사랑채와 싸리대문, 돌담 등을 옛날처럼 복원해 단장을 마무리했다. 청마가 태어나 3살 때까지 산 곳이다.

필봉筆峰으로 알려진 산방산을 뒤로 한 채, 주변경관이 티없이 맑은 생가 앞 1천여 평의 부지에는 동랑 청마기념사업회와 거제시가 협의해 '동랑·청마 기념관'을 건립한다. 보다 알찬 기념관 건립을 위한 준비가 착착 진행돼 곧 착공하게 된다고 하니 반가운 일이다.

청마의 고향인 방하리는 삼면이 온통 산으로 둘러싸여 있다. 마을 앞에는 정중부의 난을 피해 3년 동안 머물다 간 고려 18대 의종왕의 흔적이 그대로 남아있는 폐왕성을 거느린 우두봉이 있으며, 뒤에는 산방산이 엉버티고 있다. 바위산인 산방산엔 부엉이와 까마귀가 많다. 아니 많은 정도가 아니기에 어린 동랑과 청마가 밤마다 오금을 펴지 못하고 까마귀가 검정 포대와 같다고 했으니 다한 말이다.

여우가 죽을 때 머리를 자기가 살던 굴로 향한다는 뜻의 '수구

초심'. 청마는 죽어 고향에 묻히겠다는 강렬한 희원을 어머니 무덤가에 세운 '사모비' 말미에 이렇게 적었다.

(전략)

제 또한 당신 곁에 묻힐 날을 기약하오며 죽어 설을 이 목숨이 저으기나 편안하옵내다. 길이길이 잠드시옵소서. / 아들 청마 유치환.

지난 1997년 4월 5일 청마의 희원은 끝내 자신의 뼈를 선영이 있는 둔덕 지전당골 어머니 곁에 묻히게 하였다. 부산 하단동 산록과 양산 백운공원 묘원을 거쳐 죽은 지 30년만의 일이었으니 오로지 곧고 맑은 이념을 지닌 시인의 의지는 죽었어도 이어지는지 그저 놀라울 뿐이다.

청마가 돌아온 뒤 둔덕골은 많이 변하고 있다. 그해 12월에 둔덕면 복지회관에 청마 유품임시전시관이 마련돼 기념관이 완성되기를 기다리고 있으며, 유족들도 이미 유품들을 기꺼이 내놓겠다는 의사를 밝히고 있다.

그런가 하면 폐왕성도 50억 원의 예산으로 지난해 7월 복원공사가 시작돼 2010년 완공을 목표로 공사가 한창 진행 중이다. 뿐만 아니라, 생가 바로 뒷쪽인 산방산 기슭에는 향리 출신 향암 김덕훈 선생이 조성하는 우리 야생화 공원인 수목문화식물원이 준공을 앞두고 있는 등 관광지로 변하고 있다.

지전당골 청마묘소에 앉아 한 폭의 그림 같은 둔덕만을 바라보면, 생명파 시인의 정기 때문인지 비상하는 갈매기 떼에서 생명이 약여함을 느낀다.

청마를 가슴에 지녔기에 행복한 둔덕사람들. 머잖아 기념관이 완성되고 시범문화마을이 익어 가면, 청마를 찾는 사람들에게도 그 행복을 나누어 줄 것이다.

그리고 함께 말하리라. '청마를 사랑했으므로 행복하였네'라고.

그날을 손꼽아 기다린다.

포구나무 그늘에 서서

　살다보니 송사에 휘말리게 되어 "청마 출생지 관련 소송만 해도 골치 아픈데 송사구덩이에 빠져 헤어나지 못하고 있다며 동랑·청마 기념사업회장을 괜히 맡았다"고 신문사를 하는 친구에게 넋두리를 했더니, "이 얼빵한 친구야, 그 회장자리가 괜찮은 자리라면 자네 같은 사람이 맡도록, 그것도 연임하도록 내버려 두었겠느냐"는 핀잔에 실소를 금치 못했다.

　내가 회장을 맡고 있는 동랑·청마 기념사업회는 우리나라 연극계의 선구자로 연극의 모든 분야에 걸쳐 다양한 활동과 뚜렷한 업적을 남긴 동랑 유치진 선생과 인간탐구를 지향한 생명파의 거목인 청마 유치환 선생의 업적 보전과 후세에 교육적 귀감을 삼고 예술혼을 계승하기 위해 1996년 7월에 창립됐다.

　그간 기념사업회는 양산 백운공원 묘원에 있던 청마 내외분의 묘소를 선영이 있는 둔덕 지전당골로 이장하는 등 크고 작은 기념사업을 추진해 왔으나 아직까지 내세울만한 실적이 없음을 부끄럽게 생각하고 있다.

전임 이영호 회장의 뒤를 이어 기념사업회 회장직을 수행하면서 선결할 과제는 바로 통영시와 논쟁을 벌이고 있는 두 분의 출생지에 관한 시비를 종식시키는 문제임을 절감했다.

왜냐하면 동랑과 청마. 두 형제분이 거제 출생임이 정립되지 않고는 거제에서의 기념사업 추진자체가 어쩌면 표류할 수도 있다는 우려를 간과할 수 없었기 때문이다.

그래서 임기 중 다른 어떤 사업보다도 출생지 정립문제만큼은 필히 해결해야 한다는 각오를 다졌다. 오랜 시간 청마의 세 따님과 상의, 지난 2월 8일 서울민사지방법원에 손해배상소송을 제기하기에 이르렀다.

이 소송 결과에 따라서 추진 중인 기념사업에 적잖은 영향을 끼치게 되어 있어 많은 사람들이 소송의 진행에 큰 관심을 보이고 있다.

지난 8월 30일의 재판에서는 동랑과 청마의 막내 여동생인 유치선 씨가 증인으로 나서 두 오빠가 거제 출생임을 증언한 바 있으며, 다음 재판기일은 10월 18일로 동랑과 청마의 당질인 유필형 씨와 동랑이 구술한 자서전을 집필했던 단국대학교 문화예술대학원 유민영 원장이 증인으로 증언케 되었다.

청마의 출생지 문제를 두고 꼭 소송까지 하여야 하느냐고 곱지 않은 시각을 가진 분들도 많은 줄 알지만, 이 소송이 불가피함은 이미 밝힌 바 있다.

동랑과 청마의 생가가 있는 둔덕면 방하리는 뒤로 필봉으로 알려진 산방산이 어머니 품같이 마을을 감싸고 있으며 생가 앞에는 수백 년된 포구나무가 예처럼 서있다. 그 그늘에서 동랑과 청마가 소꿉장난으로 시간가는 줄 몰랐다는 바로 그 포구나무다.

마을 앞에는 정중부의 난을 피해 3년 동안 머물다간 고려 18대 의종왕의 흔적이 그대로 남아 있는 폐왕성을 거느린 우두봉이 있다.

폐왕성도 50억 원의 예산으로 지난해 7월 복원공사가 시작돼 2010년 완공을 목표로 공사가 한창 진행 중이다. 생가 바로 뒤쪽인 산방산 기슭에는 향리 출신 향암 김덕훈 선생이 조성하는 우리 야생화공원인 수목문화식물원이 준공을 앞두고 마무리 단장이 한창이다.

방하리는 우리나라 현대 문학사에 금자탑을 쌓은 동랑과 청마의 문학혼을 기리기 위해 1997년 12월 문화관광부로부터 시범문화마을로 지정받았다.

거제시에서는 생가를 복원하고 기념관을 건립하는 등 2003년까지 총 18억 원에 가까운 예산을 들여 기념사업을 벌이고 있다.

시범문화마을은 지정만 한다고 해서 되는 일이 아니다. 지정에 따른 시범문화마을 관련 조례제정 등 일련의 후속조치가 뒤따라야 함은 두 말하면 잔소리다.

시범문화마을 지정에 따른 후속조치가 없었기에 생가 입구에 조망권을 침해하는 2층짜리 건물이 들어서게 되는 분별없는 일이 벌어지고 있다.

한국 단편소설의 백미 중 하나로 손꼽히는 '메밀꽃 필 무렵'의

무대인 강원도 평창군 봉평마을은 1990년 6월 문화관광부로부터 문화시범마을로 지정된 이후 효석문화제로 향토축제의 성지로 자리 매김 되어가고 있다. 작은 마을에 걸맞게 그리 번잡하지도 않으면서 짜임새 있는 문화제를 지켜본 사람들은 이를 준비한 사람들의 노력에 찬사를 보냈다. 하지만 무엇보다 좋았던 것은 봉평의 자연, 그 자체라고 입을 모았다. 시범문화마을 봉평에 대한 평가다.

청마를 가슴에 지녔기에 행복한 둔덕 사람들이련만 그렇지 않은 사람들도 있는 모양이다.

동랑·청마의 생가에서 지전당골 묘소로 가는 길은 좁다. 시멘트로 포장된 농로를 지나 개울건너 산길로 접어드는 곳에 밭담장이 있다.

이 밭 담장의 일부를 양보를 받으면 조금 가파른 산길을 쉽게 오를 수 있어 밭주인인 할머께 간곡히 부탁을 드렸더니, 할머니 왈, "청마가 밥 먹여 주느냐!"고 어림 반 푼어치도 없다는 말투로 따지고 항의하는 통에 결국 포기하고 말았다고 지금은 의회사무국으로 자리를 옮긴 전임 둔덕면장의 하소연을 들었다.

전남 강진 사람들은 '북도에 소월이라면 남도에 영랑'이라고 자기 고장에서 태어난 시인 영랑 김윤식을 자랑하고 사랑한다. 장흥으로 통하는 영랑사거리에 영랑의 동상을 세우고 강진읍내 곳곳에 모란슈퍼, 모란이용실, 영랑화랑 등 가게 이름에도 강진 사람들의 영랑 사랑이 드러난다.

동랑과 청마는 우리 거제의 자랑이요, 자부심이다. 하지만 '청마가 밥 먹여 주느냐!'는 사람이 있는 한 생가 입구에 2층집이 신축되는 일들이 계속 되리라 생각하니 명색이 동랑·청마 기념 사업회장으로서 자괴에 젖는다.

사필귀정(事必歸正)

—청마 출생지에 대한 소송에 즈음하여

청마 유치환 선생의 출생지에 관한 논란이 소송으로 판가름나게 되었다.

사람의 출생의 진실은 오로지 하나뿐이기에 그 진실은 밝혀지리라 믿어 의심치 않으면서 소송의 원고측인 청마의 세 유자녀가 소송을 제기하기까지의 배경과 과정을 거제 시민들께 밝혀두고자 한다.

동랑東郎 유치진柳致眞과 청마靑馬 유치환柳致環은 우리나라 연극사와 문학사에 큰 족적을 남긴 인물로 잘 알려져 있다.

동랑은 1905년에, 청마는 1908년에 거제시 둔덕면 방하리 507의 5번지에서 태어났으며, 동랑의 나이 5세, 청마의 나이 3세 때인 1910년 통영으로 이사하였다.

동랑과 청마의 출생지에 대한 논란은 1980년대 후반부터 제기되어 오늘에 이르렀으며, 거제시와 통영시가 기념사업을 각각 추진하여왔다.

통영시에서는 청마문학관을 건립하여 운영 중에 있으며, 청마 거리를 선포하고 청마문학상을 제정 시상하고 있다. 거제시에서는 생가를 복원하고 기념관 건립계획이 마무리 단계에 이르러 곧 착공하게 되리라 한다.

유족의 입장에서 본다면, 선친의 업적을 기념하는 일들이 명예롭고 고마운 일임에 부연 설명할 필요가 없겠지만, 그 기념사업들이 출생지를 근거로 하고 있다는 점에 큰 부담을 느끼지 않을 수가 없다.

문제는 바로 이 점이다. 사람이 태어난 곳은 분명 한 곳일진대 거제와 통영의 출생지에 관한 주장 중 어느 한 쪽의 주장은 엉터리란 점이다. 더구나 양쪽에서 추진하는 기념사업의 비용은 시민의 혈세이기에 더욱 그렇다.

출생지가 아닌데도 출생지라 주장하여 기념사업을 벌린다면, 그 책임을 누가 질 것인가. 모골이 송연할 일이 아닐 수 없다.

통영시 측에서는 출생지가 아니라고 해도 성장지이니 기념사업을 벌이는 명분이 있겠으나, 거제시 측에서는 문제가 심각해진다.

동랑과 청마는 문단이나 학계에 통영출신으로 널리 알려져 왔지만, 앞서 말한대로 1980년대 후반에 와서 거제 둔덕 주민들과 유가족들에 의해 거제 출생설이 제기되어 1989년에 둔덕면 입구에 청마 고향시비가 세워졌으며, 청마의 유족인 세 유자녀는 청마의 손때가 묻은 유품 2백여 점을 둔덕에 기증하여 청마 유품임시전시관을 개관토록 하는 등 거제 출생의 입장을 명백히 했다.

또한 1996년 6월 11일 세 유자녀는,

"저희 선친(柳致環)께서는 두 살 때, 저희 백부는 다섯 살 때 아버지(柳焌秀)를 따라 거제도 둔덕 방하리에서 이사하였다는 말씀을 조부(柳焌秀)님으로부터 직접 들었으며, 부모님으로부터와 친척 어른들로부터도 들어왔습니다."

라는 친필 원고를 통하여 밝혀왔으나, 통영시에서는 이를 받아들이지 아니하였다.

더구나 고동주 통영시장은 2000년 '경남예술' 봄·여름호의 수필 '출생기'를 통하여 유족들의 주장에 대하여,

"'동랑 유치진 전집 9권'인 자서전에 '한일합방이 되는 해에 아버지는 가솔을 이끌고 꿈에 그리던 바닷가 통영읍으로 이사를 한 것이다.'라고 기록했다면서 그 이유를 통영문화재단에서 남망산 공원에다 동랑 흉상을 건립했을 때, 일부 젊은이들이 동랑을 친일작가라 하여 흉상 철거를 강력히 요구했다. 결국 흉상은 철거되었으나 가족들로서는 가슴에 아픈 상처를 남기게 되었다. 가족들로서는 통영이 싫어질 만도 하지 않았겠는가. 그때부터 동랑과 청마의 출생지를 거제 둔덕으로 바꿔버린 동기가 아닌가 추측된다. 그러나 역사는 사실대로 기록되어야 하는 법, 일시적인 흥분에 좌우될 일이 아니다."

라고 적고 있다.

고동주 통영시장은 수필가로 더 알려진 분으로 왜 이런 글을 발표하였는지 당혹감을 감추기 어렵다. 일시적인 흥분으로 선친의 출생지를 바꿨다니 망발도 유만분수요, 유족들의 명예를 훼

손하였음은 두 말할 나위가 없다.

청마의 출생지 문제를 두고 꼭 소송까지 하여야 하느냐고 반문하는 사람들도 많을 줄 안다. 하지만 이미 통영과 거제는 한 발자국도 물러설 수 없는 형편에 와 있다. 송사를 즐겨하는 사람은 없을 줄로 알고 있다. 청마의 세 유자녀가 소송을 제기하게 된 소이는 손해배상이 문제가 아닌 것으로 알고 있다.

세 유자녀 중 막내인 유자연 씨의 연세가 올해로 일흔 한 살이다. 살아생전 선친의 출생지를 정확히 밝히는 것이 자식된 도리라고 강변하고 있다. 그들은 우리 모두에게 묻고 있다. 소송 외엔 다른 방법이 있으면 가르쳐달라고 말이다.

출생지 문제는 상속권자인 유자녀가 살아 있는 지금 해결하지 않으면 영원히 그 실마리는 풀리지 않을 것은 명약관화한 일이다.

거제와 통영에서 각각 청마의 기념사업을 추진하는 것을 두고 예산의 중복투자 등 비난과 우려의 목소리가 높은 줄 알고 있다. 과연 그럴까. 제주도 서귀포시에서는 이중섭 화백이 한국전쟁 때 피난 와서 6개월간 살았던 집을 3억 원에 매입하여 이중섭 기념관을 개관하여 운영 중에 있으며, 러시아의 모스크바에는 극작가 안톤 체홉의 기념관이 4군데, 소설가 톨스토이의 기념관이 3군데 있다고 들었다.

청마의 기념관이 거제와 통영뿐이 아니고 그가 안의중하교 교장으로 재직했던 함양 안의와 경주, 대구, 부산 등 연고가 있는 지역마다 기념관이 세워진다고 해서 무엇이 문제인가. 청마를 연구한 석·박사학위논문이 50여 편에 달하고 있음을 미루어 볼 때, 이만한 시인이라면 100개의 기념관이 세워진다고 해서 무슨 대수랴.

착공 준비 중에 있는 기념관 건립비용이 10수억 원이 되는 줄로 알고 있다. 큰 금액이기는 하나 거제의 명소로 자리매김이 되었을 때를 감안한다면 오히려 적다고 여겨진다. 돈을 쓸 때 쓰는 것이 지혜다.

더구나 한국 연극계의 대부였던 동랑 유치진기념관까지 함께 마련된다고 하니, 두 형제분의 생가 때문에 문화시범마을로 문화관광부로부터 지정된 둔덕 방하리는 거제의 명소 중 명소가 도리라 생각하니 벌써 가슴이 설렌다.

이 소송을 계기로 동랑과 청마의 출생지에 관한 소모적인 논란을 종식시키고 '거제는 출생지'로 '통영은 성장지'로 구분하여 인근 지역 간에 유기적인 협력 체제를 구축하여 알찬 기념사업이 추진되었으면 하고 바라는 마음 간절하다.

진실 찾기

    청마의 고향을 거제로 바로 잡기 위한 항소가 기각되었다.

    어이없게도 진실을 밝히는 일이 더 힘들 수 있다는 말을 실감하면서 착잡한 마음으로 대법원에 상고를 하였다.

    호흡을 다듬어 청마의 출생지 소송의 전모를 정리해보고 마지막 결전을 치를 준비를 해 보고자 하는 마음에서 이 글을 쓴다.

    내가 회장직을 맡고 있는 동랑·청마기념사업회는 우리나라 연극계의 선구자로 연극의 모든 분야에 걸쳐 다양한 활동과 뚜렷한 업적을 남긴 동랑 유치진 선생과 인간탐구를 지향한 생명파의 거목인 청마 유치환 선생의 업적 보전과 후세에 교육적 귀감을 삼고, 예술혼을 계승하기 위하여 1996년 7월에 창립되었다.

    동랑은 1905년에, 청마는 1908년에 거제시 둔덕면 방하리 507의 5번지에서 태어났으며, 동랑의 나이 5세, 청마의 나이 3세 때인 1910년 통영으로 이사하였다.

동랑과 청마의 출생지에 대한 논란은 1980년대 후반부터 제기되어 오늘에 이르렀으며, 거제시와 통영시가 기념사업을 각각 추진하여왔다.

통영시에서는 청마문학관을 건립하여 운영 중에 있으며, 청마거리를 선포하고, 청마문학상을 제정하여 시상하고 있다. 거제시에서는 양산 백운공원 묘원에 있던 청마의 묘소를 선영이 있는 둔덕으로 이장하고, 생가를 복원하고 기념관 건립 기공식을 목전에 두고 있다.

유족의 입장에서 본다면, 선친의 업적을 기념하는 일들이 명예롭고 고마운 일임에 부연 설명할 필요가 없겠지만, 두 곳의 기념사업들이 출생을 근거로 하고 있기에 부담이 아닐 수 없다.

동랑과 청마는 문단이나 학계에 통영출신으로 널리 알려져 왔지만, 1980년대 후반에 와서 거제 둔덕주민들과 유가족들에 의해 거제 출생설이 제기되어 1989년에 둔덕면 입구에 청마 고향 시비가 세워졌으며, 청마의 유족인 세 유자녀는 청마의 손때가 묻은 유품 200여 점을 둔덕면에 기증하여 청마 유품임시전시관을 개관토록 하는 등 거제 출생의 입장을 명백히 했다.

청마의 세 유자녀 중 막내인 유자연 씨의 연세가 올해로 73세이다. 살아생전 선친의 출생지를 정확히 밝히는 것이 자식의 도리라 여기고 통영시를 상대로 소송을 제기하게 되었다.

청마 출생지 문제를 두고 꼭 소송까지 하여야만 하느냐고 반문하는 사람들도 많은 줄 알고 있다. 송사를 즐겨하는 사람이 있을까만 이외의 다른 방법이 없기에 만부득 택한 고육책이었다.

2002년 2월 8일 청마의 유자녀 세 사람은, 피고인 통영시는 인격권 침해로 인한 1억 500만 원의 손해 배상금을 지급하고, 통영시 정량동 863-1 소재 청마문학관 1층 전시관 동편 벽에 부착된 연보 기재 출생지 표시 부분 중 "통영시 태평동 552번지에서 출생"을 삭제하라는 청구 취지로 서울 민사 지방법원에 소송을 제기하였다.

이에 대하여 서울지법은 2003년 4월 3일 강제조정명령에서 "1907년 7월 14일(음) 통영시 태평동 552번지에서 출생"을 "1908년 7월 14일(음) 출생. 통영에서 유년시절을 보냄"으로 수정토록 결정하였다.

강제조정명령에 대하여 피고 통영시는 이의를 제기하면서 청마문학관 안내판에 기재된 "1908년 7월 14일(음) 태평동 552번지에서 출생"부문을 "1908년 7월 14일(음) 출생(주1)"로 수정 변경한 다음 안내판의 하단부분에 "(주1)청마는 1959년에 발간한 자작시 해설집(구름에 그린다)에서 내가 난 곳은 통영이라고 밝혔다"고 기재하였다.

이에 원고측은 청마의 연보를 수정하였다고 하더라도 각주를 표시한 형식과 내용이 실질적으로 청마의 출생지를 통영시라고 기재한 종전의 기재와 다를 바가 없으며, 가사 그렇지 않다고 하더라도 청마의 출생지는 통영이라고 오해할 위험이 있다는 이유로 각주 부분을 삭제하라는 내용으로 청구 취지를 변경하였다.

2003년 7월 11일 서울민사지법 제 27민사부에서는 판결문에서 원고의 청구를 기각하는 원고 패소 판결을 내렸다.

판단내용은 1910년 1월 21일 이전의 청마의 부친 유준수의 행적이나 청마의 출생지를 알 수 있는 기록이 없고, 청마 자신이 자작시, 해설지 '구름에 그린다'에서 스스로 통영에서 출생하였다고 구체적으로 분명히 기술하고 있는 바, 청마가 출생지를 거제시에서 통영시로 바꾸어 말할 만한 특별한 이유나 사정을 찾아볼 수 없을 뿐만 아니라, 청마의 위와 같은 기술이 오류라고 볼만한 공적기록, 기타 아무런 객관적 증거가 없으며, 유준수(청마의 부친)는 통영에 이주한 이후에야 한약방을 차린 것으로 되어 있고, 통영에 거주하던 박우수(청마의 모친) 가문에 데릴사위로 들어가 살면서 청마를 낳았을 가능성을 배제할 수 없으며, 유치진이 생전인 1969년 2월 1일 방송의 프로그램에 출연하여, 통영에서 출생하여 초등학교까지 졸업하도록 자랐다는 취지로 진술하였고, 1975년 동랑 자서전과 유민영의 1965년도 석사논문에도 유치진이 통영에서 출생한 것으로 기술되어 있다는 내용이었다.

이에 대하여 원고측은 청마가 통영시 태평동에서 출생하였다는 기록은 명백히 사실에 배치되고 있는 반면, 유준수의 호적부, 청마고향시비, 동랑 자서전, 유가족 증언자료, 박순석의 호적부 등의 동랑·청마의 둔덕 출생에 대한 기록과 자료 및 동랑 청마의 외할아버지 박순석이 통영인이 아니며, 통영에서 약국을 운영한 적이 없다는 사실은 청마가 거제에서 출생하였다는 사실과 일치하고 있음을 이유로 하여 항소를 제기하였다.

2004년 6월 14일 서울고법은 사건의 공평한 해결을 위하여 당사자의 이익, 기타 모든 사항을 참작하였다며, "피고 통영시는 2004년 8월 20일까지 통영시 정량동 863-1 소재 청마문학관 1층 전시관 동편에 부착된 안내판 연보 기재 출생지 표시 부분 중 (주1)청마는 1959년에 발간한 자작시 해설집(구름에 그린다 13쪽)에서 내가 난 곳은 통영이라고 밝혔다"를 삭제한다.

"원고들의 나머지 청구는 모두 포기한다"라고 화해 권고 결정을 내렸다.

그러나 서울고법의 화해권고결정에 대하여 피고측은 이의 신청을 하였으며, 2004년 7월 16일 서울고법 제 2민사부(재판장 이윤승)에서는 1심과 별다른 내용 없이 원고의 항소를 기각하는 원고 패소의 판결을 내렸다.

20004년 8월 10일 원고측은 이에 불복하여 대법원에 상고하였다.

이 사건의 서울지법과 서울고법의 거제 출생 주장을 배척한 판시는 명백히 사실을 오인하였다고 아니할 수 없다.

사법부의 마지막 보루인 대법원의 현명한 판결을 기대해 마지 않는다.

"총각은 괜찮은데 섬사람이라서."

작고하신 장모님께서 상견례 끝에 하신 말씀이다.

사람이면 누구나 자신의 과오나 허물을 숨기려 한다. 그 과오나 허물이 크건 작건 간에 말이다.

섬에서 태어난 사람들은 출생지가 섬이란 걸 밝히기를 꺼려한다. 마치 섬에서 태어난 것이 무슨 허물이나 되는 것처럼 대접받아 왔기 때문일 것이다.

YS대통령 당선자 시절인 1990년 12월 말, 서울 프자라호텔 11층에서 송년 거제인의 밤이 열렸을 때의 일이다. 충무(당시)사람으로 알려져 있던 K씨가 이 모임에 참석했다.

"충무 사람이 웬 일이냐?"했더니,

"거제 사람이란다. 그것도 거제 둔덕사람"이라고 한다.

K씨는 이름만 들먹여도 알 만한 사람으로 평소 본인의 입으로 충무 사람이라 밝혀왔었다.

섬사람이라 하면 사회생활에 허물이 되었기에 그렇게 말해왔으리라.

동랑과 청마가 통영 사람이건, 거제 사람이건 그것이 뭐 그리 중요한 일이냐고 반문할 지도 모르겠다. 돈 안 되는 일에 시간과 열정을 쏟아 붓는다고 뒤에서 혀를 차는 이도 있을 것이다.

그러나 동랑과 청마의 고향을 찾아주는 것은 진실을 밝히는 일인 동시에 우리 거제의 자존심을 찾는 일이다.

동랑과 청마가 거제 사람이라고, 그들은 섬사람이었다고 당당하게 말할 그 날을 위해 마지막으로 온 마음을 모아야 할 일이다.

청마의 출생지는 거제임이 명백하다

1. 청마의 출생 경위

가. 청마의 부계와 모계

거제시 둔덕면 방하리에는 청마의 일족인 진주 유씨가 집성촌을 이루며 거주하고 있습니다. 이곳 방하리의 옛 지명은 버드레이데, 유씨柳氏가 많이 산다고 하여 붙여진 이름입니다.

청마의 선대先代는 이곳 둔덕면 방하리에서 8대에 걸쳐 농사를 지으며 살았습니다. 청마의 부父 유준수는 1887년 12월 25일 이곳 둔덕면 방하리에서 소외 망 유지영柳池英의 차남으로 출생하였습니다. 유준수의 위로 형인 유근조柳謹祚가 있었습니다.

청마의 외조부인 박순석은 거제군 둔덕면 하둔리(당시 지명)에 거주하면서, 3남 5녀를 두었는데, 청마의 모母 박우수朴又守는 1896년 1월 12일 거제군 둔덕면 하둔리 267번지(당시 지번)에서 박순석의 차녀로 출생하였습니다. 박순석은 부농富農인 지주로

서 둔덕천에 징검다리를 놓고 하둔리 일대 마을 사람들을 돕는 등 많은 선행을 베풀어 1918년 3월경 둔덕면 하둔마을 주민들이 마을 입구에 그의 송덕비를 세웠습니다.

박순석은 1930년 중반까지 둔덕면 하둔마을에서 거주하였습니다.

나. 청마와 동랑의 출생

유준수(당시 17세)는 1904년 박우수(당시 18세)와 혼인하여, 거제군 둔덕면 방하리 507번지(당시 지번)에 거주하면서 농사를 짓고 살았습니다. 유준수는 그곳에서 1905년 11월 19일 동랑 유치진(이하 '동랑'이라 한다)을 낳고, 1907년 7월 14일(음력) 차남인 청마를 낳았습니다. 동랑은 5세가 될 때까지, 청마는 3세가 될 때까지 이곳 둔덕면 방하리에서 유년시절을 보냈습니다.

※ 1913년 12월 29일 공포된 부령 제 111호에 의하여 1914년 3월 1일터 거제군과 용남군을 통합하여 통영군이라고 개칭하였음.

다. 유준수의 이주

유준수는 19세 되던 해인 1906년 11월 17일 부父인 유지영이 사망하고, 조카(형인 유근조의 아들)들이 장성하여 결혼할 무렵이 되자, 1910년 1월 21일 용남군 동면 신흥동 26번지(당시 지번)로 이주하였습니다. 유준수는 이곳에서 약 1년간을 거주하다가 1911년 1월 12일 통영군 동부동 5통 16호(구지번, 현지번은 통영시

태평동 552)로 이주하였습니다. 유준수는 이곳에서 약국을 개업하게 되었으며, 사람들은 그 약국을 유약국이라고 불렀습니다. 동랑과 청마는 그 후 주로 이곳 통영에서 성장기를 보내게 되었습니다.

다. 청마의 출생지

청마는 동랑과 같이 거제군 둔덕면 방하리 507번지(현지번은 거제시 둔덕면 방하리 507번지)에서 출생하였습니다. 청마는 3세가 되던 해에 아버지를 따라 통영으로 이주하게 되었습니다. 따라서 청마가 통영에서 주된 성장시절을 보냈기 때문에 통영을 그의 고향이라 말할 수는 있으나, 청마의 출생지는 어디까지나 거제군 둔덕면 방하리 507번지입니다.

2. 청마의 출생에 관한 기록

가. 동랑의 자서전

동랑이 구술口述하고 그의 제자인 유민영이 정리하여 발간한 동랑의 자서전에는 동랑과 청마의 출생에 관하여 다음과 같이 상세한 기술이 수록되어 있습니다.

"나는 1905년 말(음력 11월 19일) 경상남도 거제군 둔덕이란 한 촌寒村에서 태어났다. 둔덕은 통영읍 나루터에서 목선을 타고 한 시간가량의 거리에 있는 커다란 섬으로 삼면이 산으로 둘러싸인 일종의 분지와 같은 곳이다. 마을 앞에는 폐왕성이 있는 우두봉이 가로 막고, 뒤에는 산방산이 받치고 있어서 마치 삼태기 같은 곳에 자리잡고 있는 한 한촌이 바로 둔덕골이다."('동랑 유치진 전집' 중 49면 9행부터 14행까지)

"그런 곳에서 우리 부모가 8대를 살아왔으니 그들의 삶과 생각이 어떠했을까는 짐작하고도 남는다. 대략 70여 호가 농사를 지으며 살고 있는 이곳의 진짜 이름은 버드레이다.

…(중략)…

내가 태어난 집만 하더라도 지금 생각하면 돼지우리와 같은 작은 방 두 개의 초가였다. 버드레 마을의 집들은 모두가 그처럼 찌들은 농가였던 것이다."(같은 책 49면 18행부터 29행까지)

"특히 부유하게 살다가 답답한 둔덕골로 시집 와서 궁핍하게 문약한 남편을 모시고 농사를 지어야했던 어머니로서는 첫 출발부터 고된 삶일 수밖에 없었다. 어머니는 그래도 한 마디 불평 않고 둔덕골 생활을 잘도 참아냈던 것이다. 어머니가 거칠고 힘든 농사일을 면한 것은 시집온 지 7년여 만이었다. 우리 집이 통영읍내로 이사를 갔으니까 말이다. 나는 그런 부부에게서 1905년 장남으로 태어났다."(같은 책 52면 21행부터 27행까지)

"그런 처지에 또 2년여 뒤에 나는 아우를 보았다. 뒷날 시인이 된 청마 유치환이가 바로 밑엣 동생이다. 가난한 집에 식구가 늘어가면서 농촌 생활은 궁핍을 더해갔다. 그래도 우리 집은 논밭 농사가 꽤 되었기 때문에 호구 걱정까지는 하지 않아도 되었다. 나는 서너 살이 되면서 이웃집 어린아이들과 누런 흙바닥에서 뒹굴었다. 둔덕은 남쪽이었기 때문에 춥지 않아서 사철 마을 앞에서 소꿉장난으로 시간 가는 줄 몰랐다. 하늘은 언제나 파랬고 바람이 드셌다. 나는 주로 동구 앞에 서 있는 포구나무 그늘을 좋아했다.

포구나무는 수백 년이나 된 고목이어서 그런지 뿌리가 울퉁불퉁하게 사방팔방으로 퍼졌고, 나무 밑동도 우람할 정도로 커서 어린애들이 놀기는 안성맞춤이었다.

포구나무 아래서 놀라치면 들판에 작약꽃이 만발했다. 또 포구나무도 흰 꽃을 피웠다. 그런 것은 어린 눈에도 참으로 아름답다는 느낌을 흠뻑 안겨주곤 했다. 파아란 하늘과 산들바람, 그리고 빨간 석류꽃과 작약꽃이 언제나 눈에 어른거렸다.

누런 흙바닥에서 뒹굴다 보면 으레 할머니가 나를 발가벗겨서 찬물을 끼얹곤 했다. 때때로 엉덩이를 철썩철썩 얻어맞기도 했다. 그럴 수밖에 없는 것이 언제나 옷이 흙범벅으로 되었기 때문이다. 마침 둔덕골은 황토의 찰흙이어서 비라도 올라치면 발목까지 푹푹 빠지는 곳이었다.

할머니는 매우 자상하셨다. 내가 아우를 본 다음부터는 주로 할머니의 품에서 자라다시피 했다. 어머니는 이미 동생차지였던 것이다. 밤이면 뒷산에서 부엉이가 울어서 나는 오금을 펴지 못했다. 산방산에는 웬 부엉이가 그렇게 많은지 밤마다 울지 않는 적이 없었다. 둔덕골에는 까마귀가 또 많았다. 보리밭이 파래지면 까마귀 떼가 몰려와서 까욱까욱 울어 젖혔다. 까마귀는 보기와 달리 몸집이 큰데다가 새까맣기 때문에 무섭게 보이는 새였다. 이웃집은 거의 친척집이었다. 고종사촌과 팔촌이 살았고, 무슨 생일이라도 되면 수십 명이 몰려와서 왁자지껄했다. 더구나 경상도말로 떠드는 소리는 동네가 떠나갈 것 같아 시끄러울 수밖에 없었다. 우리 조상이 8대나 살았으니 퍼뜨린 씨가 얼마나 많았겠는가. 바로 밑 동생 청마의 시는 우리가 태어나 자란 곳을 잘도 표현해 주고 있다."(같은 책 54면 8행부터 55면 4행까지)

"그가 결국 둔덕골 농촌 생활에 견디지 못하고 통영읍으로 나올 수 있었던 것도 그러한 합리적 생활 자세에서 기인한 것으로 볼 수 있다.

내 나이 5살 때, 아버지는 자기 인생의 전환점이 될 뿐만 아니라, 내 인생의 진정한 출발점이 될 수 있는 큰 결단을 내렸다. 그것이 다름 아닌 농삿일 청산이었다.

…중략…

결국 한일합방이 되던 해에 아버지는 가솔을 이끌고 꿈에 그리던 바닷가 통영으로 이사를 한 것이다.

…중략…

아버지는 사람이 많이 오가는 길옆에서 한약방을 차린 것이다. 그렇기 때문에 통영 사람들은 우리 집을 가리켜 유약국으로 불렀다.

아버지가 한약방을 차리면서 생활은 둔덕골의 농촌 생활보다는 훨씬 나아졌다."(같은 책 58면 21행부터 59면 18행까지)

"1905년 11월 19일(음력) 경남 거제군 둔덕에서 태어남."(같은 책 349면 연보 참조)

나. 청마의 시

청마의 작품 속에서도 자신의 출생에 관한 기록을 남기고 있습니다. 먼저 청마가 1947년 6월에 발간한 시집 '생명의 서'에 발표된 '출생기'의 전문입니다.

검정 포대기 같은 까마귀 울음소리 고을에 떠나지 않고
밤이면 부엉이 괴괴히 울어
南쪽 浦口의 백성의 순탄한 마음에도
상서롭지 못한 世代의 어둔 바람이 불어오던
隆熙 二년!
그래도 季節만은 千年을 多彩하여
지붕에 박넌출 南風에 자라고
푸른 하늘엔 石榴꽃 피 뱉은 듯 피어
나를 孕胎한 어머니는
짐즛 어진 생각만을 다듬어 지니셨고
젊은 의원인 아버지는

밤마다 사랑에서 저릉 저릉 글 읽으셨다.

옹고못댁 제삿날밤 열나흘 새벽 달빛을 밟고

유월이가 이고 온 제삿밥을 먹고 나서

희미한 등잔불 장지 안에

煩文辱禮 事大主義의 辱된 後裔로 세상에 떨어졌나니

新月같이 슬픈 제 族屬의 胎盤을 보고

내 스스로 呱呱의 哭聲을 지른 것이 아니련만

命이라 길라 하여 할머니는 돌메라 이름 지었다오.

여기서 '융희 2년'은 서기 1908년으로 청마가 태어난 해이고, '왕고모댁 제삿날 밤 열나흘 새벽'은 청마의 음력 생일인 7월 14일을 가리키며, 박넌출 석류꽃은 청마의 생일인 음력 7월과 맞아 떨어지고 있습니다.

청마는 위 시에서 출생지의 자연경관을 "까마귀 울음소리 고을에 떠나지 않고 밤이면 부엉이 괴괴히 울어"라고 그리고 있습니다. 그런데 이와 같은 자연경관은 동랑이 그의 자서전에서 적고 있는 둔덕골의 자연경관과 일치하고 있습니다.

즉 동랑은 둔덕골을 "밤이면 뒷산에서 부엉이가 울어서 나는 오금을 펴지 못했다. 산방산에는 웬 부엉이가 그렇게 많은 지 밤마다 울지 않은 적이 없었다. 둔덕골에는 까마귀가 또 많았다"라고 그리고 있습니다.(위 '동랑 유치진 전집' 중 54면 28행부터 31행까지)

그런데 청마가 소년기를 보낸 통영군 태평동 552번지는 통영읍내에 위치하고 있으며, 바닷가에서 걸어서 수분 정도에 위치해 있는 동문 안 장터 안에 위치해 있는 곳으로 부엉이와 까마귀가 서식하지 아니한 곳입니다.(동랑의 자서전의 장터에 자리 잡고 있었다. 아버지는 사람이 많이 오가는 길옆에서 한약방을 차린 것이다. 부분참조)

또한 청마는 출생 시간을 "왕고못댁 제삿날 밤 열나흘 새벽 달빛을 밟고 유월이가 이고 온 제삿밥을 먹고 나서"라고 그리고 있습니다.

청마의 왕고모는 청마의 다른 시 '거제도 둔덕골'에서도 "호연한 기풍 속에 새끼 꼬며 시서와 천하를 논하는 왕고못댁 왕고모부며"라고 하여 왕고모댁이 등장하고 있습니다.

여기서 왕고모댁은 청마의 네 분 고모 중에 제일 큰 고모를 말하며(청마의 고종사촌 소외 김경곤의 조부임), 당시 큰 고모는 청마 생가와 이웃한 거제군 둔덕면 방하리 703번지에 거주하고 있었습니다.(청마는 네 분 고모를 두고 있고, 네 분 모두 거제군에 거주하였음)

또한 당시 제사음식은 이웃에 나누어 먹는 풍습이 있었고, 제사는 항상 자정이 넘어야 시작되었기 때문에 제삿밥을 나누어 먹으려면 새벽녘이 되어야 했을 것입니다.

청마는 어머니가 왕고모댁에서 보내준 제사 음식을 먹고 새벽에 청마를 출산한 것을 위와 같이 그리고 있습니다. 즉 위 시에서는 청마의 모母가 왕고모댁에서 보내준 제삿밥을 먹은 직후 청마를 출산한 상황을 그리고 있으므로 청마의 출생지가 왕고모댁과 같은 마을인 둔덕면 방하리를 암시하고 있습니다.

청마는 '거제도 둔덕골'이라는 시에서도 자신의 출생지를 은

유隱喩적인 방법으로 그리고 있습니다. 즉 청마는 이 시에서도 "거제도 둔덕골은 8대로 내려 나의 부조가 살으신 곳, 할아버지 살던 집에 손주가 살고, 아버지 갈던 밭을 아들네 갈고", "아아 나도 나이 불혹에 가까웠거늘 슬플 줄도 모르는 이 골짜기 부조의 하늘로 돌아와 일출이경하고 어질게 살다 죽으리"라고 노래하면서 자신의 출생지에 관한 끝없는 향수를 그리고 있습니다.

이상과 같이 청마의 작품에서 나타난 출생지는 둔덕임이 틀림이 없습니다.

3. 호적부의 기재

고동주 통영 전 시장은 유준수의 본적이 "통영군 통영면 동부동 5통 16호(조일정, 태평동 552)"로 되어 있는 것을 근거로 청마의 출생지가 통영이라고 주장하고 있습니다. 그러나 위 호적의 기재는 청마가 거제군 둔덕면에서 출생한 사실과 모순되지 않습니까.

먼저 위 호적은 1914년 이후에 작성되었습니다. 그와 같이 추론하는 근거는 본적란에 지명을 '통영군 통영면'이라고 기재하고 있습니다.

그런데 통영군은 1913년 12월 29일 공포된 부령 제111호에 의하여 1914년 3년 1일부터 거제군과 용남군을 통합하여 통영군으로 개칭하게 되었습니다.

따라서 위 통영면의 1914년 이전의 지명은 용남군 통영면이었으므로, 위 호적에서 통영군 통영면으로 기재하고 있는 것으로 보아 위 호적은 적어도 1914년 이후에 편제된 호적이 틀림없습니다.

　또한 위 호적의 호주란에는 "분가년도 융희 4년(단기 4243년 명치 43년) 1월 21일 호주 및 분가 신고"라고 기재되어 있고, 사유란에는 "명치 44년(단기 4244년) 1월 23일 동면 신흥동 26호에서 이거"라고 기재되어 있습니다.

　이는 유준수가 1910년 1월 21일 거제군 둔덕면 방하리 507번지에서 호적을 두고 그곳에서 거주하고 있다가, 1910년 1월 21일 통영군 동면 신흥동 26호로 이주하여 분가하면서 호적을 신편新編하게 되었고, 그곳에서 약 1년간 거주하다가 다시 통영군 통영면 동부동 5통 16호로 이사하면서 전적轉籍하였음을 나타내고 있습니다.

　따라서 유준수의 호적은 청마가 거제에서 출생한 사실과 모순이 되는 것이 아니라, 오히려 일치하고 있고, 거꾸로 청마가 통영에서 출생하였다는 주장과는 분명히 모순된다고 할 것입니다.

4. 증언

　청마의 세 따님은 어려서 부모님들로부터 청마가 3살 되던 해에 거제도 둔덕에서 통영으로 이사하였다는 사실을 직접 듣고 자랐습니다. 또한 이와 같은 사실은 청마의 친척들 뿐만 아니라, 많은 사람들이 익히 알고 있는 사실입니다.

청마의 여동생 유치선, 청마의 조카인 류필형, 청마의 이종 사촌인 김상회, 청마의 외사촌인 박무형, 박일아, 청마의 일가 유치기, 유약국에서 하숙을 하였던 박정호, 동랑의 수제자이며, 동랑 자서전의 저자인 유민영 등이 동랑과 청마가 거제군 둔덕면에서 출생한 사실을 증언하고 있습니다.

5. 맺는 말

이상과 같이 청마의 출생지가 거제군 둔덕면 방하리 507번지인 것은 명백하다고 할 것입니다.

살아있는 청마(青馬)

수양산 그늘

몸 상태가 정상이 아님을 안 것은 작년 10월 중순 무렵이었다. 힘쓰는 일을 조금만 해도 숨이 가빴다. 과로 때문인가 하여 조금 지나면 괜찮아지겠거니 하였는데 그게 아니었다.

급기야 신촌 세브란스병원에서 폐 조직검사를 하기에 이르렀다. 달포 가까이 걸린 검사결과 '폐포단백증'이란 진단이 나왔다.

폐에 단백질이 쌓인다는 희귀난치성 질환이라 치료약이 아직까지 개발되지 않아 약이 없단다. 달리 치료방법은 없고 증세가 심해지면 폐세척술을 시행한다며 운동을 권했다.

차일피일 운동을 미루는 사이 호흡곤란을 느끼는 빈도도 심해졌다. 이런 중에 제 2회 청마북만주문학기행에 참가 권유를 받았다. 권유가 아니라 강권이었다.

바둑에서는 '아생연후에 살타'라고 했는데, 건강이 말이 아님을 빌어 불참을 사정했으나 별무 도리였다.

집사람의 잔소리가 심해진 것은 이때부터였다. 피할 방법이 없어 미적거리던 아침운동을 시작했다. 행여 문학기행 도중에 일이 생겨 행사에 지장을 초래하지는 않을까 하는 걱정과 불안이 한 몫 거들었다.

운동이라야 저수지 주변에 설치된 데크를 걷는 것이 고작이다. 2차선 도로를 끼고 설치된 400m의 데크를 몇 차례 오가는 것이 전부인데, 이것도 운동이 되는가 싶기도 했다.

처음엔 한 차례 오가는 것도 숨이 차 힘들었는데 한 열흘 계속하다 보니 대여섯 번을 오가도 견딜 만 했다.

이 아침운동 덕분으로 4박 5일의 일정을 무난히 소화했다. 특히 지난해 북만주 문학기행 중 일기사정 등으로 보지 못했던 일송정과 윤동주 묘소, 백두산 천지를 둘러볼 수 있었다. 더구나 백두산 천지는 백 번 가야 두 번밖에 못 본다고 가이드가 말하는 것을 보면 꽤나 운이 좋은 셈이었다. 차창을 통해서였지만 관심이 많았던 자작나무며, 백두산 월귤을 실컷 볼 수 있어 다행이었다.

수양산 그 그늘이 강동 80리 간다고 하더니만, 호흡기에 탈이 난 환자가 백두산 천지까지 다녀왔음은 모르긴 해도 청마의 원력遠力때문이 아닌가 싶어진다.

조상도 모르면서

할머니의 기일忌日을 제대로 안 것은 연변에서 당질이 다녀가고부터다.

우리 할머니는 해방되기 몇 해 전에 큰 아들인 백부님을 따라 만주로 가셨다고 한다. 선친과는 생이별을 한 셈이다. 선친께선 연락이 닿지 않아 생사조차 모르고 계시다 인편으로 전해들은 제삿날에 제사를 모셔왔었다. 엉뚱한 날을 기일로 알고 제사를 모셔왔으니 한심했다.

20수년전의 일이다.

88올림픽을 앞두고 중국 길림성에서 고향으로 보내온 편지를 전해 받았다.

연길시에 있는 사촌형이 초청장을 보내달라는 내용으로 구구절절 고향을 그리는 애타는 사연이었다. 어렵사리 초청장을 보내었는데 그 후로 연락이 없었다. 궁금해 하던 차에 당질로부터 안타까운 사연을 들었다.

6살 때 백부님을 따라 만주로 떠났던 사촌형은 초청장을 받고 꿈에 그리던 고국땅을 가리라고 감격한 나머지 그만 심장마비로 세상을 떠났다고 한다. 당질은 그때 어려서 소식을 전하지 못했다고 했다. 초청장이 생사람을 잡았다고 생각하니 마음이 편치 않았다.

그때 왔던 당질을 경기도 과천에서 내가 운영하던 '능곡재' 난농원에 1년 가까이 데리고 있으면서 알뜰히 돌보았고 귀국 시엔

거금(?)을 들여보냈는데 여태 종무소식이다.

조선족인 당질이 완전 중국 사람이 되었노라고 고소를 지었다.

이번까지 두 번의 연변행에 연락이 닿았으면 할머니와 백부님의 묘소라도 참배할 수 있으련만 안타까움만 더했다.

할머니께서 만주로 이주하신 시기는 청마께서 흑룡강성 연수현으로 이주한 때와 거의 같은 무렵이지 싶다. 이번 제2회 청마 북만주문학기행 단장은 조상도 전 거제시장님이다. 평소 입버릇처럼 들먹이시던 '조상도 모르는 자들이'하는 농담이 농담으로만 들리지 않았다.

연락이 두절된 당질의 기별이 있기를 기대해 본다.

살아있는 청마

이번 북만주문학기행은 일정이 넉넉하여 흑룡강성 연수현을 재차 방문하였으면 했는데, 일행이신 연로한 청마 두 따님의 건강 때문에 무리하지 않기로 하였다는 집행부의 설명에 군말을 삼갔다. 신록의 광야를 보았으면 했는데, 다음 기회로 미루었다.

7월 7일 연길시 백산호텔 신라월드 대연회장에서는 제1회 연변 청마문학상 시상식과 청마 시낭송대회가 200여 명이 참석한 가운데 성황리에 개최되었다.

문학상 시상식에 앞서 열린 청마 시낭송대회는 예심을 거친

21명이 참가하였다. 연변 인민방송국 아나운서가 6명이나 참가하였고, 연길시 중학생, 연변대학생, 연변대학 사범 분원학생과 교원이 참가하였는데, 낭송자들의 낭송 실력은 수준급 이상이었다.

'바닷가에 서서', '깃발', '행복', '바람에게', '저녁놀' 등 13편의 청마의 시가 차례로 낭송되는 동안 나는 애써 눈물을 감추어야 했다.

적신 눈시울로 일행을 살펴보았다.

벅찬 감동과 감회에 젖어 눈을 감고 낭송에 몰입하고 있으면서 눈물을 훔치고들 있었다.

제 1회 연변청마문학상 시상식과 청마 시낭송대회는 연변시가학회에서 주최했다. 연변시가학회는 최용관 고문과 김영건 회장이 주축인 것으로 아라고 있다.

연변 조선족 대표 문학상으로 윤동주 문학상(1985년 제정), 정지용 문학상(1995년 제정), 신연수 문학상(2010년 제정)이 시상되고 있다.

윤동주 문학상은 한국해외한민족 연구소에서, 정지용 문학상은 충북 옥천군이, 신연수 문학상은 강원도 강릉시에서 시상금 등을 지원하고 있다.

올해 제정된 연변청마문학상이 연변의 으뜸가는 문학상이 되었으면 하는 바람이다. 연변시가학회, 유족 그리고 우리 모두의 힘과 정성이 보태져야 하리라.

청마문학상 사상식에 이어 청마 시낭송상 시상식이 있었고,

축하무대가 펼쳐졌다.

연변대학예술학원 민족성악교수라 소개된 김순희 교수의 '한오백 년'이 열창되는 동안 나는 문득 청마가 살아있다는 생각이 들었다.

아니 살아있다는 정도가 아니라 약여躍如하고 있다고 여겨졌다.

'광야에 와서' 그 절망의 노래가 70년 만에 광야에 울려 퍼지고 있었다.

북만주로 간 청마(靑馬)

"명예는 얻기 어렵고, 생전에 유지하기는 아주 어렵고, 사후에 보존되기는 더욱 어렵다"고 F.J. 하이든은 갈파하였다.

청마를 두고 이 말이 자주 떠올랐다.

'친일'이란 화두를 안고 동랑·청마기념사업회에서 주선한 '청마 북만주 문학기행'에 참여키로 하였다. 사정이 여의치 않아 망설였는데 이금숙 회장의 막무가내식 권유에 별도리가 없기도 하였지만, 하얼빈에 대한 동경이 또 한 몫을 하였다.

수년 전 동랑·청마기념사업회장으로 재임 중 두 가지 걸림돌 때문에 고심하였다. 한 가지는 '출생지' 문제였고, 또 한 가지는 '친일' 문제였다.

출생지에 관하여는 소송이라는 정공법을 택하였는데, 여기서는 언급하지 않기로 한다.

친일문제는 현재도 진행형인지라 이번 여행에서 화두로 삼았다.

지난 2004년 11월, 이곳 거제청소년수련관에서 개최되었던 한국문협 주최 '문화소외지역 신나는 문학여행' 행사에서 인하대 홍정선 교수의 '청마 유치환의 삶과 문학'이라 제한 강연이 있었다.

홍정선 교수는 2002년 8월부터 2003년 8월까지 학술진흥재단 한국학 해외 파견 교수 겸 중국 교육부 초청 외국인 전문가로 길림대학에서 강의했으며, 이때 청마의 북만에서의 작품을 담은 시집 '생명의 서'의 작품 현장을 실사한 학자로 알려져 있다. 이날의 강연은 많은 것을 느끼게 하였다. 하여 나도 북만의 작품 현장을 가볼 수 있으려나 하고 막연히 기대하였는데, 기회가 온 셈이었다.

우선 화두로 삼은 친일이란 죄목부터 살펴보기로 한다.

청마에게 친일이란 독침을 쏘는 사수들이 내세우는 타겟은 네 가지다.

그 첫째가 최재서가 주재한 '국민문학'에 발표된 작품 '首(수)'이다.

'首'는 흑룡강 마른 바람이 몰아치는 12월 북만주의 한 소읍, 가성佳城 네거리에 효수된 비적의 머리를 목도한 뒤에 지은 시다.

이 시에 등장하는 '비적'이 "혹시 망명한 독립군일지도 모르고, 일본의 괴뢰인 만주국에 항거하는 중국의 망명군이었는지도 모른다."며 장덕순 교수가 1963년 '세대'지에서 문제를 제기하면서부터 이 죄목은 시작되었다.

두 번째와 세 번째 죄목은 친일성향 잡지에 발표되었다는 점과 작품의 내용이 친일적이라는 '전야'와 '북두성'이란 작품이다.

원광대 김재용 교수는 '전야'가 학병 지원을 촉구한 작품으로서 "화려한 새 날의 향연"이라는 대목이 "역사의 전야에 조선출신 학병들이 정복과 승리의 노래를 불러야 한다는 뜻"이라는 것이며, 또 '북두성'이란 시는 '아시아의 산맥 넘어서 동방의 새벽을 일으키다'라는 구절이 "대동아 공영권의 수립을 축원했다"고 분석된다고 했다.

네 번째 죄목은 하얼빈 협화회에 근무했다는 것이다. 두 번째에서 네 번째의 죄목은 김재용 교수가 2004년 8월 7일 한겨레신문에 기고하면서 비롯되었다.

이 기행문에서는 위의 친일 죄목에 대하여 북만주라는 생소한 공간을 여행하면서 필자의 평소 생각과 친일이 아니라고 주장한 사람들의 논거를 비교 판단하기로 하였다.

청마는 왜 북만행을 택하였을까

청마는 1941년 권솔들을 이끌고 북만주로 건너갔다. 북만행을 결행한 이유에 대하여는 자작시 해설집 '구름에 그린다'의 해당 부분을 살펴볼 필요가 있다.

"1945년 8월 15일의 역사가 이루어지지 않았던들, 즉 일본 제국주의의 포로가 인간 질서를 유린하는 겁죄 그대로를 뻗치고 나가도록 그 이상 역사가 내버려 주었던들 우리 한국 민족의 운명은 오늘날 어떠한 방향으로 치달리고 있었겠습니까?

그 질식할 일제 질곡의 하늘 아래에선 한 시간을 경과하면 경과할수록 우리는 다시 헤어날 수 없는 구렁으로 나떨어지고 있었을 뿐 아니라, 그 누구가 인간으로서의 그의 인생에 희망을 건다든지 설계를 가진다든지 하는 것은 곧 가증한 원수인 일제 앞에 자기를 노예로 자인하고 그들에게 개 같이 아유 구용하는 길 밖에는 있을 수 없는 일이었으니, 그러므로 그 시기에 있어서는 적으나마 겨레로서의 자의식을 잃지 않는 자라면 원수에 대한 가열한 반항의 길로 자기의 신명을 내던지든지, 아니면 희망도 의욕도 죄 버리고 한갖 반편으로 그 굴욕에 젖어 살아가는 두 가지 길 밖에 없었던 것입니다.

그런데 나는 비굴하게도 그 중에서 후자의 길을 택한 것이었으며 그러면서도 그 비굴한 후자의 길에서나마 나는 나대로의 인생을 값없이 헛되게는 버리지 않으려고 나대로의 길을 찾아서 걸어가기에 고독한 노력을 아끼지 않았던 것입니다. 어쩌면 이러한 말은 비열한 위에 더욱 가증스런 자기 합리화의 수작으로 밖에 들리지 않을지 모르겠습니다만.

1941년 나의 첫 시집인 『청마시초』가 그 동안의 외우畏友 소운형 素雲兄의 주선으로 나오게 되자 우연한 기회를 얻어 나는 달갑게 내게 따른 권솔들을 이끌고 북만주로 건너갔던 것입니다.

훗날에 이르러 돌아보아 이 길은 나의 생애에 있어 한 전기轉機가 되었을 뿐만 아니라, 이 탈출이 없었던들 장차 나의 신상에 어떠한 이변이 생겼을지 예측키 어려웠던 것입니다.

왜냐하면 다 알다시피 일제 군국주의의 무모한 전쟁은 마침내 영미와의 개전으로까지 이르렀던 것과 동시에 그들의 광태는 그들의 비위에 거슬리는 한국의 지식분자는 모조리 말살해 치우려는 데까지 뻗쳐우리 고향만 하더라도 많은 젊은이들이 붙들려 무진한 경난을 겪었을 뿐 아니라, 개중에는 미결인 채 감방에서 옥사한 친구까지 생겼던 것이니, 말하자면 나는 용하게도 그 호구를 모면할 길을 얻은 셈이었습니다.

여기서 덧붙여 말하고 싶은 것은 나의 주변에는 많은 〈아나키스트〉와 그 동반자들이 있었고, 따라서 내게도 항상 일제 관헌의 감시의 표딱지가 떨어지지 않고 붙어 다녔지마는 그로 말미암아 나의 초기의 작품들은 영영 잃었을 뿐 그 영광스런 돼지우리의 구경만도 끝내 한번이고 해 본 적이 없었으니 그 점은 어떤 요행에서보다 나의 천성의 비겁하리만큼 적극성의 결핍한 소치의 결과로서 생각하면 부끄럽기 한량없는 일입니다."

위의 글로 보아 자학에 가까울 정도의 준열한 자기 다스림으로 하여 북만주행을 결행하였지 싶다. 더구나 일제는 1940년부터 창씨개명을 시작하였기로 이를 피하고 모면하는 길로 북만주행을 택했다고 하겠다.

첫 번째 죄목 '首'에 대하여

12월의 북만 눈도 안 오고
오직 만물을 가각하는 흑룡강 말라빠진 바람에 헐벗은
이 적은 가성佳城 네거리에
비적의 머리 두 개 높이 내걸려 있나니
그 검푸른 얼굴은 말라 소년 같이 적고
반쯤 뜬 눈은
먼 한천寒天에 모호히 저물은 삭북朔北의 산하를 바라고 있도다
너희 죽어 율의 처단의 어떠함을 알았느뇨
이는 사악四惡이 아니라
질서를 보전하려면 인명도 계구鷄狗와 같을 수 있도다
혹은 너의 삶은 즉시
나의 죽음의 위협을 의미함이었으리니
힘으로써 힘을 제거함
또한 먼 원시에서 이어온 피의 법도로다
내 이 각박한 거리를 가며
다시금 생명의 험렬함과 그 결의를 깨닫노니
끝내 다스릴 수 없던 무뢰한 넋이여, 명목하라
아아 이 불모不毛한 사변思辨의 풍경 위에
하늘이여 은혜 하여 눈이라도 함빡 내리고 지고!

〈首〉

청마는 흑룡강성 연수현 가신진에서 청마는 정미소를 운영하

였다. 가성 사거리는 연수현에 있는 작은 고을이다. 가신진은 1960년대의 거제 곳곳을 연상케 했다. 지금부터 70년 전의 그곳의 풍경이 어떠하였는지는 미루어 짐작이 갔다.

이 시는 1940년대 초반에 쓰여졌다.

문제의 '비적'은 누구를 지칭하는 것일까. 독침을 쏘는 사수들은 '혹시 망명한 독립군이었을지도 모르고 일본 괴뢰인 만주국에 항거하는 중국의 망명군이었을지도 모른다'고 했다.

이에 대하여 홍정선 교수는 '독립군은 1930년대까지는 모두 소련으로 넘어갔고 이후에 남아있었던 것은 동북항일연구단인데, 이 부대의 활동지역은 청마가 살았던 곳과 다르고 나오는 비적은 말 그대로 비적으로 보는 것이 타당하다.'

이 사실은 청마가 살았던 곳에서 태어나 자란 정관룡 연변대 총장의 회고록을 읽어보면 알 수 있다. 해방 직후에도 토비들이 욱실거렸다. 정관룡 총장의 회고나 원래 수렵과 유목을 하던 사람들이 살던 곳을 논밭으로 개척한 그 지역에는 유목민들의 도둑질이 빈번했다는 이범석 장군의 증언이 오히려 타당성이 있을 것으로 본다. 이와 함께 토비를 독립군으로 추측한 것에는 최재서에 대한 장덕순 교수의 개인적 감정이 최재서가 주재한 '국민문학'에 발표된 청마 선생의 시로 엉뚱하게 옮겨져서 작용했다는 사실은 잘 알려진 일로 이러한 사실을 우리는 기억할 필요가 있다고 했다.

연길에서 만난 연변시가 학회 고문으로 최관룡 시인 또한 '首'는 친일시가 아니며 한국에서 강연할 기회가 있으면 이를 밝히겠다고 했다.

효수된 비적의 모가지에 대하여는 위의 책 '구름에 그린다'에
서 백범 옹 피살의 비보를 듣고 지은 〈죄업〉이란 시의 해설에서
도 언급하였다.

해방과 더불어 가져온 이러한 암담한 상황 가운데도 현실에 대한
나의 가장 큰 불신과 분격을 사게 한 일은 고 백범 김구 선생의 피살
사건이었습니다. 물론 어느 나라의 역사상에도 위대한 지도자가 사려
없는 같은 겨레의 흉도에 쓰러진 예가 적지 않을 뿐 아니라, 또한 그것
이 아무리 그 하수인 한 사람에 한한 무사려한 판단이 저지른 불행이
라 할지라도 그것은 어디까지나 커다란 시대 조류의 방향에 있어서의
피치 못할 인과일 것입니다. 그러나 시대 조류의 토막 토막을 두고
우리가 바라볼 때, 그 모두가 반드시 필연한 방향으로 흘러가기 마련
인 것도 아니요, 또 한 사건의 책임을 시대에다 발라 넘겨 버리기에는
우리 스스로가 승복할 수 없는 것입니다.

생각하면 위대한 〈테러리스트〉(?)로서의 백범 선생이 한갖 되지못
한 자이나마 〈테러〉의 손으로 돌아가셨으니 어쩌면 그것이 본양였었
는지 모릅니다. 그러나 선생을 쓰러뜨린 총탄이 차라리 원수가 보낸
도구의 것이었더라면 곱게 체념할 수도 있고, 또한 증오는 이같이 치
렬하지는 않았을 것입니다. 사실로 나는 그날 이 비보의 나붙음을 보
는 순간 광복된 조국의 거리에 서서 오히려 북만주의 네거리에 내걸린
사람의 모가지를 바라보던 때 이상으로 전후좌우로 나를 노리는 살기
가 모골에 느껴옴을 견딜 수가 없었던 것입니다.

'불모한 사변의 풍경 위에 하늘이여 은혜하여 눈이라도 함빡 내리고 지고'라고 한 시인은 말이 없다.

전야와 북두성

'전야'와 '북두성'은 '眥'가 친일 죄목으로 뒤집어씌우기가 어려웠는지 차례로 들고 나온 친일 증거자료다.

"〈전야〉는 학병의 지원을 촉구한 작품으로 유치환의 친일 행각을 가장 잘 보여준다. '화려한 새날의 향연이 예언'되는 역사의 전야에 조선 출신의 학병들이 정복과 승리의 노래를 불러야 한다는 취지의 이 시는 당시 학병 특집으로 마련된 〈춘추〉1943년 12월에 발표되었다.

1943년 10월 20일 학도병 동원을 알리는 규정이 나오자 〈춘추〉는 11월호에는 학도병으로 참가하는 학도병 자신의 글을, 12월호에는 학도병 참여를 권유하는 글을 특집으로 마련했다. 바로 이 〈춘추〉 12월호에 유치환의 〈전야〉가 실린 것이다." 김재용 교수의 주장이다.

"'전야'는 새해는 우리 모두에게 무언가 좋은 일이 일어나기를 바라는 염원을 담아 '춘추' 연말호에 발표한 작품일 뿐이다. 이러한 사실을 전혀 고려하지 않고 '화려한 새날의 향연'을 학병과 관련지어 해석하고 있는 김재용 교수에게 나는 이 시기에 청마가 쓴 '나는 믿어 좋으랴'와 같은 시에 주목하면서 '전야'를 읽는 것이 더 정확한 해석이 될 것이라고 분명히 말해 두고 싶다"고 홍정선 교수는 말했다.

다음은 청마의 시 〈나는 믿어 좋으랴〉 전문이다.

인사를 청하면
검정 호복胡服에 당딸막이 빨간 코는 가네야마
핫바지 저고리에 꿀 먹은 생불은 가네다
당꼬바지 납작코 가재수염은 마쓰하라
팔대장선 광대뼈는 구니모도
방울눈이 친구는 오오가와
그 밖에 제 멋대로 눕고 앉고 엎드리고
샛자리 만주캉炕 돼지기름 끄으는 어둔 접시등 밑에
잡담과 엽초 연기에 떠오르느듯한 이 좌중은
뉘가 애써 이 곳 수천리길 이적의 땅끝으로 끌어온게 아니라
제마다 정처 없는 유랑의 끝에
야윈 목숨의 우로雨露를 피한 땅배미를 듣고 찾아
북만주도 두메 이 노야령 골짝까지 절로 모여 든 것이어니
오랜 인욕고의 이 슬픈 四十代들은
부모도 고향도 모르는 이
철없이 업히어 넘어 들은 이
모두가 두 번 고향땅을 밟아 보지 못하여
가다 오다 걸어 들은 우리네 사람이 전하는 고국 소식을 들은 밤은
제각기 아렴풋한 기억을 더듬어 더욱 이야기에 꽃이 피고
흥이 오르면 빼주에 돼지 발쪽을 사다 놓고
어화 농부도 부르고

저기 앉은 저표모도 소년은 이로하고도 부르고
속에는 피눈물 나는 흥에 겨워 밤가는 줄 모르나니
아아 카인의 슬픈 후예 나의 혈연의 형제들이여
우리는 언제나 우리나라 겨레를
반드시 다시 찾을 날이 있을 것을 나는 믿어 좋으랴.
괴나리 보따리 하나 들고 땅 끝까지 쫓기어 간다기로
우리는 조선 겨레임을 잊지 않고 죽을 것을 나는 믿어 좋으랴
좋으랴.

〈나는 믿어 좋으랴〉

'북두성'에 대하여 "1944년 4월 〈조광〉에 실은 시 〈북두성〉
은 〈전야〉의 연장선에 있는 작품이다. '아세아의 산맥 넘어서 동
방의 새벽을 일으키다'로 끝나는 이 작품은 서구 근대를 극복한
대동아 공영권의 수립을 축원한 사이다"라고 김재용 교수는 주
장했다.

이에 대하여 홍정선 교수는 "하지만 그런 해석은 앞 연에 놓인
'구름을 밟고 기러기 나간 뒤 은하를 지고 달도 기우러'라는 구절
에 연관시켜 볼 때 도저히 불가능한 억측이고 만약 그렇게 읽을
수 있다면 이 구절은 우리나라 해방으로 읽는 것도 마찬가지로
해석이 가능할 텐데 왜 하필이면 친일성향으로 보고 있는지 궁
금할 뿐이다"라고 했다.

김재용 교수의 주장은 친일장사가 한창일 때 나왔다. 그가 청
마의 시상과 시어에 대하여 단 10분이라도 공들였다면 이처럼
무지 무식하기 짝이 없는 글을 쓰지는 않았지 싶다. 글자 한 자

한 자에 매달리는 건강부회는 어처구니가 없는 정도가 아닌 연민의 정까지 느끼게 한다.

광야를 달려보았다. 버스를 타고 말이다. 보이는 건 오로지 광야 뿐, 눈 들어 바라보면 아득히 산들이 보였다.

팔자 좋은 여행객의 눈에 비치는 광야는 처연하기만 한데 70년 전 청마가 바라본 광야는 말해 무얼 하겠는가. 암담하고 절망에 찬 심사를 그는 이렇게 읊었다.

> 허구한 세월이
> 광야는 외로워 절도이요
> 새발깐 석양이 물들어
> 세상의 끝 같은 북쪽 의지 없는 마을
> 먼 벌스가 병영에서
> 어둠을 불러 나팔소리 양량히 울면
> 크낙한 종언終焉인 양
> 광야의 하루는 또 지오.
>
> 〈絶島〉

협화회 근무에 대하여

네 번째 협화회 근무 건이다.

"유치환의 북만에서의 활동 중 농장 경영은 잘 알려져 있지만, 그가 하얼빈 협화회에서 근무하였다는 것은 그동안 알려져 있지 않았다. 물론 협화회에 근무하였다는 것 자체가 곧바로 친일의 근거는 될 수 없다. '만주국'의 협화회는 그 성격이 복합적이어서 일방적으로 친일단체라고 할 수는 없기 때문이다. 하지만 〈전야〉와 〈북두성〉을 고려하면 협화회에 근무했다는 것은 친일행적의 한 정황증거가 될 수 있을 것이다"라는 김재용 교수의 주장에 대하여 "협화회에 관한 문제는 당시 만주로 이주해 살던 사람들의 경우 모두 협화회에 세금을 냈다는 사실과 40년대 초에 4만 6천여 명의 조선인들이 가입해 있었다는 사실을 감안하면 청마 같은 지식인의 경우 피할 수 없는 일이었을 것"이라고 홍정선 교수는 말했다.

청마의 협화회 근무를 단정지을 근거는 없다. 김재용 교수의 혜안이 놀랍다. 지식은 옳게 쓰여야 하련만 그렇지 않으면 그 지식이나 식견이 천박하게 보일 뿐이다.

청마는 위의 책 '구름에 그린다'에서 당시의 하얼빈을 이렇게 묘사했다.

"그 당시 '하르빈'은 진정 나라 없는 백성들의 거리였습니다. 두겹으로 나라를 잃고 영화롭던 옛날의 추억 속에 연명하는 육중한 백계로인白系露人과 어디고 인간의 퇴적물 같이 번식해 사는 중국인과 안하무인한 거만스런 왜인들과 그리고 그 속에서 어떠한 수단으로서도 악착같이 다가붙어 살려는 우리겨레.

석양이 되면 느릅나무 검은 수풀에 에워 있는 곳곳의 성당에서 저녁 미사의 종소리가 귀가 간지럽도록 부드럽게 울려옵니다.

한 종루에서 몇(十)개의 종들이 한꺼번에 우는 것인지 모릅니다. 그리고 돈대에서 바라보면 북쪽에서 오는 국제 열차가 이제 마악 '승가리'江 철교를 종을 울리며 석양에 물들어 들어오고 있습니다."

매스컴에서 국격國格이란 용어가 자주 등장한다. 국격은 국어 사전에도 없는 말이나, 사람에게 인격이 있는 것처럼 나라의 품위나 품격을 말하는 모양이다.

좋은 세상이다. 우리도 모르는 사이에 우리 대한민국이 많이 컸다고들 말한다.

일본 제국주의에 나라와 민족이 송두리째 유린당한 당시의 상황을 나는 잘 모른다. 그때를 살아보지 않았고, 나라 없는 백성의 고초를 당해보지 않았기 때문이다.

불에 데어본 놈이 뜨거운 줄을 안다고 하지 않던가.

오늘의 잣대로 어제를 제단하는 것은 무리다. 그 어제가 70년 전이라면 그 무리가 어떠한지는 설명이 필요치 않다.

북만주 여행에서 나는 청마가 되어 울 수밖에 없었다.

청마는 자식을 잃고 〈六年後〉란 시를 남겼다. 청마는 그런 사람이다.

세월은 진실로 복된 손길인양 스쳐 흘러갔고나
세상에 허다한 어버이 그 쓰라림을 겪었겠고
어려서 죽은 자 또한 너만이 아니련만

자칫하면 터지려는 짐승같은 슬픔을 깨물고
어디다 터뜨릴 수 없는 분함으로
너의 적은 관에 뚜껑하여 못질하고
음한히 흐린 十一月 북만주 벌 끝에
내 손으로 흙 덮어 너를 묻고 왔나니
그 때 엄마 무릎 위에 안기어
마지막 어린 임종의 하그리 고달픔에
엄마를 부르고
아빠를 부르고
누나 적은 누나 큰 누느라를 부르고
아아 그리고 드디어 너는
그 괴론 육신을 육신으로만 남기고 갔나니

어느 가을날 저녁 처마의 제비
그의 집 비우고 돌아오지 않은 채 가버리듯
너는 그렇게 가고
세월은 진실로 복된 손길인 양 스쳐 흘러 갔건만
석양의 가늘고 외론 행인의 그림자 어린
이 먼 胡ㅅ 나라 거리
강냉이 구워 파는 내음새 풍기는 늦은 가을이 오면
철 지운 새모양 너 생각 다시금 의지 없고나.
무덤가에 적은 멧새 와서 울고
저녁 놀이 누나 엄마가 사는 먼 세상을 물들일 때
아기야 너는 혼자 외로워 외로워
그 귀익은 창가를 소리 높이 부르고

날마다 날마다 고와지는 좋은 白骨이 되라

〈六年後〉

　청마 북만주 문학기행을 마치고 나는 '친일화두'를 내려놓기
로 했다.
　여행을 주선한 이들에게 고마움을 전한다.

지은이: 이성보 -2016

호는 능곡(菱谷). 1947년 경남 거제 출생.
1989년 〈현대시조〉 등단
시집 「바람 한 자락 꺾어 들고」, 「난의 늪」, 「내가 사는 셈법」, 수필집 「난을 캐며
삶을 뒤척이며」, 「난과 돌, 그 열정의 세월」, 「난향이 머무는 곳에도」, 「난, 그 기다림
의 미학」, 칼럼집 「석향에 취한 오후」, 산문집 「난에게 길을 물어」, 「세상인심과 사
람의 향기」, 「청복과 지지 Ⅰ,Ⅱ」 출간. 신한국인상, 자랑스런 경남도민상, 현대시조문
학상, 거제예술상, 경남예술인상, 한국란 명품전 대상, 한국난문화 대상 수상, 거제문
인협회장, 동랑·청마기념사업회장 등 역임.
계간 현대시조 발행인. 향파기념사업회 이사장. 거제자연예술랜드 대표를 맡고 있음.

石香에 취한 오후

2016년 11월 01일 초판 인쇄
2016년 11월 10일 초판 발행

지은이 / 이성보
펴낸이 / 연규석
펴낸곳 / 도서출판 고글

서울특별시 용산구 한강로 2가 144-2
등록 / 1990년 11월 7일(제302-000049호)
전화 / (02)794-4490 (031)873-7077

값 15,000원